KB093298

한국적 지혜와 미학의 탐구

남김의 미학

H
현대문학

차례

한국 문화와 남김

오늘날 우리는 그 어느 시대보다 풍요롭고 발전된 세상에 살고 있다. 그러나 세상은 너그럽지 못하고 강퍅하다. 한때 '풍요 속의 빈곤'이 문제가 되었지만 지금은 '풍요 속의 불행'이 더 큰 문제인 것 같다. 이러니저러니 해도 이처럼 풍요로운 시대가 역사적으로 또 있었을까 싶지만 삶의 고달픔이나 어려움에 대한 한탄의 목소리는 그와 무관하게 높다. 많은 사람들은 심한 불행과 불안에 시달리고 있는 것처럼 보인다. 이것은 쉽게 '끝장'과 '막장'의 심리로 나타나기도 한다.

언제부턴가 우리 주변에서 '끝장'과 '막장'이란 말이 자주 들린다. '끝장내다'는 상황을 극단적으로 종료시킨다는 것을 나쁘게 이르는 말이다. 아주 고약하게 망가져서 파탄에 이른 경우를 일러 '끝장났다'고 하기도 한다. 최근 우리 사회에서는 막장 드라마가 인기를 끌고 끝장 토론이 거침없이 요구된다. 막장은 탄광 갱도의 막다른 곳을 이르는 말인데, 비유적으로 아주 잘못되어 거의 희망이 없는 상황을 뜻한다. 가령 막장 인생이란 더 이상 지켜야 할 가치도 없고 바라볼 희망도 없는 절망적인 삶을 뜻한다. 마지막이라는 뜻이 강조된 끝장이라는 말도 막장과 거의 비슷하게 사용되는 경우가 많다.

오늘날 사람들은 '끝장 보기' 또는 '끝장내기'를 좋아하는 것 같고, 막장까지 추락한 타인의 삶을 훔쳐보기를 좋아하는 것 같다. 이는 나날의 삶 속에서 일상적 긴장이 높아지고 사람들의 심성이 거칠어졌음을 보여주는 징후이다. 사회 곳곳에서 극단적인 태도와 방법으로 자신의 이익을 구하고 자신의 주장을 펼치는 모습을 자주 보게 된다. 거친 말들은 거친 세상의 표현이기도 하다. 자기도 모르게 심성이 거칠어진 사람들은 막장 드라마를 보면서 위안을 받는 것일까 아니면 쾌감을 느끼는 것일까? 막장 드라마는 말과 마음의 폭력물이다. 인간 사회에서 벌어져서는 안 될 일들이 평범한 삶 속에서 거침없이 벌어지고 인간으로서 지켜야 할 도리를 쉽게 무시함으로써 사람의 마음에 폭력을 행사한다. 아무리 사정이 어렵고 억울하더라도 사람으로서 지켜야 할 선이 있다. 막장까지 간다는 것은 그 선을 넘어서 인간이기를 포기한다는 것이다.

끝장이나 막장이라는 말은, 철저 · 악착 · 극단 · 완벽 등의 단어들과 상관성이 높다. 어떤 면에서 우리 시대는 철저함과 완전함과 효율성의 신화에 갇혀 있다. 그리고 이를 위해 맹목적인 질주를 하다 보니 극단과 막장과 끝장이 나날의 삶에서 범람하고 있는 듯하다. 목표를 정해놓고 그 목표에 도달하기 위해서 수단과 방법을 가리지 않고 밀어붙이는 저돌성과 악착스러움이 미덕처럼 되었다. 1등만이 살아남는 사회에 모두 동의한 것처럼 보이고, 그러니 죽기 살기로 1등이 되어야 한다는 강박이 일상이 되었다. 1등만이 살아남는다는 협박성 무한 경쟁, 패배자는 피를 보아야 한다는 진검 승부, 끝까지 포기하지 않겠다는 무한 도전, 싸움의 규칙을 없애버린 이종격투기, 상대를 박살 내야 하는 끝장 토론, 갈 데까지 다 가버린 막장 드라마 등등이 우리의 일상이 되어 있다. 극단에 익숙해진 우리는 사랑에서도 완전한 사랑을 꿈꾸고, 교육이나 아름다움이나 육아나 복지나 건강과 같은 데서도 끝없이 완벽을 추구하느라 세상과 자신의 삶을 스스로 전쟁터로 만드는 경향이 있다.

그러나 우리의 삶이 지속되는 한, 어쩌면 우리가 죽은 후에까지라도 '끝장'이란 있을 수 없는 것이며 있어서도 안 되는 것이다. 좋은 것들이 끝장나는 것은 물론 안 되지만, 나쁜 것들이라도 끝장나는 것은 가능하지 않고 또 바람직하지도 않다. 무리를 해서 일시적으로 거의 없앤다 하더라도 그것들은 더 강한 모습으로 다시 생긴다. 나쁜 것을 완전히 없애려는 태도보다는 그것이 힘을 갖지 못하도록 억제시키고 약화시키는 것이 보다 현명한 태도일 것이다. '끝장 토론'이라는 것도 사실은 거의 불가능한 바람이다. 토론은 한쪽 의견이 다른 쪽 의견을 끝장내고 박살내는 것이 아니다. 토론은 각자의 의견이 지닌 차이점을 드러내며, 보다 논리적이고 상황적인 타당성이 높은 결론에 접근하기 위한 대립적 협동의 과정이다. 사람의 생각이나 의견에 끝장이 있을 수는 없는 일이다.

'막장' 또한 우리가 거기까지 가서는 안 될 곳이다. 그곳은 보통의 윤리나 상식이 통하지 않는 곳이며 인간성의 포기나 파탄까지 예상되는 곳이다. '막장'이란 것도 이 세상 어딘가에 존재할 수밖에 없긴 하지만, 우리는 될 수 있으면 그곳을 우리의 일상적 삶으로부터 멀리 떨어진 곳에 격리시켜두고 거기에 가까이 가는 이웃이 없도록 노력해야 한다. 그러나 나날이 발생하는 거친 범죄들은 막장이 우리의 일상에 너무 가까이 있다는 느낌을 주고, '막장 드라마'의 유행은 우리의 심성이 지나치게 거칠어진 것이 아닌가 하는 짐작을 하게 한다. 가지 말아야 할 곳에 가버린 파탄의 삶에 대한 상상의 이야기가 때때로 흥미로울 수는 있겠지만, 평범한 사람들의 저녁 식탁 곁에 '막장 드라마'가 아무렇지도 않게 펼쳐진다는 것은 정상이 아닌 것 같다.

완벽이나 완전 또한 꼭 좋은 것만은 아니다. 완벽은 존재하지 않거나 찰나에만 존재한다. 완벽은 도달할 수 없는 지점이며, 도달한 순간 다시 불완전해지기 시작하는 지점이기 때문이다. 산 정상에 오른 사람에게는 내려갈 일만 남았으며, 1등 한 사람에게는 퇴보할 가능성만 남아 있다. 활짝 핀 꽃은 질 일만 남았으며, 아주 잘 익은 참외는 썩기 시작하는 참외이다. 완전한 사랑이 비극으로서만 존재한다는 것은 많은 문학작품이 강조하는 바이다. 또 완벽한 균형은 깃털 하나에도 무너져버린다. 그런가 하면 극도의 빠름과 효율성을 추구했지만 결과적으로 더 늦어버린 사례는 토끼와 거북이의 이야기가 아니더라도 우리 주변에 흔하다. 최선을 다하고 완벽을 기하는 것은 좀 다른 관점에서 보면, 가능성을 소진해버리는 일이기도 하다. 완전함이란 엔트로피가 최고조에 달해서 더 이상 변화가 없는, 죽음의 평정을 뜻하는 것일 수도 있다.

언제부터 우리가 '끝장'과 '막장'에 이렇게 익숙해지고 '완전'의 신화에 갇히게 되었는지 알 수 없으나, 우리의 전통적인 삶과 문화는 결코 '끝장'과 '막장'과 '완전' 같은 것을 좋아하지 않았다. 전통적으로 한국 사람들은 끝장내는 것보다 적당히 하는 것에 익숙했으며, 다하는 것보다 남기는 것에 익숙했으며, 완전한 것보다 모자라는 것에 익숙했던 것 같다. 적당히 하고, 어지간히 하고, 완벽에 매달리지 않고, 다하지 않고, 남기는 것은, 지금까지 잘 주목받지 못했지만, 한국 문화의 주요한 특성이라고 말할 수도 있다. 우리나라의 오랜 문화와 역사에는 다양한 가치와 미학이 있겠지만 그 가운데 오늘날 우리가 특히 주목하고 온고이지신溫故而知新해야 할 것은 '남김의 미학'이 아닐까 한다. '남김의 미학'이 물론 우리나라만의 고유한 미학은 아니라 할지라도 우리나라의 전통문화에서 매우 흥미롭게 실천되고 적극적으로 탐구된 미학이요 따라서 우리 전통문화의 대표적 미학이라고 할 만한 것이 아닌가 한다.

가령 우리의 이야기 전통 속에는 철저한 복수극이 거의 없다. 복수를 하더라도 원수를 철저히 갚는 것에 초점이 있는 것이 아니라 주인공이 잘되어 해피엔딩으로 끝나는 것에 초점이 있다. 우리 옛이야기 가운데 철저한 악인도 찾기 힘들다. 비교적 잘 알려진 나쁜 사람은 『춘향전』에 나오는 변학도나 『홍보전』에 나오는 놀보 같은 인물이다. 이들은 나쁜 짓을 하기는 하나 '끝장'에 이르지는 않는다. 『춘향전』의 결말은 이몽룡과 춘향이가 결혼해서 잘 사는 것일 뿐 변학도가 어떻게 되었는가에는 관심이 없다. 아마도 변학도는 관직을 박탈당하고 감옥에 갔을 것이다. 『홍보전』의 결말은 홍보가 잘살게 되고 놀보가 벌을 받고 거지가 되는 것이다. 그러나 많은 『홍보전』의 판본에서 놀보는 홍보의 도움으로 다시 잘살게 되는 것으로 끝이 난다. 이러한 한국의 옛이야기들의 결말은, 자신의 모든 것을 바쳐서 원수를 죽이고 자기의 삶도 끝장이 나는 일본 소설들의 결말과는 사뭇 다르다.

적당히 하고 남기려는 태도는 이러한 소설에서뿐만 아니라 한국 문화 전반에서 발견된다. 아랫사람들을 위해서 음식을 남기며, 날짐승들을 위해 까치밥을 남기고, 잔치를 하고 나면 들짐승이나 길짐승을 위해서 음식을 밖에다 내놓기도 한다. 그림을 그릴 때도 꼼꼼하게 모든 것을 다 그리기보다는 그리다 만 것처럼 대충 그린 부분들이 많다. 집을 지을 때도 나무나 돌을 철저하고 반듯하게 다듬어서 사용하기보다는 자연적인 모습을 그대로 남겨둔 채 사용하는 경우가 많다. 정원이라는 것도 삶의 공간 한쪽 곁에 자연을 남겨두는 것이지 인공적인 공간을 따로 만드는 것이 아니다. 한옥에서 삐뚤삐뚤한 기둥이나 들보를 만나는 것은 어려운 일이 아니다. 주춧돌도 울퉁불퉁한 자연석을 그대로 남겨 쓸 때가 많다. 심혈을 기울여 만든 도자기에도 어느 구석에는 무심과 장난기를 남겨두는 여유가 있다.

우리 문학의 대표적인 정형시는 시조이다. 정형시는 말 그대로 형식이 정해진 시다. 문화가 발달한 나라들은 여러 종류의 정형시들을 가지고 있으며, 그 형식은 엄격하게 지켜진다. 가령 영문학의 소네트, 일문학의 하이쿠, 한문학의 절구 같은 정형시들은 지켜야 할 것들이 많고 또 엄격하다. 그러나 우리나라의 시조는 정형시이지만 허술한 정형시이다. 글자 수만 정해져 있는 형식인데, 그마저도 허용 범위가 넓어서 형식적 구속성이 상당히 약하다. 한편 시조는 시조창이라는 형식으로 음송된다. 시조창은 매우 느린 가락을 지닌 노래 형식인데, '남김'과 관련하여 매우 흥미로운 특징을 보여준다. 그것은 시조의 마지막 구절을 노래하지 않고 남겨둔 채 노래를 끝낸다는 점이다. 아마도 세상의 어떤 노래 형식도 가사의 마지막 구절을 노래하지 않고 남겨버리는 경우는 없을 것이다. 가사를 다 부를 필요가 없다는 이 대담하고 자유롭고 여유 있는 발상은 놀라운 것이 아닐 수 없다.

완전함에서 오히려 한 걸음 뒤로 물러서는 이러한 정신은 또 다른 방식으로 나타나기도 한다. 가령 전통적인 한정식에서는 한꺼번에 많은 음식이 다 차려져 나온다. 서양 음식의 경우 셰프가 요리를 완성시키고 먹는 순서까지 정해준다. 그러나 한정식의 경우, 요리를 최종적으로 완성시키는 사람은 바로 먹는 사람이다. 주방장이 차려 낸 음식들을 어떤 선택과 조합과 순서로 먹을 것인가는 먹는 사람이 마음대로 정한다. 이 반찬은 안 먹을 수도 있고, 국에 말아 먹을 수도 있고, 비벼 먹을 수도 있고, 쌈 싸 먹을 수도 있다. 그러니까 한정식은 90퍼센트 완성된 요리이며, 10퍼센트는 남겨서 먹는 사람들이 알아서 먹도록 하는 음식문화라 할 수 있다.

조선시대 선비들의 사랑방 가구에서도 이와 유사한 정신을 만날 수 있다. 사방탁자나 문갑 같은 사랑방 가구들은 그 자체로는 아직 미완의 가구이다. 그것들이 사랑방에 자리를 잡고, 그리고 그 빈칸들에 어떤 물건들이 진열됨으로써 그 가구는 비로소 완성된다. 가령 문갑 위에 꽃꽂이를 두느냐 수석을 두느냐 달항아리를 두느냐에 따라서 문갑이라는 가구는 각각 다른 식으로 완성된다. 사랑방 주인이 그 가구에 어떤 물건들을 두느냐에 따라서 가구는 다른 모습 다른 분위기를 연출하게 되는 것이다. 가구를 최종적으로 완성시키는 사람은 사랑방 주인이다.

이처럼 소비자가 참여할 수 있는 여지를 남겨두는 미완의 정신은 오늘날 뜻밖에도 스마트폰에서 다시 만날 수 있다. 스마트폰은 그 자체로 완성품이면서 동시에 미완성품이다. 왜냐하면 사용자가 자신의 필요와 취향에 따라 다양한 앱을 깔아서 사용하기 때문이다. 사용자가 설치하는 앱에 따라서 스마트폰은 자기만의 고유한 스마트폰으로 완성되는 것이다. 이런 점에서 스마트폰을 최종적으로 완성시키는 사람은 소비자라고 할 수 있다. 스마트폰에서 만날 수 있는 이러한 소비자 참여의 정신이 우리 전통문화에서는 이미 실천되고 있었다고 말할 수 있다.

우리의 전통적인 생활 속에는 '남김'과 관련된 많은 문화들이 있다. 우리 선조들은 알게 모르게 '남김의 미학'에 매우 친숙했고 또 '남김의 미학'을 잘 실천하고 살았다. 물론 한국 전통문화 속의 '남김'에 '불철저함'이나 '대충대충 함'이라는 부정적 요소가 전혀 없는 것은 아닐 것이다. 때때로 끝마무리가 꼼꼼하지 못하다는 지적을 받기도 했고, 정성과 책임감이 부족하다는 핀잔을 듣기도 했다. 최근에는 많이 달라졌지만,

예전에는 "일본 사람들은 일을 철저히 하는데 한국 사람들은 일을 대충 대충 한다"고 말하는 사람들이 많았다. '남김'은 어쩔 수 없이 '불철저함'과 상관성이 높다.

이러한 남김의 부정적 측면은 그동안 합리적이고 근대적이고 서양적인 관점에서 더욱 강조되어온 경향이 있다. '불철저함'이나 '대충대충함'이나 '다하지 않음'과 같은 태도들은 근대적 합리성과는 어울리지 않는 것이다. 그러나 관점을 조금만 달리하면, 또는 쓰임의 문맥이 달라지면 약점이 오히려 장점이 되기도 한다. 부정적 측면이 많아 보이던 문화도 그 안에 잠재되어 있는 장점을 잘 살려내면, 그것은 뜻밖에 훌륭한 가치를 지닌 것이 될 수 있다. 즉 관점과 쓰임과 문맥을 달리하면 '남김'은 오늘날 우리에게 소중한 지혜와 미학이 될 수 있다. 이런 점에서 '남김의 미학'은 우리가 아직 그 가치를 잘 인식하지 못하고 있는 한국 전통문화의 중요한 성격이다. 한국 전통문화의 '남김의 미학'을 재발견함으로써 긍정적 정체성을 강화시킬 수 있을 뿐만 아니라 그로부터 오늘날의 삶에 필요한 새로운 지혜를 얻을 수 있을 것이다.

남기는 것은 여유 있고, 아름답다. 우리는 그동안 다하는 것만 존중했지 남기는 것은 존중하지 않았다. '남김'은 '끝장과 막장과 완전'에 의해 무시당하고 업신여겨졌다. 이제 많이, 자주 남기자. 자식 사랑도 모든 것을 다 바치지 말고 좀 남기고, 할 말도 다 하지 말고 좀 남기고, 미움도 남기고, 욕심도 다 추구하지 말고 남기자. 그린벨트도 남기고, 빈 땅도 다 개발하지 말고 좀 남기고, 1등만 다 갖지 말고 2등뿐만 아니라 꼴찌를 위해서도 좀 남기자. 편리함만 추구하지 말고 불편함도 조금 남겨두고, 오래된 것들은 누추해도 남겨두자. 화도 다 내지 말고 남기고, 욕도 다 하지 말고 남기고, 몸에 아픈 곳도 조금은 남겨두자. 늘 모든 일을 다 잘하지 말고 조금 못하는 일도 남기고, 맛있는 음식도 다 먹지 말고 좀 남기고, 술도 취하도록 먹지 말고 좀 남기자. 시간도 너무 알뜰하게 쓰지 말고 좀 남겨두고, 능력도 너무 100퍼센트 다 발휘하지 말고 좀 느긋하게 남겨두자. 사랑한다는 말도 다 하지 말고 마음속에 조금은 남겨두자. 일하는 시간을 조금 남겨서 한가하게 하늘의 구름이라도 쳐다보며 남김에 대해 생각해보자.

남김은 우리 전통에서 흔하고 익숙한 것이었으나 오늘의 삶에서는 귀하고 낯선 것이 되었다. 오늘 우리가 '남김의 미학'을 찾는 것은 우리의 아름다운 전통문화와 보다 가까워지는 것이 되며, 또한 우리가 바라는 여유 있고 아름다운 삶에 보다 가까워지는 것이 될 것이다.

'남김의 미학'은 오랫동안 한국인의 문화와 생활 속에서 중요하게 실천되어왔지만 여태껏 적절한 주목을 받지 못했다. 그것은 한국 사람들에게 익숙한 것이지만 별로 의식되지 않았거나 하찮게 의식되었고, 합당한 이름을 얻어 개념화되지도 않았다. 그렇지만 그것은 한국 문화를 이해하는 데 중요한 창窓이 될 만한 것이며, 우리가 새롭게 주목하고 온고이지신할 만한 한국 문화의 한 특성으로 보인다. 우리의 일상에서 남김의 미학을 되찾는 일은 비정상의 삶을 정상의 삶으로 되돌리는 의미를 지닌다. 특히 그것은 오늘날 우리 문명세계가 겪고 있는 생태 파괴, 물질주의, 무한 경쟁의 비인간화에 길항할 수 있는 대체 가치로서의 의의도 지닐 수 있을 것으로 기대된다. 이 책은, 한국인의 문화와 생활 속에서 '남김의 미학'이라고 할 만한 사례들을 적극 탐구하여 '남김의 미학'이 한국 문화의 한 특성임을 밝히고 나아가 우리가 새롭게 되살려 쓰면 좋을 '오래된 미래'의 하나가 되기를 바라는 마음으로 씌었다.

시조와 시조창

동짓달
기나긴
밤을

시조는 한국 문학사에서 가장 오래되고 또 가장 널리 창작되고 향유되었던 문학 장르이다. 고려시대 말기부터 시작해서 조선시대 내내 유행했지만, 그 기원은 삼국시대로 거슬러 올라가고 또 그 지속은 오늘날까지 이어진다. 시조는 한국인의 문학적 심성과 가장 잘 어울리는, 가장 한국적인 문학 형식이라고 할 수 있다.

수많은 시조 가운데 '남김의 미학'과 관련하여 가장 흥미로운 상상력을 보여주는 작품은 아마도 황진이의 「동짓달 기나긴 밤을」일 것이다.

황진이는 16세기에 살았던 유명한 기생이다. 그녀는 매우 탁월한 시인이기도 했는데, 현재 한시 4수와 시조 6수가 전한다. 모두 명편이나 그 중에서도 「동짓달 기나긴 밤을」은 시조 문학의 백미라 할 수 있다.

동짓달 기나긴 밤을 한 허리 베어내어
춘풍 이불 아래 서리서리 넣었다가
어른 님 오신 날 밤이어든 굽이굽이 펴리라

전통적으로 한국 문학은 정서나 감각보다는 생각에 의존해서 문학적 공간을 만들어낸다. 이 시조도 홀로 밤을 보내는 여인의 외로움이라는 섬세한 감정을 노래하되 정서보다는 생각을 펼쳐 보인다. 화자는 지금 홀로 외로운 밤을 보내고 있다. 외로움은 불면으로 이어진다. 외로움 속의 불면의 밤은 그렇지 않아도 길게 마련인데, 더욱이 때는 동짓달이라 1년 중에서 가장 밤이 길다. 그러나 화자는 잠 못 드는 긴 밤을 외로움만으로 다 보내지는 않는다. 화자는 외로움도 다하지 않고 밤도 남겨두려 한다. 이를 위해 화자는 비공간적 개념인 밤의 시간을 마치 옷감과 같은 구체적인 물질의 형태로 상상한다. 외로움에 사무친 불면의 밤을 다 사용하지 않고, 마치 옷감의 한 허리를 베어 따로 보관하듯이 보관해 두고자 한다. 만약 외로운 밤이 열두 시간이라면 그중에서 일곱 시간 정도만 불면과 외로움으로 보내고 나머지 다섯 시간 정도는 남겨두고자 한다.

그렇게 남겨진 밤은 춘풍 이불 아래 보관된다. 춘풍 이불이란 봄이 되어 님이 돌아오면 함께 덮을 따뜻하고 행복한 이불이다. 봄밤이란 짧은 것이지만, 그런 행복한 밤은 더욱 짧게 느껴지기 마련이다. 동짓달의 외로운 밤을 남겨서 행복한 봄밤을 즐기는 데 보태서 사용하고자 하는 것이 화자의 소망이요 외로운 동짓밤을 견디는 지혜로운 전략이다. 물론 이러한 소망적 사고는 상상 속에서나 가능하다. 그렇지만 이 시에서 중요한 것은 외로운 밤을 다 외로워하지 않고 남겨두겠다는 생각이고, 그렇게 남겨둔 밤을 미래의 행복한 밤에 보태서 쓸 수 있기를 바라는 마음이다. 이러한 생각과 마음이 있음으로 해서 화자는 불면과 외로움의 긴 밤을 한결 여유롭게 보낼 수 있는 것이다.

이처럼 「동짓달 기나긴 밤을」은, 님 없는 밤의 외로움을 다 외로워하지 않고 외로움마저도 남겨두는 멋진 '남김의 미학'을 보여준다. 이것은 가령 월산대군의 시조 「추강에 밤이 드니」가 보여주는 '비움의 미학'

과는 다른 것으로, 보다 훨씬 인간적이기도 하다.

추강에 밤에 드니 물결이 차노매라
낚시 드리치니 고기 아니 무노매라
무심한 달빛만 싣고 빈 배 저어 오노라

월산대군은 15세기 성종의 형으로 문재가 뛰어난 인물이다. 그러나 월산대군의 이 시조는 독창적인 작품은 아니다. 달 밝은 밤에 고기를 잡지 못하고 빈 배에 고기 대신 달빛을 가득 싣고 돌아온다는 모티브는 동양의 고전에서 익숙한 것이다. 이 시조도 중국의 옛 시를 의역한 것으로 보인다.[1] 동양의 고전에서 달빛 실은 빈 배의 모티브는 어떤 정신적 경지를 암시하는 비유적 의미를 지닌다. 그것은 단순히 무욕無慾과 여유의 태도를 뜻하는 것이 아니라 높은 깨달음과 관련되어 있다. 달 혹은 달빛은 불교적 상상력 속에서 깨달음을 뜻하는데, 그 깨달음은 버림과

---

1 중국 송나라 때 고승 冶父道川이 남긴 선시에 "千尺絲綸直下垂 一波才動萬波隨 夜靜水寒魚不食 滿船空載月明歸"가 있는데, 월산대군의 시조는 이 선시의 의역으로 보인다.

비움을 통해서 얻을 수 있는 것이다. 그래서 고기를 잡지 못해 배가 비어 있음으로 해서 비로소 아름다운 달빛을 가득 실을 수 있게 되는 것이다. 이러한 생각은 『장자』에서 말하는 무욕과 무용無用의 사상 혹은 '비움의 미학'과도 상통하는 것이다. 그러나 이러한 '비움의 미학'은 인간이 흉내 내기 어려운 종교적 차원의 미학으로 현실적으로 추구하기는 어려운 것이다. 이에 비하여 「동짓달 기나긴 밤을」이 보여주는 '남김의 미학'은 보다 인간적이라고 할 수 있다.

시조의 형식

비정형의 정형

시조는 한국 문학의 대표적인 정형시 형식이다. 3장 12음보 43자가 시조의 기본 형식이다. 이를 글자 수로 나타내보면 3 / 4 / 3 / 4 // 3 / 4 / 3 / 4 // 3 / 5 / 4 / 3이 된다. 그러나 이 기본 형식은 엄격하게 강요되지 아니한다. 가령 앞서 황진이의 시조만 하더라도 12음보 가운데 5음보가 기본 글자 수를 지키지 않는다.

동짓달(3) / 기나긴 밤을(5) / 한 허리를(4) / 베어내어(4)

춘풍(2) / 이불 아래(4) / 서리서리(4) / 넣었다가(4)

어른 님(3) / 오신 날 밤이어든(7) / 굽이굽이(4) / 펴리라(3)

여기서 밑줄 친 것은 기본 글자 수를 벗어난 음보들이다. 전체 글자 수도 네 자가 더 많은 47자이다. 비교적 기본 형식을 잘 지키고 있는 월산대군의 「추강에 밤이 드니」 역시 두 개의 음보가 예외적이다. 이처럼 시조에서 기본 형식을 벗어나는 경우는 매우 흔하다. 오히려 거의 모든 시조가 기본 형식을 조금씩 벗어나고 있다고 할 수 있다. 시조 형식에서 글자 수가 조금씩 달라지는 것은 전혀 문제가 되지 않는다. 종장의 첫 구만 3자를 지켜주면 되고, 나머지 부분에서는 상당한 자유로움이 허용된다. 이런 점에서 시조는 정형시이면서도 어느 정도 자유로움의 여지를 남겨두고 있는 독특한 형식이다. 정해진 형식이 있되 거기에 자유로움을 남겨두고 있다는 점에서 시조의 형식은 정형이면서 동시에 비정형이라고 할 수 있다.

시조라는 정형시의 이러한 비정형적 성격은 매우 한국적이다. 이것은 다른 나라의 정형시들과 비교해보면 뚜렷이 나타난다. 일본의 대표적인 정형시는 하이쿠이다. 하이쿠는 17자(5 / 7 / 5)를 엄격하게 지켜야 한다. 거기다가 계절어가 꼭 하나씩 들어가야 한다. 바쇼의 하이쿠 한 편을 예로 들어보자.

고요함이여 바위에 스며드는 매미의 소리[2]
しずか　いわ　い　せみ　こえ
(閑さや岩にしみ入る蝉の聲)

시끄러운 매미 소리가 오히려 깊은 정적감을 잘 드러내주는 하이쿠로 바쇼의 대표작 가운데 하나이다. 정확하게 17음절(5 / 7 / 5)이며, 그 속에 계절을 나타내는 '매미'라는 단어를 포함하고 있다. 이것이 하이쿠의 엄격한 정형성의 조건이다. 이 조건을 지키지 못하면 하이쿠가 될 수 없다.

중국의 대표적인 정형시인 절구도 그 형식이 엄격하다. 5언절구는 20자(5 / 5 / 5 / 5)를 엄수해야 하며, 7언절구는 28자(7 / 7 / 7 / 7)를 엄수해야 한다. 율시는 절구의 형식을 반복한 것이다.

---

2 마쓰오 바쇼 외, 『일본 하이쿠 선집』, 오석윤 옮김, 책세상, 2006, 18쪽.

곤한 봄잠이라 새벽을 몰랐구나

여기저기서 들려오는 새소리

지난밤 비바람이 사나왔거니

아마 그 꽃들이 많이 떨어졌으리[3]

(春眠不覺曉 處處聞啼鳥 夜來風雨聲 花落知多小)

당나라 시인 맹호연의 유명한 5언절구이다. 모든 행이 각각 다섯 자로 되어 있다. 글자 수뿐만 아니라 평측과 운도 지켜져야 한다. 특히 둘째 행과 넷째 행의 마지막 글자는 소리가 비슷하다. 한시는 이러한 외적인 조건을 충족해야 할 뿐만 아니라 대구나 기승전결 같은 내적 조건도 갖추어야 비로소 한 편의 시가 된다.

이러한 일본의 하이쿠나 중국의 절구 같은 정형시에 비하면 한국의 시조는 자유로움의 여지가 너무 많다는 점에서 정형시답지 않다. 시조 역시 형식을 정해둔 정형시이긴 하지만 모든 면을 다 정하지 않고 자유로움을 남겨둔다. 이러한 비정형의 정형성도 남김의 미학이라고 할 수

---

3 『당시전서』, 김달진 옮김, 민음사, 1987, 92-93쪽.

있을 것이다.

한편, 지금까지 논의의 대상이 된 시조들은 모두 평시조이다. 시조에는 이러한 평시조 이외에 엇시조와 사설시조라는 형식이 있다. 엇시조는 평시조의 형식에서 초장이나 중장 또는 종장(대개는 종장이 길어진다)이 훨씬 길어진 시조를 말하고, 사설시조는 종장의 첫 구만 3음절이고 나머지 부분은 마음대로 길어진 시조를 말한다. 편리하게 말해도 된다면, 평시조의 형식은 80퍼센트의 구속성을 지니고 엇시조의 형식은 50퍼센트의 구속성을 지니고 사설시조의 형식은 10퍼센트 이하의 구속성을 지니는 것이라고 말할 수 있다. 그러니까 사설시조는 사실 정형시라고 말하기 어렵다. 평시조만 하더라도 자유로움의 여지를 남겨둔 형식인데, 한국 사람들은 그런 정도의 형식에도 갑갑함을 느껴서 평시조의 느슨한 형식마저 지키지 않고 엇시조와 사설시조 같은 것들을 지어 즐기기도 했다. 이 사실에서도 완전함과 완벽함에 대해서 불편함을 느끼고 오히려 미진함과 부족함에 편안함을 느끼는 한국 사람들의 성향을 유추할 수 있을 것 같다. 남김의 미학은 이러한 한국 사람들의 성향과 깊은 관련이 있을 것이며, 시조의 형식에서도 이 점을 확인할 수 있다.

시조의
가창 방식
다 부르지 않음

남김의 미학과 관련하여 가장 흥미로운 시조의 측면은 그 가창 방식이다. 시조는 사실 노랫말이어서 가창 방식을 고려하지 않으면 성격과 매력이 충분히 드러나지 않는다. 시조의 시조다움은 그 가창 방식에서 가장 뚜렷이 드러나는바, 시조창을 통해서 시조를 이해해야 한다.

시조창은 매우 단조롭고 느린 노래이다. 약 43자의 노랫말을 노래하는 데 보통 4분 이상이 걸린다. 아마도 세상에서 가장 느린 노래 가운데 하나일 것이다. 단조로운 음을 아주 길게 뽑으니 정적이고 여유와 품위가 있다. 이런 노래를 부르기 위해서는 긴 호흡과 고요함이 필요하다. 그래서 시조창은 선비들에게 심신수양의 도구가 되기도 했다. 고요히 마음을 가다듬고 앉아서 긴 호흡으로 시조창을 부르고 있노라면 마음과 몸이 아울러 수양이 된다. 불교의 독경이나 기독교의 성가 합창이 영적 수련에 연관되는 것에 비교될 수 있을 뿐만 아니라, 깊고 긴 호흡은 예부터 중요한 양생법의 하나이다. 노래 부르기가 의젓한 심신수양의 도구가 되기도 하는 이런 문화는 오늘날의 대중문화시대에서는 완전히 사라져버린 것 같다.

시조는 그 문학적 측면보다 음악적 측면에서 오히려 더 매력적인 문화인 것 같다. 가령 김월하의 시조창을 듣고 있으면, 그 유장한 가락 속에서 단아하면서도 고고한 기품이 저절로 느껴지면서 마음의 안정과 여유를 얻게 된다. 김월하의 시조창에서 만날 수 있는 여유와 기품과 절제를 통해서 조선시대 선비문화의 매력이 어떤 것인지 짐작해볼 수 있을 것 같다. 아울러 오늘날 우리의 삶이 그런 여유와 기품과 절제로부터 얼마나 아득히 멀어져버렸는지도 느낄 수 있다.

그러나 시조창의 가장 독특한 점은 따로 있다. 앞서 말한 대로 시조창은 매우 느린 노래이다. 창자는 일부러 한 음절 한 음절을 길게 늘여서 노래한다. 가령 '사래'라는 말과 같이 복모음이 들어 있는 단어는 '사-라-이'라고 세 음절로 늘여서 노래할 정도이다. 그렇게 길게 길게 노래하다가 마지막에 가서는 놀랍게도 끝까지 다 부르지 않는다. 종장의 마지막 구절은 노래하지 않고 그 직전에서 그쳐버리는 것이다. 가령 황진이의 시조에서 '어른 님 오신 날 밤이어든 굽이굽이'까지만 노래하고 '펴리라'는 노래하지 않는다.

사실 시조의 종장 마지막 구절은 대개 '하노라' '이노라' '가노라' 등등으로 그것을 생략하더라도 시조의 의미를 전달하는 데는 거의 아무런 문제가 없다. 그러나 그토록 길게 늘여서 노래하면서도 마지막 한 구절을 노래하지 않는다는 것은 아이러니다. 노랫말의 마지막 한 구절을 노래하지 않는 가창 방식은 아마도 시조창 이외에는 전 세계적으로 유례를 찾기 어려울 것이다. 시조창에서는 왜 마지막 구절을 노래하지 않는 것일까? 이에 대한 설명은 지금까지 알려진 것이 없다.[4] 다만 가창 방식으로 전해져올 따름이다.

시조창에서 마지막 구절을 노래하지 않고 남기는 것은, 한국 문화가 지

---

4 직접 시조창 인간문화재에게도 문의해보았지만 적절한 설명을 얻지 못했다.

닌 남김의 미학을 가장 잘 보여주고 가장 멋지게 보여주는 하나의 사례이다. 왜 남기는가? 굳이 설명하자면 그것은 다하지 않는 것, 모자라는 것, 부족한 것이 다하는 것, 충분하고 충족된 것보다 좋다고 생각하기 때문이다. 굳이 마지막까지 다하지 않아도 이미 충분하다고 느껴지는 지점에서 나머지를 남겨두고 그만두는 것이다. 시조창의 멋과 여유는 이 남김의 미학에서 그 절정을 보여주는 것 같다.

소설

흥보전 / 임꺽정 / 혼불

흥보전

인과응보와 개과천선

　『흥보전』은 한국의 대표적인 옛날이야기의 하나로, '흥보전' '놀보전' '흥보가' 등등 여러 가지 다른 이름으로 불리기도 한다. 판소리 여섯 마당의 하나로도 잘 알려져 있으며, 한국인의 세속적인 가치관이 잘 나타나 있는 작품이다. 특히 복을 주는 흥보 박과 화를 주는 놀보 박을 통해서 우리는 한국의 보통 사람들이 어떤 복을 추구하였고, 어떤 화를 두려워했는지 잘 이해할 수 있다. 『흥보전』의 주동인물은 착한 아우 흥보와 나쁜 형 놀보 두 사람이다. 이로부터 흥보는 착한 사람의 대명사가 되었고, 놀보는 나쁜 사람의 대명사가 되었다. 한국의 옛날이야기 가운데 놀보만큼 유명한 악역의 주인공은 없다.

전통적으로 한국 문학은 악인의 창조에 서툴다. 한국 문학의 전통 속에서 악을 심각하게 탐구한 사례는 찾아보기 어려우며, 따라서 매우 악한 인물도 드물다.[5] 사실 가장 유명한 악인인 놀보도 심각하게 악한 인물이라기보다는 다소 코믹하고 지나치다 싶을 정도의 심술쟁이일 뿐이다. 놀보는 탐욕스럽고 심술궂은 인물이다. 그는 주변 사람들을 괴롭히는 못된 짓을 많이 하였으며, 특히 착한 동생 흥보에게 몹쓸 짓을 많이 하였다. 『흥보전』의 결말은 인과응보와 권선징악이라는 고전적 원리에 따라 흥보는 복을 받고 놀보는 벌을 받는다. 그런데 여기서 흥미로운 점은, 흥보가 받는 복은 판본에 따라서 큰 차이가 나지 않으나 놀보의 벌과 그 결과는 판본에 따라 상당한 차이를 보인다는 것이다.

"이 박은 농익어 썩은 박이로다"
하고 십분의 칠팔분을 타니, 홀연 박 속으로부터 광풍이 대작하며 똥줄기

5 이남호, 「한국 문학과 악」, 『한국 문학이란 무엇인가』, 민음사, 1995, 109-131쪽.

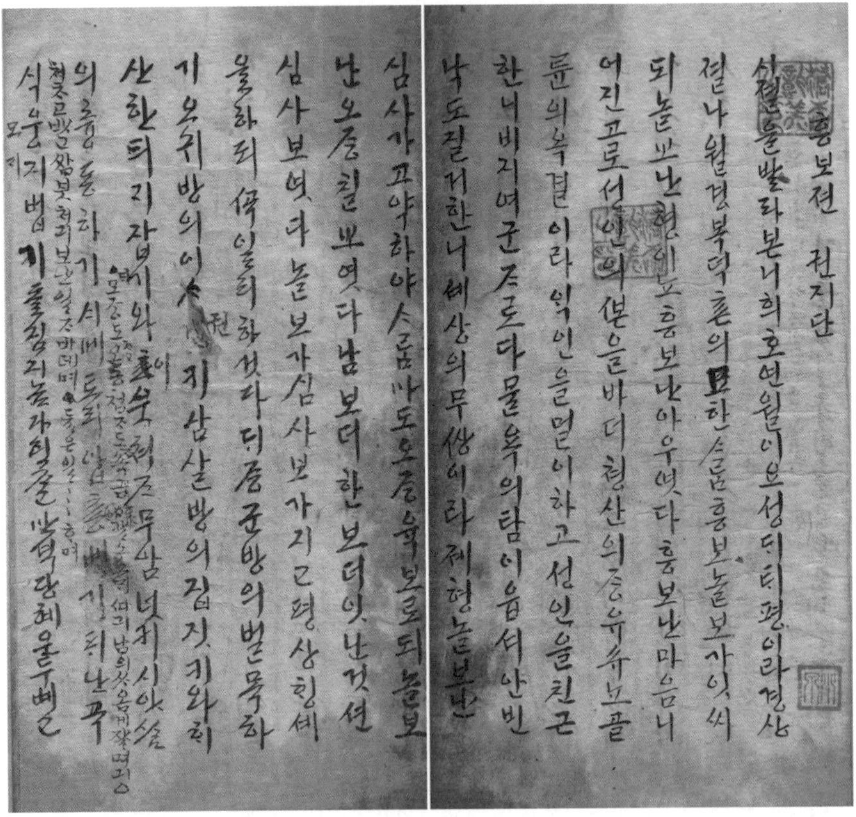

『흥보전興甫傳』

나오는 소리에 산천이 진동하였다. 왼집이 혼이 떠서 대문 밖으로 나와 문
틈으로 엿보니, 된똥 물지똥 진똥 마른똥 여러 가지 똥이 합하여 나와 집
위까지 쌓였다. 놀보가 어이 없어 가슴을 치며 하는 말이,

"이런 일도 또 있는가. 이러할 줄 알았으면 동냥할 바가지나 가지고 나왔
으면 좋을 뻔했다."

하고, 뻔뻔한 놈이 처자를 이끌고 흥보를 찾아갔다.[6]

이것은 『경판 25장본』의 결말로서, 놀보가 탄 마지막 박 속에서 온갖
똥이 쏟아져서 집을 덮고 놀보는 거지가 되어 처자를 이끌고 흥보를 찾
아간다. 비유적인 의미에서도 놀보의 삶은 완전히 똥이 되어버린 것이
다. 놀보의 삶은 완전히 파탄이 났으며, 구원이나 용서의 기미는 보이지
않는다. 이에 비해 『정광수본』의 결말은 사뭇 다르다.

장군 떠나간 후로 놀보가 맥이 돌아들어 정신을 차리더니, 흥보의 손길
잡고,

---

6 김태준, 『한국고전문학전집 14 : 흥부전 · 변강쇠가』, 고려대학교민족문화연구원, 1995,
91~93쪽.

"아이고 동생, 내 눈에 이제야 동생으로 확실하게 눈에 보이네. 이전에 지은 죄를 반성하겠으니, 동생, 형을 용서하소."

놀보가 그날부터 개과천선하였으며, 흥보씨 어진 마음, 극진히 형을 위로하고 세간을 반으로 나누어 우애롭게 지내는 모양, 누가 아니 칭찬하리. 도원의 빛난 의기 천고에 유전하여, 놀보의 흉측한 마음 감동하게 하시오니, 천세만세 빛이 나리. 흥보씨 어진 행실 노래로 세상에 전해오니, 이 아니 빛날쏜가. 더질더질.[7]

여기에서는 놀보가 장비에게 매우 혼이 난 후, 흥보의 간청으로 풀려난다. 놀보를 혼내주는 자로 장비가 등장한 것은, 형제간 우애를 강조하기 위한 것이다. 『삼국지』의 도원결의로 맺은 의형제 간의 우애와 의리를 놀보에게 가르쳐주기 위한 장치인 것이다. 놀보는 그날로 개과천선할 뿐만 아니라 아우 흥보의 재산을 절반 나누어 받아 우애 있게 잘 살게 된다. 이로써 놀보의 삶은 다시 평상과 행복을 되찾게 된다.

이처럼 『흥보전』의 결말은 크게 두 가지로 나누어지는데, 하나는 『경

7 『흥보전 · 흥보가 · 옹고집전』, 정충권 옮김, 문학동네, 2010, 181-182쪽.

판 25장본』처럼 놀보의 삶이 완전히 파탄 나는 결말이고 다른 하나는
『정광수본』처럼 놀보의 삶이 다시 행복해지는 결말이다. 그런데 많은
판본들 가운데 놀보의 삶이 다시 용서받고 구원받는 결말이 압도적으
로 많다. 놀보의 삶이 끝까지 비참해지는 판본은『경판본』『오영순본』
『사재동본』정도이고 나머지 많은 판본에서는 놀보의 삶이 용서를 받
아 행복해진다.[8] 이것은 많은 사람들이 놀보의 완전한 파탄을 원치 않
았음을 의미한다.

　『흥보가』처럼 구비 전승된 작품은 그 작품을 향유하고 전승한 사람
들에 의해 조금씩 변화를 겪으며 그 변화가 판본의 차이로 나타난다. 그
변화에 향유하고 전승한 사람들의 가치관과 심성이 투영되는 것은 당
연하다.『흥보전』의 여러 판본의 결말에서 보듯이, 한국 사람들은 놀보
가 나쁜 사람임에도 불구하고 그의 삶이 비참하게 끝장나는 것을 좋아
하지 않았다. 일정한 벌을 받기는 하되, 다시 용서하고 좋게 되기를 원
했던 것이다. 나쁜 사람을 벌하되, 다 벌하지 않고 다시 잘 살 수 있는 여
지를 남겨두는 것이다.

8　유광수,『흥보전연구』, 계명문화사, 1993, 80-81쪽.

『흥보전』의 많은 판본에서 보이는 이러한 심성, 즉 악을 끝까지 응징하기보다는 적당히 혼내주고 개과천선과 재기再起의 여지를 남겨두려는 태도는 한국의 서사문학에서 두루 관찰되는 특징이다. 이러한 특징 역시 남김의 미학이라고 할 수 있을 것이다.

임꺽정

끝장 없는 싸움

벽초 홍명희는 미완의 대작 『임꺽정』 한 편으로 한국 소설사에 큰 이름을 남긴 사람이다. 그는 사건, 인물, 묘사, 정조 등 모든 면에서 '조선 정조에 일관된 작품'을 만들어보겠다는 생각으로 10여 년에 걸쳐 『임꺽정』을 집필하였다.

  『임꺽정』에는 수많은 흥미로운 인물들이 등장한다. 중심인물이 임꺽정이긴 하지만, 임꺽정만의 이야기가 아니라 수많은 인물들의 이야기가 나오는 한 시대 또는 한 세상의 이야기이다. 그래서 제목도 '임꺽정전'이 아니라 그냥 '임꺽정'이다. 이 소설에 등장하는 수많은 인물 가운데에서도 특히 주목되는 인물은 곽오주이다. 곽오주는 '의형제 편(제1권)'의 두 번째 이야기의 주인공이다.

곽오주는 무식하고 우직하고 힘이 센 머슴이다. 그는 산도적도 무서워하지 않고 혼자서 쌀자루를 지고 고개를 넘는다. 칼을 든 도적을 만나지만 도적의 팔을 잡고 벼랑으로 밀어버린다. 벼랑에서 떨어져 크게 다친 도적은 자신의 수양딸의 사위인 박유복이에게 원수를 갚아달라고 부탁한다. 박유복이는 원래 앉은뱅이에 가까운 병자였는데, 명의를 만나 다리가 나았을 뿐 아니라 환약을 먹고 힘이 장사가 되었으며 또한 표창 던지기를 배워서 세상에 무서울 것이 없는 사람이다. 곽오주에게 죽을 뻔했던 청석골 도둑인 오가는 박유복이를 데리고 복수에 나선다. 며칠을 잠복해서 마침내 박유복이는 고개에서 곽오주를 만난다. 박유복이는 곽오주더러 "요전에 두 팔을 치켜들구 떼밀었다지. 그 시늉을 내 보자꾸나. 너하구 나하구 번갈려 가며 떼밀어서 많이 밀려가는 사람이 지기루 하자"고 힘겨루기를 제안한다. 힘겨루기의 결과 곽오주가 조금 밀려서 진 꼴이 되었다. 다음은 이어지는 장면이다.

"이눔아, 왜 주저 앉늬? 너 졌지?"

"지기는 왜 져."

"이눔, 염체 봐라. 앙탈두 못하두룩 떠나박질러 줄 테니 어서 일어서라."

"내가 똥이 마려우니 똥 좀 누구."

총각이 두 팔을 뒤로 짚고 얼굴을 젖혀들고 두 눈을 찌긋째긋하며 유복이를 치어다보니 유복이는 빙그레 웃으면서 말하였다.

"그럼 어서 가서 누구 오너라."

"가기는 어디루 가. 여기서 누지."

총각이 그 자리에 쭈구리고 앉으며 곧 바지를 까문졌다.

"이눔아, 사람 앞에서 무슨 짓이냐!"

"개 앞에서나 누는 법인가. 여기 개가 있어야지."

"무명 놓은 저 길가에 가서 못 누어?"

"괜히 낭떠러지루 떠다밀게."

"그렇게 겁이 나거든 언덕 밑에 가서 누려무나."

"저기 앉은 오가가 나려와서 덮치기 좋으라구."

"그 자식 의심은 되우 만해."

총각이 끙끙 소리를 지르느라고 말대꾸가 없었다.

"어 구리다."

하고 유복이가 뒤로 물러나서니 총각은 예사로

"누는 사람두 있을라구."

하고 한 자리 옆으로 옮겨 앉았다.

"쇠새끼 쇠똥 누는 것 구경하구 있지 말구 이리 올라오게."

하고 오가가 소리쳐서 유복이가 언덕 위로 가려고 할 제 총각이

"나는 내기 고만두구 갈 테다."

하고 낙엽을 집어 밑을 닦고 일어섰다. 유복이가 돌쳐서며

"이놈아, 어디를 가. 네 맘대루 가?"[9]

이렇게 내기 싸움을 하다가 터무니없이 똥을 누고 이어서 계속 가니, 못 가니, 내기를 하네 못하네 등등 시시하고 무람없는 대화가 오고 가다가 결국 밑도 끝도 없이 곽오주가 무심하게 가던 길을 가는 걸로 박유복이와 곽오주의 대결은 마무리된다. 즉 오가의 곽오주에 대한 복수극은 이렇게 흐지부지 끝이 난다.

9 홍명희, 『임꺽정 4』, 사계절, 1985, 183-184쪽.

물론 싸움이 이렇게 흐지부지되어버린 까닭의 절반은 박유복이에게 있다. 박유복이는 처음부터 힘겨루기를 해보고 혼을 좀 내주려 했을 뿐 오가처럼 복수심이 강하지는 않았다. 그런 마음이 곽오주의 격의 없고 우직한 언행 탓에 더욱 누그러져버린 것이다. 그러나 곽오주의 태평스러운 성격이 아니었다면 상황은 달라졌을 것이다. 앞의 인용에서 보듯이 곽오주는 한참 힘겨루기를 하다가 그 자리에 주저앉았고, 그 김에 똥을 누었다. 상황을 자기 마음대로 무시해버리는 천연덕스럽고 무심한 곽오주의 성격이 잘 드러나는 장면이다. 싸우던 상대 바로 앞에서 아무렇지 않게 똥을 누고, 이어서는 싸움을 무시해버리고 자기 갈 길을 가버린다. 오가와 박유복이가 복수를 하기 위해 며칠간 잠복을 해서 마침내 곽오주를 잡았지만, 그들의 복수극은 곽오주의 우직하고 무람없는 태도 때문에 이처럼 터무니없이 끝이 나고 만다.

　박유복이도 그러하지만 특히 곽오주의 성격은 거침이 없고 악착스럽지 않으며 합리적인 사리 판단에 따른 끝맺음에 별로 얽매이지 않는다. 무엇인가 미진한 채로 건성건성 삶의 형식들을 건너뛰며 살아간다. 곽오주의 이러한 성격과 세상살이 태도도 어쩐지 남김의 미학과 관련이 있을 듯싶다.

혼불

완전한 행복에 대한 경계심리

최명희는 작가로서의 생애와 삶의 에너지를 온통 쏟아 『혼불』을 집필했다. 만 17년에 걸쳐 창작된 대하소설 『혼불』 속에는 지난 시절 한국인의 삶과 풍속이 치밀하면서도 다양하게 기록되어 있다. 『혼불』은 19세기 말과 20세기 전반 한국 사회의 거대한 풍속화이되, 그 풍속화 속에는 한국인의 심성과 생각도 잘 그려져 있다. 남김의 미학과 관련해서 특히 주목되는 다음과 같은 이야기도 그중 하나다. 이 이야기는 강실이가 고통스러운 상황에 처해서 어머니를 찾다가 어머니 오류골댁이

오래전에 해준 이야기를 기억해낸 것으로, 오류골댁이 딸 강실이에게
해준 이야기는 다음과 같다.

"전에 전에 말이다."

어떤 사람이 있었더란다.

홀어머니 한 분 모시고 그날 그날 순박하게 살아가는 총각이, 아침이면
산에 가 나무 해 오고, 낮에는 밭 갈고, 밤에는 새끼 꼬면서 그럭저럭 살림
살이 따습게 일구어갔더래. 동네 마실도 댕김서. 품앗이도 허고. 그러다 보
니 이엉 올린 곳간에다 나름대로 먹을 만치 양식 가마니도 들여 놓고, 엄동
설한에도 땔나무 걱정은 안허게 허리펴고 살게 되었것다. 이제는 장가를
가야겠지? 얌전허고 마음씨 고운 처자한테로.

그래 하루는 참말로 장가를 들었구나. 동네 사람이 건넛마을까지 가서
중신애비 노릇 잘하고 데려온 큰애기였대. 얼굴도 투덕투덕 볼 만한데다가
부지런한 큰애기라, 시집와서도 달랑달랑 쉬잖허고 몸을 놀려 논 매고 밭
매고 삼시 세끼 지극 공양 더운 진지 해 드리니, 시어머니 마음에 참 마땅
허셨더란다.

부녀자 행실로 그만하면 삼강오륜이 다 쓸데없고 여교女教 명감明鑑이

무색한 것이지 무어.

더더욱이나 이쁜 며느리 이쁜 짓 허느라고 시집온 지 한 해 만에, 애터지게 할 것도 없이 떡뚜꺼비 같은 아들을 터억 순산했다지 뭐냐.

(……)

그런데 이 각시는 그렇게 옴쏙옴쏙 밥 먹는 것까지 이뻤던가 부드라. 수북 수북히 꼬깔 봉우리로 퍼다 먹는 숟가락질이 아까운 게 아니라, 그게 복 숟가락으로 뵈이더래.

"사람 사는 복이 이런 것이로구나."

애기아버지가 된 총각이 하도 좋아서 나무 하러 갈라고 지게를 지다말고 그만 쭈그리고 앉아 무릎에다 얼굴을 묻고 혼자 웃었단다. 아무도 못 보게. 행여라도 누가 보면 복 달아날까 봐. 귀신이라도 말이다.

그런데 이게 웬일이냐.

웃은 것이 죄였던가.

어느 하루 아무 까닭도 없이 앓기 시작하던 애기엄마가 끝내 자리에서 못 일어나고, 아까운 나이에 세상을 버리고 말았구나.

누구를 원망하며 누구를 한하리요.

"니가 인제 나중에 얼마나 울라고 그렇게 웃냐."

귀신이 시기를 했던 모양이지.

그래서 옛날부텀도 복이 너무 차면 쏟아진다고, 항상 어느 한 구석은 허름한 듯 부족한 듯 모자라게 두어야 한다 했니라.

천석꾼 만석꾼 부잣집에서도 고래등 같은 기와집을 대궐마냥 덩실하니 짓는 거야 당연한 일이겠지만, 대문만은 집채 규모에 당치 않게 허술하거나 아담 조그맣게 세웠고, 작명을 할 때 또한 사방팔방이 복으로만 복으로만 숨통이 막힐 만큼 꽉 차게 짓지는 않는단다. 지나치면 터지는 것이 세상의 이치거든. 그래서 부부 금슬이 유난히 좋아 떨어질 줄을 모르면 예전 어른들은 오히려 사위스럽다고 나무라셨더니라. 그런 사람들이 상배喪配하기 쉬운 탓이었다.

그뿐이냐 어디, 귀하고 잘난 자식이 아무리 자랑스러워 사랑이 넘쳐도 남 앞에서는 물론이고 혼자 앉아 있을 때 또한

"우리 애기 잘생겼다"

"예쁘다"

는 말은 결코 입 밖에 내면 안 되는 법. 사기邪氣가 끼칠까 두려운 때문이지. 뿐 아니라 잘 먹고 잘 노는 애기가 실팍하다고, 들어올리면서 무심코

"아이구 무거워라"

한마디 하잖어? 그럼 참 누가 꼭 지켜본 것처럼 애기한테 탈이 나서, 설사를 하든지 앓든지 그만 살이 쭉 빠지고 볼테기가 홀쪽해져, 업어도 헛덕개 비마냥 가볍게 되고 말더라.

옛말 그른 데 없거든.

옛말이 내려올 때는 다 그만한 까닭이 있느니라.

사람이 살다가 고생 끝이 되었든 노력 끝이 되었든 웬만큼 뜻이 이루어져서 마음에 흡족해도, 아직은 미흡한 구석이 남아 있는 게 좋지.[10]

이러한 오류골댁의 이야기는 한국 사람들의 전통적인 생활철학을 명료하게 보여주는 것이며 동시에 남김의 미학의 좋은 예라고 할 수 있을 것이다. 모든 면에서 완벽에 가까운 아내 또는 며느리를 얻게 된 것은 더할 수 없는 행운이지만, 그 행복이 너무 완전했기 때문에 오히려 일찍 아내 또는 며느리를 잃어버리는 불행을 당하게 되는 이야기이다. 그래서 한국인에게는 너무 완전한 행복에 대한 경계 심리라 할 만한 것이 있다. 늘 더 좋은 것을 남겨두기 위해서 일부러 부족함과 모자람을 따

10 최명희, 『혼불 7』, 한길사, 1996, 198-201쪽.

54

로 마련해두려고 하는 것이다. 큰 부자가 대문을 좀 아담하게 짓는다거나, 귀한 아이 이름을 천하게 짓는다거나, 사랑하는 마음도 일부러 숨긴다거나 하는 일들이 모두 그러한 심리에서 비롯된 것이라고 할 수 있다. 한국인들이 자주 사용하는 말 가운데 '달도 차면 기운다'라는 말이 있다. 흥할 때가 있으면 망할 때도 있음을 이르는 말이지만, 이 말 속에는 완전함이란 불완전함의 바로 전 단계라는 인식도 들어 있다. 위에 언급한 오류골댁의 이야기도 이런 인식을 보여주는 것이다.

소설 _ 비교문학적 고찰

주신구라 / 문제의 발단과 해결의 논리적 구조 / 남김과 다함

춘향전과
주신구라

『춘향전』은 한국 사람들에게 가장 유명하고 사랑받는 이야기다. 18세기 판소리 대본으로 형성된 이후, 구비전승 과정에서 소설로 정착되었고 수많은 이본異本을 남겼다. 원래 판소리 대본으로 형성되었기에 판소리의 형식으로 널리 사랑을 받았지만, 창극의 형식으로도 거듭 공연되었으며, 영화로도 여러 차례 제작되었다. 어떻게 보면 『춘향전』의 작자는 지난 2-300년 동안 『춘향전』을 사랑하고 즐긴 모든 한국 사람이라고 할 수도 있을 것이다. 이런 점에서 『춘향전』은 한국의 '국민문학'이라고 말할 수 있다.

　『춘향전』은 다른 고전소설들과는 달리 사실적인 면모가 강하다. 잘 알려진 바와 같이 한국의 고전소설들은 그 시대적·지리적·인물적 배경이 중국인 경우가 대부분이고, 그 줄거리는 황당하고 비현실적인 사건에 크게 의존한다. 그러나 『춘향전』은 우리나라의 숙종 연간이라는 시대와 전라도 남원이라는 지역이 구체적 배경으로 설정된다. 뿐만 아니라 '광한루'와 같은, 현재에도 존재하는 장소가 소설의 주요 무대가 된다. 주요 인물도 사또의 자제와 기생의 딸이라는 실감 나는 성격들이다. 물론 세부적인 면에서는 『춘향전』 역시 비사실적 묘사들이 많으나, 배경과 사건 전개와 인물 등 전체적인 면에서는 다른 고전소설들과는 달리 사실성이 높다. 즉 독자들에게 자기들의 삶과는 상관없는 먼 나라의 황당한 이야기가 아니라 자기 이웃에서 벌어질 수 있는 이야기가 된다.

　『춘향전』은 기생의 딸이 양반의 아들과 결혼하여 마침내 정렬부인까지 된다는, 한국판 신데렐라 이야기다. 여기에 나쁜 관리를 벌주는 통쾌한 이야기가 곁들여진다. 평민들을 억압하던 높은 신분의 관리가 벌을 받고 평민이 양반으로 신분 상승한다는 것은 모든 평민들의 꿈이다. 한 연구자는 『춘향전』이 사랑받는 이유가 '양반이 되는 꿈의 실현'을 보여

『춘향전 春香傳』

주기 때문이라고 설명하기도 한다.[11] 『춘향전』은 시련과 한계를 넘어서서 소망이 실현되는 즐거운 이야기이다.

한국 사람들이 가장 사랑하는 이야기가 『춘향전』이라면, 일본 사람들이 가장 사랑하는 이야기는 무엇일까? 아마도 『주신구라〔忠臣蔵〕』가 그럴듯한 답의 하나가 될 수 있을 것이다. 『주신구라』는 1701년 3월 14일 에도성 안에서 일어난 칼부림 사건과 그 이듬해 12월 14일에 있었던 아코한〔赤穂藩〕의 낭인들이 주군의 복수를 결행한 실제 사건을 작품화한 것이다. 아코 사건을 소재로 한 수많은 작품이 있는데, 그 가운데 다케다 이즈모를 중심으로 미요시 쇼쿠라와 나미키 센류의 합작으로 창작되어 1748년에 처음 상연된 『가나데혼 주신구라〔仮名手本忠臣蔵〕』(통칭 『주신구라』)가 가장 완성도가 높은 작품으로 많은 인기를 얻었다.

통칭 『주신구라』라 불리는 『가나데혼 주신구라』는 1748년에 처음 상연된 이래 오늘날까지 일본인들의 절대적인 사랑을 받으며 성장해왔

11　설중환, 『판소리사설연구』, 국학자료원, 1994, 111~120쪽.

다. 근세에는 인형극인 닌교조루리[人形淨琉璃]와 전통 서민극인 가부키[歌舞伎]로 상연되어 인기를 얻었으며, 근대에 들어서는 수십 편의 영화 혹은 텔레비전 드라마로 제작되어 오늘에 이르고 있다. 어떤 형태로든지 오늘날에도 매년 상연되고 있는 일본의 살아 있는 고전 명작이요 일본의 국민문학이라 할 수 있다.[12]

이처럼 『주신구라』는 18세기에 공연의 대본으로 만들어졌으며, 이후 지금까지 수많은 장르와 판본으로 일본 사람들의 사랑을 받고 있는, 사실을 바탕으로 한 작품이다. 이런 점에서 『춘향전』과 두루 비교될 만한 작품이다. 단, 『춘향전』이 행복한 결말을 보여주는 로맨틱한 러브스토리인 데 비해서 『주신구라』는 잔혹한 결말을 보여주는 무자비한 복수 이야기라는 점에서 차이가 있다.

---

12 최관, 「작품 해설 / 아코 사건과 주신구라」, 『주신구라』, 민음사, 2001, 185쪽. 이후 『주신구라』에 관한 일본 문학사적 정보는 이 해설에 의거함.

문제의 발단과 해결의 논리적 구조

『춘향전』에서 문제의 발단은 이중적이다. 우선 이몽룡이 과거를 보러 한양으로 감으로써 춘향이와 이별하게 되는 것이 일차적인 문제가 되고, 이것은 다시 변학도가 춘향에게 수청을 요구함으로써 보다 심각한 문제로 발전한다. 춘향은 사또 변학도의 수청을 단호히 거부함으로써 매를 맞고 옥에 갇히는 신세가 된다. 춘향은 사랑, 정조, 목숨까지도 잃을 위기에 처한다. 이 위기가 어떻게 생성되고, 전개되고, 해결되는가 하는 것이 『춘향전』의 서사가 된다.

춘향은 자신이 맞은 위기 상황에 대처할 능력이 거의 없다. 변학도의 수청을 거절하는 것만이 춘향이 할 수 있는 유일한 일이다. 문제의 해결은 거의 전적으로 이몽룡에게 달려 있다. 즉 이몽룡이 나타나서 변학도를 무찌르고 춘향이를 구해주어야 한다. 실제로『춘향전』의 서사는 그렇게 진행된다. 그러나 이몽룡이 한양에서 그동안 한 노력은 춘향이를 위한 것이 아니었다. 그는 춘향이가 어떤 위기에 처했는지도 잘 모르고 과거시험을 준비했을 뿐이다. 다행히 이몽룡은 과거에 급제하였고, 어사가 되어 남원에 올 수 있게 되었다. 그리고 남원 사또인 변학도가 탐관오리였기에 그를 봉고파직封庫罷職하고 나아가 춘향을 옥에서 구해낼 수 있었다.

『춘향전』은 문제의 발단도 상황 의존적이고, 그 해결도 상황 의존적이다. 즉 춘향의 실수나 선택에 의한 문제의 발단이 아니라 이몽룡이 떠나고 변학도라는 나쁜 사또가 부임해 온 상황이 문제의 발단이 된다. 그리고 이몽룡의 노력이나 의지에 의한 해결이라기보다는 어사로서의 소임을 훌륭히 수행하는 가운데 부수적으로 얻을 수 있었던 해결이라는 점에서 이 또한 상황 의존적인 것이다. 달리 말하면 상황이 나빠서 춘향이는 고생을 했고, 다시 상황이 좋아져서 춘향이는 사랑과 부귀를 얻게 되었다.

『주신구라』의 경우는 사뭇 다르다.『주신구라』에서 문제의 발단과 해결의 논리적 구조는 매우 단순하고 직선적이다. 오만하고 탐욕스러운 고노 모로나오가 엔야 한간의 처를 유혹하고 나아가 엔야 한간에게 모욕적인 말을 하자 엔야 한간은 순간적으로 칼을 빼 들고 모로나오를 찌른다. 옆에 말리는 사람이 있어 모로나오는 상처를 입었지만 목숨은 구한다. 쇼군의 저택에서 칙사를 맞이하는 날에 그런 칼부림을 했다는 이유로 엔야 한간은 할복을 명받고 그의 영지는 몰수된다. 엔야 한간은 할복하면서 모로나오를 죽이지 못한 원한을 풀어달라고 가신들에게 부탁을 한다. 이것이『주신구라』의 문제의 발단이다. 엔야 한간의 가신들은 주군을 위해 복수를 해야만 한다. 한마디로 죽은 주군의 복수가『주신구라』의 문제다.

문제도 단순하지만, 그 해결 과정도 마찬가지로 단순하다. 치밀하게 준비해서 모로나오를 죽이는 것이 문제의 해결이다. 한간이 죽은 후 서사의 진행은 마치 날아가는 화살처럼 주변의 모든 상황을 무시하고 복수라는 하나의 점으로만 향해 날아간다.『주신구라』는 이 직선적 논리가 서사의 강력한 축을 이루며, 다른 모든 것들은 이 직선적 논리를 위

우타가와 히로시게, 「주신구라 : 밤의 습격」

해 희생되거나 그것에 복종된다. 달리 말하면 47명의 가신들에게 주군의 복수는 다른 어떤 가치나 판단도 개입할 수 없는 절대적 과제가 된다. 이 과제의 성공적 수행만이 문제의 해결이다. 마침내 1년 이상의 치밀한 준비 끝에 엔야 한간의 가신이었던 사무라이들은 모로나오의 저택을 습격하여 모로나오를 죽여 그의 목을 한간의 영전에 바치고 모두 체포되어 할복으로 죽는다.

『춘향전』은 등장인물의 의지와 선택뿐만 아니라 상황과 세상의 논리가 함께 관여해서 서사를 진행시킨다. 춘향이는 세상의 이치를 벗어나지 않고 도리를 잘 지킴으로써 사랑과 부귀를 얻었고, 이몽룡도 세상이 요구하는 바를 성실히 이행함으로써 춘향이를 구하고 출세를 하였다. 『춘향전』의 행복은 인간과 세상이 힘을 합하여 이루어낸 것이다. 그러나 『주신구라』에서는 인간의 강한 의지가 상황과 세상의 논리를 무시하거나 억압하면서 서사가 진행된다. 그래서 수많은 소중한 가치들이 포기되고 고통과 시련은 더 커진다. 『주신구라』의 비극은 인간이 하나의 가치를 위해 맹목적으로 상황과 세상의 논리에 맞서 싸운 결과물이다.

남김과
다함

앞의 분석에서 이미 암시된 바이지만, 『춘향전』은 주인공의 것이 아닌 다른 많은 가치와 힘의 작용을 남기고 있는 반면 『주신구라』는 주인공의 힘과 가치 외에는 다른 아무것도 남겨놓지 않은 작품이라고 말할 수 있다.

『주신구라』의 복수에는 순수함과 숭고함이 있다. 그것은 다른 소중한 가치들을 과감하게 포기하는 굳은 마음과 관련이 있다. 그러나 그 굳은 마음 또는 복수라는 직선적 논리가 얼마나 많은 합리적 논리를 외면

하고 또 얼마나 많은 희생을 초래했는가를 생각해볼 필요가 있다. 한간의 성급하고 무모한 행동은 자신의 죽음은 물론 가족들을 비통과 비참에 빠뜨리고 나아가 많은 가신들과 그의 가족들에게 재앙이 되는 것이었다. 한간은 분명히 이것을 알고 있었으면서도 자신의 자존심과 체면만을 소중하게 여기는 소아적인 행동을 했다. 그러나 이러한 무모함은 문제의 발단에서만 작용하는 것이 아니라 이후 사건의 전개에서 계속적으로 발생한다. 우선 엄청난 희생이 예견되는 복수를 하는 것이 당연한가에 대한 물음은 철저하게 무시된다. 거사에 참여한 47명의 가신들은 복수를 위해 모든 것을 희생한다. 사랑, 가족, 목숨, 이성 등등 모든 것을 조금도 남기지 않고 희생한다.

남김의 부재는 이 이야기 속에서 죽은 사람의 숫자를 생각해보아도 알 수 있다. 이 복수의 드라마에 연루되어 죽음을 당하는 사람의 수는 거사에 참여한 47명의 가신을 포함해서 거의 60명에 이른다. (모로나오 저택이 습격당했을 때, 모로나오의 부하가 몇 명이나 죽었는지 분명치 않은데, 그 수에 따라서 60명이 넘을 수도 있다.) 등장인물 가운데 살아남는 것에 대해서 연연하는 사람은 거의 없다. 그리고 과연 60여 명의 목숨에 값할 만큼 한간의 행동과 죽음이 영웅적이거나 원통한 것인지에 대한 물음도 전혀 없다. 대규모 전투가 벌어지지도 않는, 짧은 이야기 속에서 60여 명의 죽음이 나오는 경우는 참으로 희귀할 것이다.

그리고 복수의 절대성 앞에서 사랑이나 가정의 가치는 전혀 인정되지 않는다. 간페이는 아내를 매우 사랑했지만 복수를 위해서는 아내를 유곽에 팔아넘기는 것조차 마다하지 않는다. 아버지와 남편을 모두 잃고 유곽으로 팔려 간 간페이의 아내도 애처롭지만, 그보다 더 애처로운 사랑 이야기는 고나미와 리키야의 하룻밤 부부 이야기다. 고나미(한간의 칼부림을 말린 혼조의 딸)라는 아가씨는 리키야(복수의 주역인 오보시 유라노스케의 아들)와 약혼한 사이지만, 리키야는 아버지와 함께 복수에 참여하고 곧 죽을 몸이므로 고나미의 사랑을 매정하게 거절한다. 그러나 고나미의 아버지인 혼조가 자청하여 리키야의 창에 찔려 죽음으로써 유라노스케와의 오해를 풀고 복수를 돕는다. 이에 감동한 유라노스케는 비록 하룻밤 부부이지만 고나미를 아들 리키야의 아내로 받아들인다. 스스로 죽음을 택한 혼조의 연극도 무모해 보이지만, 고나미나 리키야같이 사랑스러운 자식들까지 복수의 희생물로 만드는 것을 당연시하는 그 부모들의 태도도 쉽게 이해되는 것은 아니다. 소설의 어조도 이런 무모한 태도들을 숭고한 것으로 만들고 있는 것처럼 보인다.

다른 소중한 가치를 과감하게 포기하는 무모함이 숭고함으로 존중되는 또 하나의 흥미로운 사례는 기헤이라는 인물의 경우다. 아마가와야 기헤이는 상인인데, 유라노스케에게 복수에 필요한 무기를 비밀리에 제공한다. 자신과는 상관없는 다른 사람의 복수를 위해 기헤이는 자신의 목숨과 사업 전체를 건다. 그리고 비밀 유지를 위해 아내를 쫓아내고 이혼까지 마다 않는다. 뿐만 아니라 어린 자식을 토막 내 죽이겠다는 위협 앞에서도 태연하게 자식을 포기하는 태도를 취한다. 아무리 의로운 충신들의 복수를 돕는다지만, 자신과는 상관도 없는 남의 복수를 위해서 아내, 자식조차 쉽게 포기해버리는 태도는 놀랍다. 『주신구라』에서는 이 모든 소중한 가치들조차 주군의 원수를 갚겠다는 결연한 충의의 절대적 가치 앞에서 쉽게 부정되는 것이다.

『주신구라』에서 절대적 가치로 존숭 尊崇되는 충의는 두 가지 면에서 맹목적이다. 첫째, 『주신구라』의 충의는 주군의 정당성에 대해서 의문을 갖지 않는다. 주군이 훌륭하거나 정당해서 충성을 바치는 것이 아니라 주군이기 때문에 충성을 바친다. 둘째, 다른 어떤 가치도 쉽게 포기되고 오직 충의만이 절대적 가치를 지닌다. 『주신구라』는 충의라는 가치 이외에 어떤 가치도 남겨두지 않는다.

이에 반해 『춘향전』에는 많은 가치들이 혼재돼 있다. 『춘향전』에서 강조되는 주된 가치는 사랑, 인권(신분 타파), 정절 그리고 사회적 정의이다. 여기에 개인의 세속적 행복과 부귀 그리고 쾌락, 신의 등이 부수적으로 추구된다.

전반부의 만남, 사랑, 이별 세 대목에서는 사건들이 춘향과 도령의 개인적인 차원에서 진행된다면, 후반부의 시련, 출세, 보상 세 대목에서는 춘향의 경우는 춘향의 시련이 춘향집 밖의 일로, 또한 춘향의 시련을 둘러싼 사건은 사또를 비롯한 관원들과 농민이 중심이 된 남원 민중들의 공동 관심사로 진행된다. 도령의 경우도 도령의 개인적인 출세라 하기보다 암행어사로서의 사회적 공인의 활동으로 진행된다. 그 결과 열녀가 된 춘향과 어사가 된 도령의 재회인 보상 대목도 개인적 보상이라는 측면보다는 왕까지 그들의 사적인 결합을 공인해주는 사회적 결연으로 형상된다.[13]

---

13 설성경, 「『춘향전』 해제」, 『한국고전문학전집 12 : 춘향전』, 고려대학교민족문화연구원, 1995, 10-11쪽.

이러한 지적에서 보듯이『춘향전』은 개인의 사랑 이야기이면서 사회적 측면을 남겨두고, 동시에 사회적 이념의 실천을 내세우면서 개인의 욕망과 쾌락을 남겨둔다. 그런가 하면 점잖은 양반인 이몽룡에게도 장난기 많은 보통 사람의 모습을 남겨두고, 정숙한 열녀인 춘향에게도 욕망 추구에 대범한 면모를 남겨둔다.

『춘향전』의 결말을 보면, 춘향이가 잘되는 것이 중요하지 변학도가 벌받는 것은 별로 중요하지 않다.『주신구라』에서 모로나오가 한간의 처를 유혹하고 한간을 모욕한 결과는 60여 명의 죽음이었다. 그러나 『춘향전』에서 변학도가 춘향을 농락하고 매질한 결과는 분명하지 않다. 변학도가 어사에 의해 봉고파직을 당하긴 했지만, 그 뒤로 어떤 벌을 어떻게 받았는지 알 수 없고 또 그마저도 나쁜 관리로서의 벌이지 춘향과 관련된 개인적 복수는 아니다.

한국 사람들이 가장 사랑하는『춘향전』은 여러 가지 것들을 따지지도 않고 해결하지도 않은 채 그냥 남겨두고 건성건성 넘어가는 이야기이다. 그리고 일본 사람들이 가장 사랑하는『주신구라』는 충의 이외에는 그 어떤 것도 남겨두지 않고 모든 것이 끝장내버리는 이야기이다.

한국의 집

있는 그대로, 생긴 그대로 / 너에게 내가 맞추려는 마음 /
안과 밖의 소통 / 열림과 닫힘의 변증법

있는 그대로, 생긴 그대로

기둥과 보

오래된 한국의 집들을 구경하다 보면 못생기고 구부러진 목재를 그대로 사용한 것을 쉽게 만날 수 있다. 평범한 한옥에서 삐뚤삐뚤한 서까래와 굽은 보를 만나는 것은 예사다. 특히 커다란 절집의 기둥이나 보에서는 그보다 훨씬 심하게 뒤틀린 목재가 자주 사용되는데, 그 파격적 아름다움과 자연스러움은 한국의 오래된 집을 구경하는 데 빼놓을 수 없는 재미가 된다. 가령 화엄사 구층암의 요사채는 거의 다듬어지지 않은 모과나무를 그대로 기둥으로 사용하고 있어 보는 사람을 놀라게 한다.

화엄사 구층암 요사채

정면 한가운데 말라 죽은 두 그루의 큰 모과나무가 보란 듯이 첨차檐遮를 이고 건물을 떠받치고 있다.

　건물의 전면에 서 있는 두 개의 기둥이 말라 죽은 나무인지 아니면 기둥인지 헷갈릴 정도로 대담한 발상이다. 구층암의 경우 다듬지 않은 모과나무 기둥이 워낙 파격적이라 그 자체로 특별한 조형미를 가지지만, 한국의 집에서 휘고 다듬어지지 않은 목재는 천장이나 벽면에 독특한 아름다움을 주는 경우가 많다. 개심사 심검당이나 선운사 만세루 같은 곳도 휘어져서 용도에 적당하지 못한 목재를 잘 활용한 예를 보여준다. 많은 전문가들은 휜 목재를 잘 활용하는 것을 한국 건축의 큰 장점으로 꼽는데, 이때 자주 언급되는 사례가 선운사 만세루이다.

　만세루의 기둥은 제각각이다. 규격이 일정한 재목으로 수직적 질서를 만들지 못하고 모든 기둥이 굵기도 다르고 길이도 다르고 휘기까지 했다. 보나 부재로 사용된 목재도 반듯하지 않기는 마찬가지다. 일정치 않은 목재들을 가지고 만세루를 지은 목수들의 생각과 솜씨에 대해서 신영훈은 다음과 같이 칭찬한다.

　귀기둥 통나무는 썩지 않아야 수명이 장구하다. 구해 놓고 보니 기둥 길이가 짧다. 보통은 버리고 긴 재목 구해다 다시 마름하여 산뜻하게 세우지만 승려들은 수의수처隨意隨處의 법문에 따라 짧은 기둥 이어 쓰기로 하였다. 보통으로는 어려운 발상이고 처리이나 선운사의 만세루는 능숙한 도편수가 무난히 처리하였는데 기둥 하나에 국한되지 않고 기둥마다를 적의 처리하였다.

도편수는 매우 활달한 사람이었던 모양이다. 대들보도 꾸불거리는 나무를 썼을 뿐만 아니라 종보는 아예 두 가닥으로 벌어진 가지의 고샅 부분을 잘라다 썼다. 아주 드문 일이지만 대담한 작업이다. 그래도 하중에 견딜 만하다는 자신이 없고서는 감히 엄두도 내지 못할 그런 일이다.

득의得意하였다고 평가해야 온당하리라고 생각한다. 나무가 지탱하는 하중의 처리를 아주 잘 간파하고 있었다고 할 수 있다. 수백 년 동안 이 집은 별 탈 없이 내려오고 있다.

천연스러운 나무를 재목으로 이용한다. 천연과 인간의 공술工術이 합작하는 일이다. 합작에서의 상대방 대접은 존중에 있다. 가장 천연스러운 것은 그대로 살려주는 데 존중의 묘체가 있다. 그런 생각이 극도에 이르면 이런 기둥을 세울 마음이 우러난다.[14]

선운사 만세루 들보

개심사 심검당

선운사 만세루 마루

목재를 있는 그대로 생긴 그대로 사용한 것은, 자연과 합치하고 자연을 존중하는 한국 건축의 특징이라고 자주 칭송된다. 신영훈도 만세루에서 '수의수처隨意隨處'의 정신과 '천연과 합작'을 이야기한다.

만세루의 휜 목재들에 대해서는 두 가지 견해가 있다. 휘고 비뚤어진 나무의 자연적인 모습을 건축에 적극 반영하여 의도적으로 그런 아름다움을 추구했다는 견해가 하나이고, 다른 하나는, 목재가 부족하여 어쩔 수 없이 못생기고 부적절한 목재를 사용했지만 그것을 잘 활용해서 뜻밖의 아름다움을 획득했다는 견해이다.[15] 짐작컨대, 후자의 견해가 좀

---

14 신영훈, 『한옥의 조형』, 대원사, 1989, 116-117쪽.

15 이 견해의 연장선에 서면, 휘고 비뚤어진 목재의 사용 자체가 훌륭한 건축의 조건이 되는 것은 아니다. 가령 선운사 만세루에 대해서도 휘고 비뚤어진 목재를 잘 활용한 점은 돋보이지만 그렇다고 만세루 자체가 훌륭한 건축인 것은 아니라는 다음과 같은 지적은 경청할 만하다. "(만세루는) 한마디로 말해 당시의 열악한 건축 상황을 말해줄 뿐입니다. 역사적 사료로서 가치가 있을지는 몰라도 건축 전반으로 보면 수준이 낮은 건물이었습니다. 시공의 수준, 재료의 수준 모두 수준이 낮습니다. 예전 선운사의 만세루를 찾았을 때 어쩌면 이렇게 막 집을 지었을까 하는 생각을 한 적이 있었는데 다시 보아도 그 수준이었습니다. 한 가지 보아줄 것이 있다면 열악한 상황에서 그런대로 노력하였다는 점일 것입니다. 어쨌든 이 만세루에 대교약졸大巧若拙이라는 말을 붙이기에는 너무도 문제가 있는 집이라고 생각합니다." 최성호, 「선운사 만세루와 청룡사 대웅전 그리고 大巧若拙」, http://blog.naver.com/seongho0805/150007253628

더 설득력이 있어 보이지만, 수많은 건축에서 당당하게 그런 목재가 사용되고 있는 것을 보면 이미 곧고 바른 목재로만 집을 지을 수 있다는 생각으로부터 벗어나 있었던 것으로 보인다. 아울러 못생기고 부적절한 목재를 버리지 않고 잘 살려 쓰는 정신 그리고 더 나아가 그것으로 색다른 아름다움을 만들어낸 솜씨는 예사롭지 않다. 이 정신과 솜씨는 한국적 미학의 한 특장이 되기도 하는 것 같고 그 특장 역시 '남김의 미학' 속에 포함시켜도 좋을 듯하다.

너에게 내가 맞추려는 마음

덤벙주초와 그랭이질

한국의 집에서 자재를 있는 그대로, 생긴 그대로 사용하는 또 하나의 좋은 예는 주초柱礎일 것이다. 기둥을 세우기 위해서는 그것을 받쳐주는 초석이 필요하다. 돌을 잘 마름질해서 반듯하게 만든 초석도 물론 많지만, 더 많은 경우 자연석을 그대로, 혹은 조금만 손질해서 만든 초석이 사용된다. 기둥을 받치는 초석과 관련하여 자주 주목을 받는 건물은 삼척에 있는 조선시대 누각인 죽서루竹西樓이다.

죽서루는 1266년 이전에 창건된 것으로 추정되며, 그 후 삼척부의 수

령인 김효손이 1403년에 고쳐 지은 뒤 여러 차례 중수하여 오늘에 이르고 있다. 예로부터 관동팔경의 하나로 손꼽히는 죽서루는, 바다를 바라보고 있는 다른 동해안의 누각과는 달리 강가에 지어졌으며 특히 자연 암반 위에 기둥을 세운 건물로 유명하다.[16] 최순우는 죽서루의 멋과 아름다움을 다음과 같이 예찬한다.

마치 병풍처럼 둘러선 푸르른 단애 위에 날아갈 듯 자리 잡은 구비구비 맑은 강심에 그림자를 띄운 그 순박한 정자의 모습도 모습이려니와 이 누대 기둥들을 떠받치고 있는 '덤벙주초'의 희한한 조화미에 내 마음이 흥겨웠던 것이다.

생긴 그대로의 절벽, 바위 둔덕 위에 울멍진 높고 낮은 자연암석들을 적

---

16 죽서루라는 이름의 유래도 흥미롭다. 동쪽 대나무 숲 속에 죽장사라는 절이 있었는데, 그 서쪽에 있는 누각이라고 해서 죽서루라 지었다는 설과 동쪽에 죽죽선녀라는 유명한 기생의 집이 있어 그 서쪽에 있는 누각이라고 해서 죽서루라 지었다는 설이 있다. 죽죽선녀는 기록에 나오는 최초의 기생 이름이다. 죽서루와 같이 지체 높은 사람들의 근엄하고 우아한 놀이터에 기생에 존경을 표하는 이름을 붙였다는 것은, 그것이 사실이 아니라 할지라도, 푸근한 여유를 느끼게 해준다. 죽서루는 이와 같이 그 이름에서도 '남김'의 아우라가 있다.

죽서루

정선, 「죽서루」

당히 의지해서 주초로 삼고 불가피한 곳에만 자연석을 옮겨놓아 주초의 수를 채웠으므로 기둥 길이를 여기에 맞추어 길게 짧게 마름질한 것이 덤벙주초였다. 따라서 이 죽서루의 대청 밑은 생긴 대로의 지형 위에 길고 짧은 기둥들과 크고 작은 자연암반들로 이루어진 초석들의 양감이 마치 태초 것인 양 자연스러운 '하모니'를 이루고 있었던 것이다.

　요사이 젊은 한국 사람들의 안목으로 보면 이것은 분명히 의미 없는 부정제성의 흠절을 들어 낙제감에 불과한 짓거리의 하나일 것이다. 말하자면 집터를 뒤로 약간만 물러 세워도 평평한 곳이 있었고 또 울멍진 바위둔덕을 평퍼짐하게 깎아서 편안히 터를 마련하고 잘 다듬은 초석과 가지런한 주열을 나타낼 수도 있었기 때문이다.

　한국 건축에 나타난 이러한 덤벙주초의 예는 이 죽서루에만 있는 것은 아니었다. 말하자면 덤벙주초는 과거 한국인들의 자연애와 자연에 대한 깊은 외경 그리고 자연과 인위의 조화미에 대한 희한한 안목에서 우러난 멋진 조형 예의 하나임이 분명하다.[17]

---

17 최순우, 「건축미에 나타난 자연관」, 『무량수전 배흘림 기둥에 기대서서』, 학고재, 1994, 388쪽.

덤벙주초는 그 이름에서부터 푸근하고 투박한 마음씨가 느껴진다. 덤벙주초는 죽서루뿐만 아니라 어지간한 조선시대 건물에서는 다 사용되고 있는데, 이와 관련하여 또 한 가지 흥미로운 점은 '그랭이질'이라는 것이다.

있는 그대로의 돌 혹은 생긴 그대로의 돌 위에 기둥을 세우려면 그 기둥이 덤벙주초와 만나는 면을 잘 다듬어야 한다. 기둥의 밑면을 울퉁불퉁한 주춧돌 표면과 일치하도록 잘 다듬는 일을 '그랭이질'이라고 한다. 그랭이질을 잘해서 맞물린 두 부분은 매우 튼튼하게 결합되어 건축물의 안정성을 높여준다. 돌을 쌓을 때도 그랭이질 공법이 사용되었는데, 고인돌, 장군총, 분황사탑 기단, 불국사의 석축 하단부 등에서도 확인된다고 한다. 일설에 의하면 불국사가 1200년 동안 지진에도 견딜 수 있었던 이유가 석축 하단부의 그랭이질 때문이라고 한다. 그랭이질은 두 부분을 평면으로 만나게 하는 것이 아니라 자연스럽고 복잡한 요철로 만나게 하는 어려운 기술이어서 도목수가 직접 시공했다고 하는데, 그랭이질을 하는 이유는 자연을 그대로 활용하기 위해서뿐만 아니라 더 튼튼한 건축물을 만들기 위해서이기도 하다.

이처럼 그랭이질은 매우 흥미로운 건축 기술이다. 그러나 그랭이질은 사상이나 미학의 관점에서 더 큰 매력을 지닌다고 생각된다. 덤벙주초와 그랭이질이 자연과 융합하고자 하는 한국 건축의 정신을 잘 보여준다는 지적은 흔하게 만날 수 있다.

한국의 건축은 자연과 융합하려 한다. (……) 같은 목조 건축이면서 일본은 목재를 정확한 척도로 제재製材하여 건축하나 한국은 휜 재는 휜 대로 적당히 맞추어 쓴다. 특히 기둥의 밑동을 그랭이질하여 막 생긴 초석에 맞도록 하는 것은 한국 건축이 얼마나 자연과 조화시키려 한가를 말해준다. (……) 기둥들이나 기타 재료들이 자연 형태에 약간의 가공을 함으로써 종국에는 자연과 융합하려는 성격을 나타내게 되는 것이다. 그리하여, 꾸미는 가운데 꾸미지 않은 듯이 보이게 하는 소박한 성격을 부여하고 있다.[18]

한국의 건축이 자연을 닮고, 자연과 일치하거나 자연의 일부가 되고자 한다는 것은 널리 알려진 사실이다. 이때 자연이 정확하게 어떤 개념인가 의문을 가지면 문제가 그리 단순할 수는 없지만, 대체로 인정될 수

---

18 주남철, 『한국 건축의 장』, 일지사, 1979, 149-150쪽.

있는 지적이고 감으로 확인할 수 있는 지적이다. 특히 자연에 인공적인 변화를 강요하지 않으려는 또는 최소한의 변화만 가하려는 강한 지향을 보여준다는 점은 한국 건축의 중요한 특징이라 할 수 있으며, 덤벙주초와 그랭이질은 그 주요한 사례가 된다.

그런데 그랭이질에서는 여기서 한 걸음 더 나아가는 마음을 찾아 볼 수 있다. 그것은 상대를 있는 그대로, 생긴 그대로 남겨두고 그것에 자기를 맞추려는 마음이다. 보통의 건축에서는 주춧돌도 평평하게 다듬고 기둥도 평평하게 다듬어 두 부분을 결합시킨다. 이와는 달리 그랭이질에서는 한쪽의 울퉁불퉁함을 그대로 남겨두고 다른 쪽을 울퉁불퉁한 면에 맞게 공들여 다듬어서 두 쪽을 결합시킨다. 이것은 상대의 불편함을 그대로 인정하고 나를 상대의 불편함에 어렵게 맞추어 하나가 되고자 하는 마음과 통한다. 이렇게 이루어진 결합이 서로를 고집하는 결합이나 서로 똑같이 양보하는 결합보다 훨씬 튼튼한 것이 됨을 그랭이질은 잘 보여준다.

인간관계도 마찬가지일 것이다. 우리는 보통 자신만을 고집한다. 그렇지 않은 경우라도 최소한 서로 똑같이 양보하여 원만한 관계를 만들려고 한다. 그러나 모자라거나 울퉁불퉁하거나 한 상대의 모습을 그냥 그대로 존중하고 내가 거기에 섬세하게 맞추어서 좋은 관계를 만들어보라고 그랭이질은 우리에게 권한다. 상대를 그대로 남겨두고 내가 거기에 맞추어서 만든 인간관계는 한층 튼튼하고 아름다운 것이 될 것이다.

안과 밖의 소통

창호

한국의 집에서 문은 매우 흥미로운 요소이다. 물론 모든 나라의 집에서 문은 중요하다. 그러나 한국의 집에서 문은 중요할 뿐만 아니라 특이한 성격을 지닌다. 그 특이성은 '창호窓戶'라 불리는 것에서 잘 드러난다.

창호는 창window과 문door을 합친 말이다. 이때 '호戶'라고 불리는 문은 대문처럼 건물 바깥에 있는 것이 아니라 주로 건물에 붙어 있는 문을 가리킨다. 달리 말하면 집에 들어가는 출입구는 문이고, 방에 들어가는 출입구는 호라고 할 수 있다. 그러나 창호라는 말에서도 암시되

듯이 한국의 집에서 창과 호는 뚜렷이 구분되지 않는다. 많은 경우 창과 호의 기능은 중첩되고 가변적이다. 창호는 창이면서 문이고 또 벽이기도 하다.

한국의 집은 앞면이 거의 창호로 구성되어 있다. 다른 나라의 많은 집들은 앞면에 창과 문이 있더라도 그보다는 벽이 더 많다. 그러나 한국의 집을 앞에서 보면 벽은 거의 인식되지 않는다.

다음의 사진은 창덕궁에 있는 연경당演慶堂을 전면에서 바라본 것이다. 건물 전면의 거의 모든 부분은 창호로 되어 있다. 이 건물은 순조 28년(1828)에 지어진 것으로 궁 안에 있지만 사대부들의 주택 모습이며, 한국 주택의 아름다움을 가장 잘 보여주는 집으로 평가된다. 최순우는 이 집에 대해 한없는 애정과 상찬을 표하면서 "연경당은 충분히 아름답고 또 한국 문화의 결정 같은 것이라고 나는 생각한다. 한국과 한국 사람이 낳은 조형문화 중에 우리가 몸을 담고 살아온 이 주택문화처럼 실감 나게 한국의 개성을 드러내는 것이 또 없고 그중에서도 가장 세련된 예의 하나가 바로 이 연경당인 것이다"[19]라고 했다. 사진 속의 연경

---

19 최순우, 앞의 책, 1994, 393쪽.

창덕궁 연경당

한옥 창호

한옥 창호

당을 보면, 정면 여섯 칸 가운데 양쪽 두 칸은 창으로 되어 있다. 맨 왼쪽 칸 윗부분에 띠살창호가 있고 맨 오른쪽 칸 누마루 위에는 전체가 귀갑 창호로 되어 있어 좌우가 다른 가운데 조화가 이루어지고 있다. 그리고 그 가운데 네 칸은 모두 지게문으로 되어 있는데, 사진에서 보듯이 하얀 지게문이 독특한 조형미를 만들어내고 있다. 이처럼 한국의 집들은 창호가 집의 조형미에 크게 작용할 뿐만 아니라 창호의 열고 닫음에 따라 그 조형미가 달라진다.

사찰 건물 앞면에서는 사대부의 집에서보다 창호의 역할이 더욱 크다. 거의 모든 법당 건물의 앞면은 화려한 창살을 가진 창호로만 이루어진다. 보물 292호로 지정되어 있는 개암사 대웅전은 정면 세 칸이 모두 열 개의 창호로 되어 있다. 양쪽 칸은 세 개의 창호가 하나의 문이 되고, 가운데 칸御間은 네 개의 창호가 연결되어 하나의 문을 이루고 있다. 창호의 꽃무늬 빗살이 화려하여 공포와 더불어 건물 전면의 아름다움을 담당하고 있다.

그러나 창호는 문이 닫혀 있을 때만 아름다움을 만들어내는 것이 아니다. 창호를 활짝 열면 열린 부분으로 실내의 어둠이 드러나고 열어젖힌 부분으로 하얀 창호지가 드러나서 또 다른 아름다움이 연출된다. 개암사 대웅전 사진의 경우, 가운데 두 개의 문을 열어젖혀두었는데 어두운 면과 하얀 면이 생기면서 조형미가 달라짐을 볼 수 있다. 한국의 집에서는 창호지를 안쪽(방 쪽)에 바른다. 일본의 집과 중국의 집에서는 그 반대다. 창살의 화려하고 섬세한 아름다움과 창호지의 담백한 아름다움을 번갈아 보여주기 위해서는 창호지를 안쪽에 발라야 했는지 모른다.

그런데 창호의 변화는 여기서 끝나지 않는다. 연경당 같은 곳에서도 상당히 그런 셈이지만, 개암사 대웅전 같은 경우 창호가 곧 벽이기도 하다. 그것은 기둥과 기둥 사이의 벽이면서 또 문인 것이다. 여기서 더욱 흥미로운 점은 이 벽이 때로는 없어진다는 사실이다. 대청마루나 법당과 같은 비교적 넓은 실내 공간의 창호는 여닫이이면서 동시에 들어열개인 경우가 많다. 들어열개는 보통 창호 두 개를 접어서 들쇠에 매달아 둘 수 있게 한 것을 말한다. 들어열개로 열어버리면 창호는 없어져버리고, 창호가 갈라놓았던 안과 밖의 공간은 하나의 공간이 되어버린다. 가령 연경당 오른쪽 누마루는 사방으로 창호를 치면 그것은 방(마루방)이 되고, 창호를 들어 올려 들쇠에 걸어두면 사방이 터진 누각과 같이 된다. 개암사 대웅전도 마찬가지다. 대웅전 앞면의 창호들을 모두 들어

▲ 개암사 대웅전 ▼ 개암사 어칸 사분합문

열개로 열어버리면 대웅전의 앞면은 기둥만 있는 모습이 되어 건물 안과 밖이 하나가 된다. 창호가 집에 주는 다양한 변화를 임석재는 다음과 같이 말한다.

문이 창을 겸하는 경우가 많기 때문에 활짝 열면 반대로 개방감이 극대화된다. 양극단 사이의 편차가 크기 때문에 중간상태는 그만큼 다양해질 수 있다. 향과 빛까지 활용하면 중간상태의 다양성은 배가된다. 열고 닫는 방식도 다양하다. 여닫이와 미닫이라는 두 가지 기본 방식 이외에 문 전체를 위로 들어 올릴 수도 있다. 이런 다양성은 창과 문을 열고 닫는 문제에 그치지 않는다. 벽 전체의 윤곽과 형상이 다양해지는 결과로 이어진다.[20]

이처럼 한국의 집에서 창호는 공간을 안과 밖으로 나누기만 하거나 내부를 닫는 역할만 하는 것이 아니라 오히려 안과 밖을 적극적으로 소통시키며 공간을 개방적으로 만든다. 창호지 자체가 반투명이어서 밖의 빛이 안으로 비쳐 들면서 밖과 안이 서로 소통할 수 있게 되어 있다.

20 임석재,『한국 전통건축과 동양사상』, 북하우스, 2005, 55쪽.

창호지를 바른 창호에는 달밤의 대나무 그림자가 어리기도 하고, 반대로 방 안의 사람 그림자가 밖에서 보이기도 한다. 그런가 하면 좀 더 안과 밖을 강하게 분리할 필요가 있을 경우에는 창호지를 양쪽에서 두껍게 바른 맹장지를 사용하는데, 이 경우에도 실내에 밖의 빛이 좀 들어올 수 있도록 맹장지의 가운데 불발기창을 만들기도 한다.

창호와 관련하여 또 하나 재미있는 것이 있다. 서민들의 집 창호에서 흔히 볼 수 있는 '눈꼽재기창'이란 것이 있다. 이 창은 눈곱만큼 조그만 창으로 방 창호의 앉은 사람이 눈높이 부분에 만들어 밖을 내다볼 수 있게 만든 것이다. 밖에서 인기척이 나거나 무슨 소리가 들리면 방문을 굳이 열고 나가지 않아도 방 안에서 밖을 살필 수 있는 간단한 장치이다.

이보다 더 적극적으로 집 밖의 자연이나 풍광을 집 안으로 끌어들이기 위해 때로는 담에 창을 만들기도 한다. 가령 옥산의 독락당獨樂堂의 담장에는 살창을 만들어 강이 흐르는 담 너머의 아름다운 자연 풍경을 실내에서 감상할 수 있도록 했다.

집이란 것이 문이나 벽이나 담 등을 만들어 밖으로부터 안을 보호하고 안과 밖을 분명하게 구분하려는 것은 당연하다. 안과 밖이 분명히 구분되지 않는다면 집이 주는 안정감은 매우 낮아진다. 한국의 집은 안과 밖을 잘 구분하여 이 안정감을 유지하면서 동시에 안과 밖이 잘 소통할 수 있는 개방적인 공간을 연출한다. 특히 창호는 다양한 방식으로 밖의 빛과 기척과 자연을 집이라는 공간에 남겨두는 역할을 한다. 한국의 집은 창과 호를 적극 활용하여 외부의 자연을 집 안에 그대로 남겨두거나 안과 밖을 소통시키려는 강한 개방 지향성을 보여준다고 할 수 있다.

열림과 닫힘의
변증법

마루와 마당

　한국의 집은 온돌방과 마루의 결합체이다. 원래 온돌은 추운 북방지역의 양식이고 마루는 더운 남방지역의 양식인데, 한옥은 그 두 양식을 잘 조화시키고 있다. 한옥은 온돌방과 마루방이 결합되어 하나의 구조를 이룬다. 그러나 한옥의 공간은 온돌방과 마루로 양분된다기보다는 온돌방과 마루와 마당으로 크게 삼분된다. 거의 모든 한국의 집에서 대문을 들어서면 마당이 나오고, 마당을 거쳐서 마당보다 조금 높은 축대를 오르면 마루 끝에 이르고, 마루에 올라 더 들어가면 온돌방이 나온다. 온돌방은 외부로부터 많이 닫혀 있고, 마당은 외부에 많이 열려 있으며, 마루는 그 중간적 성격을 지닌다.

한국의 집에서는 방이 마당과 바로 만나는 것을 별로 좋아하지 않는다. 마당에서 방으로 바로 들어가게 되어 있는 경우가 없는 것은 아니지만 될 수 있으면 그 중간에 마루를 두려 한다. 비교적 규모가 있는 집에서는 가운데 대청마루를 두고, 방 앞에는 툇마루를 둔다. 그런가 하면 마루를 놓을 공간이 없는 곳에는 건물에 쪽마루를 붙여 사용하기도 한다. 마루는 방의 연장이다. 창호로 사방을 막으면 방(마루방)이 되기도 한다. 서양식으로 말하자면 마루는 거실도 되고 테라스도 되고 복도도 된다.

마루에서 일상의 많은 일들이 이루어진다. 우선 방에서 하는 일들이 마루에서도 행하여진다. 더운 여름철에는 특히 그러하다. 대청마루의 뒷문을 들어열개로 들어 올리면 마루는 앞뒤로 확 터지게 되어 바람이 잘 통하는 시원한 공간이 된다. 마루가 얼마나 편안하고 시원한 휴식의 공간이 되는지는 박목월의 「하선夏蟬」이라는 시에서도 확인할 수 있다.

아침나절을

발을 씻고 大廳에 오르면

찬 물을 자아 올리는

매미 소리.

마음이 가난하면

詩는

세상에 넘치고

어느것 하나 허술한 것이 없는

저 빛나는 잎새

빛나는 돌덩이.

누워서 편안한 大廳에서

씻은 발에

흐르는 구름.[21]

---

21 박목월, 「하선」(부분), 『박목월 시전집』, 이남호 엮음, 민음사, 2003, 332쪽. 이후 인용하는 박목월의 시는 이 전집의 표기를 따름.

시인은 무더운 여름날 아침나절 마당 우물가에서 발을 씻고 대청에 올라 휴식을 취하고 있다. 마루의 공간은 한없이 시원할 뿐만 아니라 외부(잎, 돌, 구름)로 활짝 열려 있다. 어떤 집은 마루의 시원함을 높이기 위하여 마룻바닥 가운데 정자살창을 만들어 마루 아래의 바람이 위로 올라오게 하는 경우도 있다.[22] 바람은 앞뒤로도 통하고 마루 밑으로도 통한다.

이처럼 마루는 휴식과 수면과 식사의 장소가 되기도 하고, 여러 가지 가족 행사를 하는 장소도 된다. 제례와 혼례가 이루어지기도 하며 손님들의 접대, 또 살림과 관련된 많은 일들이 마루에서 이루어진다. 방에서 할 수 있는 일들이 마루에서도 이루어지고, 마당에서 할 수 있는 일들도 마루에서 할 수 있다.

---

[22] "부잣집 대청마루에 가면 그 판마루 틈새마루로 만족하지 못해 사람 누울 넓이만큼 정자井字 나무틀로 마루 아래 바람을 솟구쳐 올리는 구조를 해놓기도 한다. 풀을 빳빳이 먹인 삼베옷을 입고 그 정자틀에 누워 있으면 복伏이 왜 길다 하겠는가. 거기서 대청마루 분합문 들어 들쇠에 걸고 세간을 치워 공간성을 바람 앞에 최대한으로 보장한다. 이 여백이야말로 눈에 보이지도, 잡히지도 않는 무의 움직임을 감지하는 우리 한국인 특유의 미의식과도 무관하지 않을 것 같다." 이규태, 『재미있는 우리의 집 이야기』, 기린원, 1991, 90-91쪽.

마루에서 한 걸음 내려서면 마당이다. 한국의 집에서 마당은 매우 흥미로운 공간이다. 보통 마당의 한편에는 우물이 있고 가장자리에는 조그만 꽃밭이 있으며 대추나무나 감나무 같은 것이 담 옆에 있기도 하다. 채마밭은 보통 뒤뜰에 있다. 그러나 보다 많은 공간은 텅 비어 있다. 이 공간은 대문(또는 담)과 마루(또는 방) 사이에 거리를 두게 한다.

마당은 건물의 외부에 있되 담으로 보호되어 있는, 비어 있는 공간이다. 그것은 모양과 기능이 규정되어 있지 않으면서 집안의 어떤 일에도 두루 쓰일 수 있는 공간이다. 행사도 치를 수 있고, 농사일의 일부를 할 수도 있고, 일상적 살림살이의 공간이기도 하고, 아이들 놀이터이기도 하다. 그런가 하면 마당에 멍석이나 평상(일종의 이동식 마루라고 할 수 있는데, 마당에 평상을 놓으면 그곳이 마루와 같이 된다)을 놓으면 그 위에서는 마루에서 할 수 있는 모든 일들을 할 수 있다. 심지어 마당은 방이 되기도 해서 그곳에서 밥도 먹고 잠을 자기도 한다.

마당은 사대부의 집에서보다는 일반 평민들의 집에서 더 쓰임새가 많은데, 다음 시는 마당의 쓰임새를 흥미롭게 보여준다.

음 칠월 칠석 무렵의 밤이면, 하늘의 은하와 북두칠성이 우리의 살에 직접 잘 배어들게 왼 식구 모두 나와 딩굴며 노루잠도 살풋이 붙이기도 하는 이 마당 토방. 봄부터 여름 가을 여기서 말리는 산과 들의 풋나무와 풀 향기는 여기 절이고, 보리타작 콩타작 때 연거푸 연거푸 두들기고 메어 부친 도리깨질은 또 여기를 꽤나 매끄럽겐 잘도 다져서, 그렇지 광한루의 석경石鏡 속의 춘향이 낯바닥 못지않게 반드랍고 향기로운 이 마당 토방. 왜 아니야. 우리가 일 년 내내 먹고 마시는 음식들 중에서도 제일 맛 좋은 풋고추 넣은 칼국수 같은 것은 으례 여기 모여 앉아 먹기 망정인 이 하늘 온전히 두루 잘 비치는 방. 우리 학질 난 식구가 따가운 여름 햇살을 몽땅 받으려 홑이 불에 감겨 오구라져 나자빠졌기도 하는, 일테면 병원 입원실이기까지도 한 이 마당방. 부정한 곳을 지내온 식구가 있으면, 더럼이 타지 말라고 할머니 들은 하얗고도 짠 소금을 여기 뿌리지만, 그건 그저 그만큼 한 마음인 것이 지 미신이고 뭐고 그럴려는 것도 아니지요.[23]

서정주의 시 「마당방」의 후반부인데, 여기서 보듯이 마당은 경우에

23 서정주, 「마당방」(부분), 『미당 서정주 전집 2 : 시』, 이남호 외 엮음, 은행나무, 2015, 48쪽. 이후 인용하는 서정주의 시는 이 전집의 표기를 따름.

따라서 임시 침실도 되고 식당도 되고 작업실도 되는 등 온갖 쓰임새를 지닌다. 그러나 마당은 다양한 쓰임의 공간일 뿐만 아니라 다양한 감성의 공간이기도 하다. 마당에는 구름 그림자도 어리고, 바지랑대에 잠자리도 앉고, 낙엽이 떨어지고, 눈이 쌓이기도 한다. 특히 비가 올 때면 마당은 인상적인 방식으로 비를 만나게 해준다. 마당의 감성적 면모를 찬양하며 한 권의 책으로 펴낸 사람도 있다. 그 책을 보면 마당에 내리는 비에 대해 다음과 같이 말한다.

마루에 앉아, 또는 단층인 가옥의 방 안에 앉아, 문을 활짝 열어놓고 마당에 내리는 비를 바라보면 마음이 뿌리를 내리듯 가라앉는다. 비의 하강성과 수렴성도 그 원인이 되겠지만 앞서 말했듯 비가 땅에 무사히 닿았다는 착지의 느낌이 이런 마음을 갖게 하는 것이리라. 잘 도착한 자는 그것이 무엇이든 우리의 마음을 편안하게 하는 힘이 있다.[24]

마당에 내리는 비를 바라보는 일은 음악을 듣는 일처럼 우리를 어디론가

24 정효구, 『마당 이야기』, 작가정신, 2008, 126쪽.

다른 곳으로 데려간다. 그런가 하면 처마에서 떨어지는 빗방울이 만드는 동심원들은 마당에 고요의 신비한 그림을 그리기도 한다.

마당의 다양한 쓰임새와 풍부한 감성적 면모는 집 안에 공터를 남겨서 그것이 마당은 됨으로써 가능해진 것이다. 마당은 그 자체로 공터의 남김이다.

한편, 방과 마루와 마당은 모두 중요한 생활 공간이지만 거기에는 눈에 보이지 않는 위계적 질서가 있다. 마당보다는 마루가 높고 소중한 공간이고, 마루보다는 방이 높고 소중한 공간이 된다. 외부 사람이 왔을 때 그 사람이 들어갈 수 있는 공간은 은연중에 제한된다. 마당에서 잠시 머물다 가야 할 사람도 있고, 마루 끝에 걸터앉았다가 가야 할 사람도 있고, 신발을 벗고 마루에 오를 수 있는 사람도 있고, 마루를 지나 방에까지 들어갈 수 있는 사람도 있다. 별로 반길 일도 없고 대접할 일도 없는 시시한 사람이라면 마당에서 선걸음으로 돌려보낸다. 이들은 주인에게 서운한 대접을 받아 마땅한 사람들이다.

그러나 거의 모든 방문객은 손님으로서 적절한 대우를 받는데, 그 대우는 어디까지 들어가느냐와 밀접한 연관을 갖는다. 가벼이 들른 이웃이나 편지를 전하러 온 집배원 또는 방물장수 등은 마루에 걸터앉게 하고 시원한 물이라도 한 잔 대접한다. 그보다 좀 더 친밀하고 개인적인 관계가 있는 사람은 신발을 벗고 마루에 오르게 하고, 아주 귀한 손님은 방 안으로 모신다. 방 앞의 쪽마루는 드나들기에 편리한 기능성을 갖지만 동시에 외부 사람이 찾아왔을 때 걸터앉을 수 있는 접대용 자리가 되기도 한다. 방 안의 프라이버시를 지키면서 동시에 손님에 대한 약식 예의를 지키게 되는 것이다.

어른이 아랫사람으로부터 절을 받을 때, 어른은 방에 앉고 절하는 사람은 마루에서 한다. 윗사람이 아랫사람을 야단칠 때도 그러한 공간의 구분이 적용된다. 아주 신분이 낮은 사람이거나 아주 무거운 죄를 지은 사람을 징치懲治할 때는 죄지은 사람은 마당에 꿇리고 징치하는 사람은 대청마루에 높이 앉는다.

이처럼 방과 마루와 마당은 점차적으로 닫힘에서 열림으로 이어지고 또 높음에서 낮음으로 이어지고 조용함에서 활기참으로 이어진다. 그러나 그 경계는 모호하고 겹쳐 있을 뿐만 아니라 상황에 따라 수시로 변한다. 한옥의 공간은 가변적이고 그 공간의 위상이나 쓰임도 가변적이다. 항상 다른 모습과 다른 기능을 할 수 있는 여지를 넉넉하게 남기고 있는 것이다.

한국의 정원

자연을 그대로 둔 정원 / 선비의 마음이 된 자연 / 바람과 달과 물의 집

자연을 그대로 둔 정원

비원

비원秘苑은 창덕궁 후원의 다른 이름으로, 우리나라 궁궐 정원 가운데에서 대표적인 곳이다. 후원의 넓이는 30만 평방미터에 이르는데, 자연 그대로의 지형을 최대한 살리고 적재적소에 약간의 인공적인 꾸밈을 더하여 정원을 조성하였다.

비원 입구에서 자그마한 언덕을 넘으면 부용지芙蓉池라는 연못이 나오고 그 주위에 주합루宙合樓를 비롯한 건물들이 여러 채 있다. 이곳이 비원 안에서 가장 과감하게 인공적으로 조성된 공간이다. 여기는 서고

116

와 열람실이 있고, 또 왕 앞에서 과거시험을 치르던 곳이 있어 왕실의 학문적 공간이라고 할 수 있다. 이곳에서 다시 북쪽으로 오솔길을 따라가면 또 하나의 연못인 애련지愛蓮池가 나온다. 애련지를 바라보는 방향으로 기오헌寄傲軒과 의두각倚斗閣이라는 소박하고 단정한 건물이 있는데, 이곳은 익종이 공부하던 집이다. 그러니까 부용지 주변은 공적인 학문 공간이고, 애련지 주변은 사적인 학문 공간이라고 할 수 있다. 애련지의 서북쪽 계곡에는 다소 엉뚱하게도 사대부 집인 연경당이 있다.

연경당에서 다시 울창한 원림 사이로 길을 가면 계곡 주변에 다시 몇 개의 정자와 연못이 나온다. 여기서부터는 인공적 손길은 최소화되어 있고, 울창한 숲과 깊은 산속과 아름다운 정원의 분위기가 뒤섞인 비원 특유의 매력적인 공간이 펼쳐진다. 다시 계곡을 따라 북쪽 언덕을 지나가면 비원 가운데에서도 가장 은밀하고 오묘한 공간이 나온다. 1636년 인조에 의해 조성된 이 공간은 옥류천이라고 불리는 계류 주변에는 청의정, 소요정, 태극정, 농산정, 취한정 등이 한가하게 배치되어 있고 그 중심에 소요암이라는 아름다운 바위가 있다. 이 바위의 한쪽은 평평하게 만들고 그 언저리에 물이 돌아 흐르게 만들었으며, 그렇게 돌아 흐른 물은 다시 아래로 폭포가 되어 떨어져 흐르게 만들어져 있다. 이 곡수구

창덕궁 비원

에 술잔을 띄워놓고 시를 지으며 풍류를 즐겼다고 한다. 옥류천 주변은, 우물과 돌다리, 계류, 정자, 연못, 수전, 암반, 곡수구, 폭포가 수림과 어우러져 특히 미학적인 공간을 연출한다.

이처럼 비원은 숲이 울창한 자연 지형을 그대로 정원으로 활용하고 있으며, 여기에 크고 작은 여러 개의 연못을 조성하고 그 주변에 정亭, 당堂, 누樓, 각閣 같은 서른다섯 채의 건물을 지어놓았다. 물론 건물 주변에는 돌다리 등과 같은 석물 등이 인공적으로 배치되어 있다. 그러나 정원이면서도 화포花圃가 없으며, 전지剪枝하는 관상수를 따로 심지도 않았다. 그리고 원림의 구성은 소나무와 같은 상록수보다도 단풍이 지고 낙엽이 지는 활엽수가 많은데, 이 또한 계절에 따라 변하는 자연의 아름다움을 잘 살려준다. 자연을 그대로 두고 주변에 담을 쳐서 그 안에 약간의 편의시설과 인공적인 손길을 가하여 정원으로 삼은 것이다.

비원의 가장 큰 특성은 물론 자연을 그대로 활용한 정원이라는 점이고, 이에 더하여 또 하나의 특성은 내향적이라는 점이다. 후원이기 때문에 그러하기도 하겠지만, 비원은 깊은 산속처럼 고요하고 은밀하고 한적하여 외부 혹은 속세와 단절된 공간처럼 느껴진다. 그리고 궁궐의 정원이면서도 전혀 사치스럽거나 권위적이지 않다. 심지어는 어떤 질서

베르사유 궁전 정원

감조차 느껴지지 않고 편안하다. 그래서 이 정원의 용도 또한 다양한데, 조용한 사색과 산책의 공간이기도 하고, 풍취가 있는 연회의 공간이기도 하고, 학문 탐구의 공간이기도 하고, 심신 수련의 공간이기도 하고 때로는 수렵의 공간이기도 했다.

비원이 얼마나 독특한 아름다움을 지닌 궁궐 정원인가는 다른 나라의 궁궐 정원과 비교해볼 때 확연하게 드러난다. 가령 프랑스의 대표적인 궁궐 정원인 베르사유 궁전의 정원은 비원과 거의 정반대의 모습을 보여준다. 베르사유 정원은 철저하게 인공적이고 완벽한 기하학적 아름다움을 자랑한다. 모든 부분이 철저하게 설계에 따라 인공적으로 만들어졌으며, 나무들조차 그 자연스러움을 잃고 기하학적 무늬의 소재가 되어 있을 뿐만 아니라 많은 부분들이 완벽한 대칭을 이루고 있다.[24] 그리고 그 정원은 궁전의 앞에 넓게 펼쳐져 있고, 사치스러우며, 외향적이며, 권위적이다.

일정한 공간 안에 인공적인 계획과 노력으로 재구성되고 변형된 자연을 꾸며놓은 것을 정원이라고 한다면 비원은 전혀 정원답지 않다. 비원은 원래의 지형과 숲을 최대한 살리고 거기에 정자나 연못 같은 최소한의 인공적 시설을 첨가한 것뿐이다. 비원을 외국 사람들에게 구경시켜주면 다들 나가면서 '어디가 정원이냐?'고 묻는 일이 많다고 한다. 베르사유 궁전의 정원에 익숙한 외국 사람의 눈에는 비원이 그냥 구릉지역에 있는 아름다운 숲으로 보일 수 있을 것이다. 비원은 자연을 될 수 있는 대로 그대로 남기고 살려서 생활 공간에 두려는 강한 지향성을 보여준다. 이런 지향성은 한국의 궁궐 정원에서뿐만 아니라 민간 정원에서도 강하게 드러난다.

24 건축을 비롯한 거의 모든 인공적 조형물들은 대체로 기하학적 대칭을 이루려는 경향이 강하다. 외국의 주요 건축물들은 거의가 좌우 대칭의 권위적 질서와 안정감을 보여준다. 그러나 한국의 건축물들은 그렇지 않다는 점을 고유섭은 오래전에 지적하였다. 건축물이 그러할진대, 정원에서 기하학적 대칭을 추구하는 일은 거의 없는 것이 한국 문화의 한 특징일 것이다. "특히 조선 문화에 있어서의 특색으로 드는 것은 일본 지나 등 조형미술과 비교하여 그 矩規가 算數적으로 완전 除割되지 않는 일면을 말한 것이다. 구체적 예를 들려면 일본 중국의 건축 각부의 세부비례가 완수로써 除割되지만 조선의 그것은 除割이 잘 되지 아니하는 일면이 있다는 것이다. 같은 방구형평면의 건물이라도 일본 중국의 건물은 그 절반만 실측하면 나머지 절반은 실측하지 아니하고서도 해답이 나오지만 조선의 건물은 그렇지 않다는 것이다. 이러한 특질이 입체적으로 응용되어 있을 때 예컨대 '창살'의 구성같이 매우 환상적인 구성을 얻는 것이다." 고유섭, 『한국미술문화사논총』, 통문관, 1966, 19쪽.

선비의 마음이 된 자연

소쇄원

소쇄원瀟灑園은 조선 중종 때 선비인 양산보梁山甫가 조성한 개인 정원으로 전라남도 담양에 있다. 소쇄원과 같은 정원을 '별서정원'이라고 하는데, 선비들이 살림집과는 별개로 아름다운 자연 속에 심신수양과 학문연마를 위해 조성한 공간을 뜻한다. 그런 만큼 별서정원에는 그 주인의 성품과 이상이 잘 드러난다.

소쇄원에서 중심되는 건물은 제월당霽月堂과 광풍각光風閣이다. 소쇄, 제월, 광풍이란 말은 중국 송나라 시인 황정견이 주돈이의 인물됨을 '흉

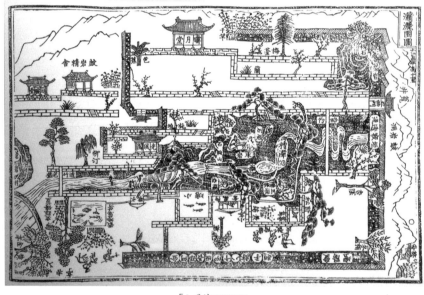

「소쇄원도瀟灑園圖圖」

회쇄락 여광풍제월(胸懷灑落 如光風霽月 : 마음이 넓고 인품이 맑고 깨끗하기가 마치 맑은 날의 바람과 비 갠 날의 달과 같다)'이라고 한 데서 따온 말이다.[26] 소쇄원을 지은 양산보는 자신을 스스로 '소쇄옹'이라고 불렀는데, 여기에는 아름다운 소쇄원의 자연 속에 머물면서 맑고 깨끗한 은일거사의 삶을 살려고 했던 그의 염원이 반영되어 있다.

소쇄원은 매우 아기자기하고 세심하게 조성되었지만, 가장 중요한 것은 그 바탕이 된 계곡과 그 주변 지형이다. 소쇄원은 계곡의 지형을 잘 살려서 자연 상태를 크게 변화시키지 않았다. 그러면서 제월당과 광풍각 등의 건물과 화계, 연지, 석담, 석천, 물레방아, 초정, 원담, 외나무다리 등을 운치 있게 배치하였고 그 주위는 대나무 숲을 둘렀다. 그리고 적재적소에 배롱나무, 매화, 장송, 벽오동, 단풍 청죽, 파초, 국화, 복숭아나무 등을 심었다. 큰 바탕은 거의 손을 대지 않았지만, 인공적인 손길조차도 거의 자연 동화적인 것으로, 자연을 벗어난 것처럼 보이지 않는다. 16세기 김인후는 소쇄원을 둘러보고 「소쇄원 48영」을 지어 남겼

---

26 소쇄는 '맑고 깨끗함'을 뜻하는 말로 흔히 자연 속에서 은거하는 선비들의 맑은 성품을 나타내며, 중국 남북조시대의 시인 공덕장의 「북산이문北山移文」에 나온다. 「북산이문」은 성품이 맑고 깨끗하지 못한 자가 북산에 들어오는 것을 막는다는 내용의 글이다.

▲ 소쇄원
▼ 료안지〔龍安寺〕 가레산스이

는데, 바위가 많은 계곡 주변의 약 1400평에 이르는 넓지 않은 공간에 자연과 인공을 잘 조화시켜 48개의 분위기와 경치를 만들고 있음을 알 수 있다. 원래 있던 자연에 아무런 인공적 변화를 가하지 않고서도 의미 있는 정원의 일부로 만든 하나의 예로 '애양단愛陽壇'을 들 수 있다. 동편 담장 부근의 자그만 빈 땅은 유난히 햇볕이 잘 들어 겨울에 계곡의 물은 얼어 있어도 이곳의 눈은 녹는다고 하는데, 이를 두고 김인후는 「소쇄원 48영」 중 제47영인 「양단동오陽壇冬午」를 지었다. 그리고 이곳은 볕이 잘 들어 따뜻할 뿐 아니라 계곡과 그 건너편 정원을 바라볼 수 있는 좋은 조망을 제공한다. 이에 송시열은 이곳을 '애양단'이라고 이름 지었고, 담장에는 '애양단'이란 글씨를 새겨 박아두었다. 아무것도 아니었던 공간이 이름 하나로 해서 의미 있는 정원의 일부가 된 것이다. 이처럼 소쇄원은 자연의 아름다움을 그대로 활용하면서도 다양한 분위기와 경치와 의미의 공간을 조성한 솜씨가 탁월한 정원으로서 조선시대 선비들의 별서정원의 대표적 모습을 보여준다.

자신이 꿈꾸는 이상적인 공간으로서의 정원을 꾸미는 소쇄원의 상상력은 일본이나 중국의 정원과 사뭇 다르다. 가령 일본의 가레산스이[枯山水] 정원 같은 것은 예외로 친다고 하더라도 일본 정원에 자연을 담는 상상력은 강한 인공미 지향을 보여준다. 일본 정원은 자연적인 무질서의 편안함을 모두 거부하고 엄격하게 전지된 인공적 질서 속에 자연을 가두어둔다. 자연을 재료로 삼되 자연으로부터 멀리 떨어지고자 한 것이 일본 정원의 상상력이라면, 자연에 인공적 흔적을 가하되 그 흔적이 잘 드러나지 않고 또 자연을 거스르지 않도록 한 것이 한국 정원의 상상력이라고 할 수 있을 것 같다.

바람과 달과
물의 집

정자

옛 선비의 시조에 이런 것이 있다.

십 년을 경영하여 초려삼간 지었으니
나 한 간 달 한 간에 청풍 한 간 맛져 두고
강산은 들일 듸 업스니 둘러 두고 보리라

송순의 『면앙집』에 실린 이 시조[27]에는 옛 선비들이 꿈꾸었던 이상적

면앙정

공간의 모습이 그려져 있다. 그 공간은 생활과 소유의 공간이 아니므로 클 필요가 전혀 없다. 초려삼간 하나로 족하다. 그마저도 한 칸은 밝은 달빛으로 채우고, 남은 한 칸은 맑은 바람으로 채운다. 집 주위의 청산(이는 푸른 산과 시내를 아우르는 말, 즉 자연을 뜻하는 것으로 이해해도 좋을 듯하다)이 모두 정원이나 다름없다. 여기서 청풍과 명월은 자연으로서의 바람과 달이기도 하지만, 그보다는 앞서 광풍과 제월에 관한 언급과 같이 선비의 맑고 깨끗한 심성을 가리키기도 한다. 그렇게 보면 이 시조는 청빈한 삶 속에서도 맑고 깨끗한 심성을 지니고 청산 속에서 유유자적하고자 하는 선비의 이상을 표현하고 있는 것으로 볼 수 있다.

이러한 선비들의 이상을 현실 속에서 실현하고자 한 것이 정자라고 할 수 있다. 우리나라 산천에는 경치가 좋은 곳이면 으레 정자가 있다. 선비들은 자신이 머물고 싶은 곳이 있으면 그곳에 정자[28]를 지었다. 정

---

27 이영무, 『한국고전문학전집 20: 면앙집·청송집·호음잡고·허응당집·나암잡저』, 고려대학교민족문화연구원, 1995, 65쪽. 참고로 김천택이 쓴 『청구영언靑丘永言』(1728년)에는 「십 년을 경영하여」가 '작자 미상'으로 되어 있다. 반면 송득칠 외 8인이 편찬한 송순의 문집 『면앙집俛仰集』(1829년)에서는 이를 '면앙정잡가俛仰亭雜歌' 안에 수록하여 송순의 작품으로 본다.
28 정자亭子에는 머무는 곳이란 뜻이 들어 있다. '亭'은 '정자 정'이면서 '머물 정'이기도 하다. 정자에 사람이 있으면 오래 머문다는 뜻의 '머물 정停'이 된다.

자가 있으면 그 주위는 자연스레 정원이 되는데, 이때 이러한 정자 주위의 자연 공간을 산수정원이라고 하기도 한다.

사람이 자연 속에 묻혀 있는 정자에 올라 주변의 풍광을 감상의 대상으로 삼을 때 자연은 정자 주인의 심정적 소유물이 되면서 홀연히 인문 경관으로 탈바꿈하게 된다. 이때 산이나 바위 계곡 등에 특별한 이름을 부여하고 나면 자연은 명실공이 정원의 성격을 갖게 된다. 이런 정원을 우리는 산수정원 또는 임천정원이라 부른다. 이렇듯 자연경관이 정원으로 변화할 수 있는 것은 그 속에 정자가 있고, 그 정자 위에 오른 사람이 자연 풍광과 교감하기 때문이다. (……) 이 자연 정원에서는 물속에서 헤엄치는 물고기 떼, 물 위에 비치는 붉은 단풍과 원산, 송림, 죽림은 물론이고 떠다니는 구름, 공산에 걸린 달, 그리고 계곡에 흐르는 물소리, 솔가지를 스치는 바람소리, 지저귀는 새소리까지 모든 것이 정원을 구성하는 요소이자 감상의 대상이 되는 것이다.[29]

---

29 허균, 『한국의 정원 선비가 거닐던 세계』, 다른세상, 2002, 46-48쪽.

정자가 있는 산수정원은 이처럼 모든 정원의 구성 요소를 자연으로부터 다 빌려 쓴다. 이것을 차경借景이라고 하는데, 멀리 있는 청산의 모습을 바라보고 즐기는 것을 원차 遠借라고 하는 등 여러 종류의 차경이 있다. 그 가운데 시절마다 변하는 주변 자연의 모습을 그때그때 맞추어 보며 즐기는 응시이차 應時而借라는 것이 특히 흥미롭다.

  인위적으로 꾸며서 정원을 만드는 것이 아니라 자연을 그대로 빌려서 정원으로 삼는 것이 한국 정원 특유의 상상력이다. 이 상상력이 가장 멋지게 발현된 경우가 정자와 산수정원이 아닐까 한다.

분청사기

방심과 어리숙함의 아름다움

방심과
어리숙함의
아름다움

분청사기는 고려청자가 쇠퇴하기 시작하던 14세기 중엽부터 백자가 만들어지기 시작한 16세기 중엽까지 약 200여 년 동안 만들어졌던 그릇을 이르는 말로, '분장회청사기粉粧灰靑沙器'[30]의 줄임말이다. 고려청자와 조선백자 사이에 만들어졌던 조선 전기시대의 그릇들을 총칭해서

---

[30] '분장회청사기'는 고유섭이 「고려도자와 이조도자」라는 글에서 붙인 이름이다. 고유섭, 『한국미술사급미학논고』, 통문관, 1963, 193쪽.

분청사기라 한다.

잘 알려진 바와 같이 고려청자의 예술적 완성도는 매우 높다. 고려청자가 지닌 조형적 아름다움과 그 신비한 비색翡色은 그 당시에 이미 세계적으로 인정을 받았다. 고려청자와 비교하면 분청사기는 서툴고 허술하기 짝이 없어 보인다. 고려청자가 천재적인 예술가의 작품이라면 분청사기는 평범한 일꾼이 아무렇게나 만든 그릇처럼 보이기도 한다.

왜 예술적 완성도가 높은 고려청자가 쇠퇴하고 서툴고 허술해 보이는 분청사기가 성행하게 되었을까? 고려의 쇠망과 조선의 건국으로 고려의 세련된 귀족문화가 쇠퇴한 빈자리에 민중의 건강한 에너지가 나타난 것인지도 모른다. 그러나 이보다 훨씬 궁금한 것은, 왜 예술적 완성도가 높은 고려청자의 아름다움과 견주어서도 못생긴 분청사기의 독특한 개성과 미학을 예사로 무시하거나 외면할 수 없는가, 하는 물음이다. 분청사기는 고려청자와는 전혀 다른 아름다움을 지니며 스스로 당당하다.

분청사기의 특징은 흙으로 그릇을 빚은 다음 그 표면에 백토를 바르고 무늬를 넣는 다양한 방식에서 비롯된다. 그 방식은 대략 일곱 가지가 되는데, 상감象嵌·인화印花·박지剝地·음각陰刻·철화鐵畵·귀얄·덤벙 등

분청사기 분장무늬 사발

이 그것이다. 분청사기는 이러한 다양한 기법을 사용하기는 해도 전체적으로 보면 별다른 기법도 없이 아무렇게나 막 만든 듯이 보인다. 분청사기는 마치 고급한 예술의 문법을 무시라도 하는 듯이 방심과 어리숙함 그리고 심지어는 게으름까지도 드러낸다.

그러나 거기에는 세련되면서도 편안한 한국적 아름다움이 있다. 최순우는 "(이러한 철화문) 분청사기들의 아름다움이야말로 조선시대 서민들의 타고난 대로의 성품과 생활 감정과 천생연분이라는 느낌이 든다"[31]고 했으며, 강경숙은 "한국인의 감정을 구김살 없이 보여주는 그릇"이요, "한국 미술의 특색을 가장 잘 보여주는 분청사기"[32]라고 했다. 보면 볼수록 한국적 아름다움이 어떤 것일까를 생각하게 하는 것이 분청사기인 것 같다.

분청사기에서 가장 눈에 먼저 띄는 것은 그 무성의에 가까운 방심放心이다. 예술적 완성을 위해서 정성을 다했다는 느낌은 전혀 없고, 그냥 아무렇게나 만든 것처럼 보이는 것들이 많다. '분청사기 분장무늬 사

---

31 최순우, 「분청사기철화연당초문병」, 앞의 책, 196쪽.
32 강경숙, 『분청사기』, 대원사, 1990, 8-9쪽.

발'이 그러한 방심을 잘 보여준다. 이 평범한 대접은 높이 9.4센티미터, 입지름 16.4센티미터의 크기이며 덤벙기법으로 만들어졌다. 덤벙기법이란 백토 물에 그릇을 덤벙 담가서 백토를 입힌 다음 유약을 칠해서 하얗게 분장하는 기법이다. 사실 말이 기법이지 백토 물에 덤벙 담가서 그릇에 무성의하게 백토를 입히는 것이 무슨 기법이랄 수 있을까 싶다.

'분청사기 분장무늬 사발'의 경우, 굽을 잡고 그릇의 절반만 백토 물에 담가서 아랫부분은 원래 색깔이 남고 윗부분만 희게 만들었다. 절반만 백토 물에 담가서 단순한 무늬를 만들었다는 것도 단순함을 넘어 무성의해 보이기까지 하지만, 그보다 더한 것은 백토 물이 흘러내린 자국을 천연스레 그대로 두었다는 사실이다. 백토 물이 흘러내린 자국이 도공의 의도인지 실수인지 알 수 없지만 아무래도 실수로 보이지는 않는다. 도공은 그릇 전체를 백토 분장으로 깨끗하게 만들 수 있었지만, 절반만 담가서 변화를 주었다. 그러나 그 무늬가 너무 단조롭다고 느끼고 순간적인 예술적 기지를 발휘해서 백토 물을 한곳으로 조심스레 흘러내리도록 만들어 변화를 꾀했는지도 모른다. 마치 실수를 한 듯 어리숙한 모양의 무늬로 편안한 아름다움을 만들어내고 있는 것이다. 이러한 추측이 맞을 수도 있고 틀릴 수도 있지만, 중요한 것은 그렇게 무성의하게 만들어진 이 그릇이 넉넉한 자신감과 아름다움을 지니고 있다는 사실이다. 무기교의 기교이며, 방심의 편안함이며, 법에 얽매이지 않는 자유로움이 있으며, 무작위의 세련됨을 보여준다.

'분청사기 철화 넝쿨무늬 대접'은 '분청사기 분장무늬 사발'보다 조금 더 성의를 보이는 듯하지만 그래도 역시 허술하다. 조금 더 성의가 느껴지는 것처럼 보이는 까닭은, 귀얄기법과 철화기법이라는 두 가지 기법을 사용하고 있기 때문이다. 그러나 스스로 기교를 무시하는 듯이 보인다. 크기는 '분청사기 분장무늬 사발'과 거의 비슷하나, 대접의 아래쪽이 급격히 좁아지면서 굽의 크기도 좀 작아서 좀 더 날렵하게 펼쳐진 느낌이 든다. 이 대접은 앞의 대접이 사용한 덤벙기법이 아니라 귀얄기법으로 백토를 입혔다. 귀얄기법이란 귀얄이라는 붓으로 백토를 그릇에 바르는 기법이다. 이때 귀얄 자국이 거칠게 남아서 무늬를 이루는 경우가 많다. 적지 않은 분청사기는 거친 귀얄 자국을 무늬로 적극 활용한다. 아예 다른 무늬는 하나도 없고 그냥 귀얄에 의한 붓 자국만 그릇 표면에 남긴 분청사기도 많은데, 그 또한 독특한 아름다움이 있다.

분청사기 철화 넝쿨무늬 대접의 도공은 아래 굽을 쥐고 그릇에 귀얄로 백토 칠을 했다. 그런데 아랫부분은 마치 칠하기 불편하거나 귀찮은

분청사기 철화 넝쿨무늬 대접

듯이 칠을 다 하지 않았다. 다 하지 않았을 뿐만 아니라 칠한 부분도 반듯하게 마무리하지 않고 울퉁불퉁하게 대충 끝내버렸다. 무성의하고 게으른 칠처럼 보인다. 그러나 백토 칠을 한 부분과 안 한 부분 사이의 허술한 경계가 묘한 멋이 되고 있다. 도공은 그릇에 무늬를 더 넣기 위해서 다른 작업을 마련하였다. 철분이 많이 들어간 안료를 사용하여 그릇의 옆구리에 넝쿨무늬를 그려 넣은 것이다. 이왕 넝쿨무늬를 그려 넣으려면 좀 잘 그려 넣을 일이지, 넝쿨무늬라는 것이 대충 아무렇게나 몇 줄 그어놓고 만 것 같고 넝쿨처럼 보이지도 않는다. 그것은 아예 넝쿨을 닮지도 않았다. 무성의한 낙서에 의한 문양에 가깝다. 그리고 보니 그릇 모양부터가 반듯하지 않고 약간 비뚤어져 있다. 아름다움을 위한 긴장감이라고는 느껴지지 않는다.

그렇지만 분청사기 철화 넝쿨무늬 대접을 가만히 들여다보고 있으면 그릇 모양과 백토 칠 안 된 아랫부분과 백토 위의 넝쿨무늬가 절묘한 조화를 이루면서 아름다움을 만들어내고 있다. 그 아름다움은 상당히 모던하고 세련되기까지 하다. 특히 무성의의 결과로 보이던 귀얄 아래 자국이나 넝쿨무늬 그림이 멋진 조화를 이룬다. 소박한 듯하면서도 천연덕스럽고, 거친 듯하면서도 세련되고, 조심스러운 듯하면서도 당당하다.

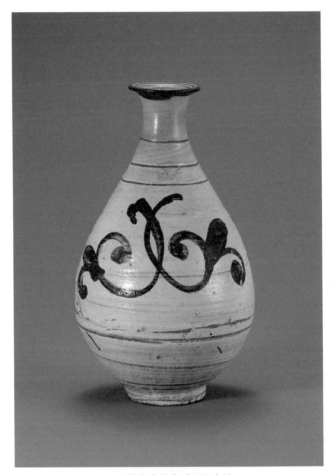

분청사기 철화 넝쿨무늬 병

분청사기 철화 넝쿨무늬 대접과 거의 같은 기법으로 만들어진 것으로 '분청사기 철화 넝쿨무늬 병'의 모습도 흥미롭다. 아마도 같은 가마의 사기인 것으로 보인다. 특히 철화기법을 사용하여 자유분방한 무늬를 그려 넣은 분청사기는 그 가마터가 충남 공주군 반포면 계룡산 일대에 집중적으로 분포되어 있어서 일명 '계룡산 분청사기'라고도 부르는데, 분청사기가 지닌 소박하면서도 대담한 아름다움을 대표적으로 보여준다.[33]

높이 28.2센티미터에 굽 지름이 7.2센티미터인 이 병은 얌전하고 우아한 고전적 형태를 지니고 있다. 그러나 거친 표면과 무늬는 색다른 분위기를 만들어낸다. 그 분위기는 사뭇 현대적이다. 그릇 전체를 백토로 두텁게 칠하였는데 귀얄 자국이 거칠다. 그나마 주둥이는 칠도 않고 남겼다. 아마도 주둥이를 손으로 쥐고 귀얄 칠을 했을 테니 손에 쥔 주둥이 부분은 칠을 생략해버린 것일 것이다. 칠을 무성의하게 해서 그런지 일부분은 백토가 떨어져 나간 곳도 있다. 백토 칠한 것만 따로 떼서 생

---

33 철화기법으로 자유롭고 담대한 무늬를 그려 넣은 분청사기는 분청의 독특한 멋을 가장 잘 보여주는데, 이는 특히 계룡산 학봉리 가마터에서 주로 생산되었다. 김영원·권소현, 『계룡산 분청사기』, 국립중앙박물관, 2007.

분청사기 철화 연지조어문 장군

각하면 참으로 무성의하다. 그릇을 이렇게 무성의하게 만들어도 되는 것일까 하는 의문까지 든다.

백토 칠을 한 후에 어깨 부분에는 음각기법으로 세 개의 줄을 새겼다. 그리고 아랫부분에도 줄을 하나 새겨 넣었다. 가운데 몸통 부분에는 철화 안료를 써서 호방하고 자연스러운 붓놀림으로 넝쿨무늬를 넣었다. 넝쿨무늬라고는 하지만, 어떤 대상을 모사한 것이라기보다는 그냥 자유롭게 무늬를 그려 넣었다고 할 수 있다. 섬세한 필치로 잘 그려보겠다는 생각은 애당초 없었던 것처럼 보인다.

분청사기 철화 넝쿨무늬 병은 한 걸음 물러서서 쳐다보면 저절로 웃음이 나올 정도로 천진난만하고 편안한 느낌을 준다. 그뿐만이 아니다. 보면 볼수록 소박한 힘과 세련된 자유로움이 있으며, 현대적인 아름다움까지 있다.

분청사기에서 무늬를 그려 넣는 방식은 파격적이다. 꽃과 새와 물고기 등을 그려 넣는 솜씨는 어린아이의 손재주에 가깝다. 천진난만하고 무애자재無礙自在한 경지를 느끼게 한다. '분청사기 철화 연지조어문 장군'에서 그러한 경지를 확인할 수 있다. 장군이란 술이나 물과 같은 액체를 넣어두는 용기인데, 크기도 다양하고 용도도 다양하다.

분청사기 철화 연지조어문 장군도 귀얄과 철화 기법이 사용되었다. 우선 귀얄로 거칠게 백토 칠을 했다. 작은 주둥이를 손에 쥐고 칠을 했기에 주둥이 부근은 백토 칠이 무성의하게 생략되었다. 장군의 아래 부분에 연잎 같기도 하고 물결 같기도 한 줄무늬가 그려져 있다. 전면에 그려진 두 송이의 연꽃은 대칭인 듯하면서도 대칭이 아니다. 특히 왼쪽 연꽃 곁에는 줄무늬가 하나 더 있다. 그리고 장군의 윗부분 주둥이 부근에도 물결무늬가 대충 그려져 있고, 오른쪽 측면에는 구름무늬가 그려져 있다.

이 분청사기에서 가장 눈길을 끄는 무늬는 두 송이 연꽃의 가운데 단순한 필치로 그려져 있는 물고기와 새 그림이다. 물고기는 좀 짙은 색깔로 선명하게 그려졌는데, 다소 정적이고 수동적이다. 그러나 물고기 바로 위에 있는 새는 상대적으로 옅은 색깔로 그려졌지만 움직임이 활발하고 적극적이다. 어떻게 보면 마치 새가 연못에서 물고기를 낚아채서 나르는 듯한 그림이지만, 또 어떻게 보면 마치 이질적인 두 개의 그림을 잘못 겹쳐둔 것처럼 보이기도 한다. 어린아이의 그림처럼 논리성이 부족하고 게다가 백토 칠 한 바탕도 깨끗하지 못하여 무성의해 보인다. 실제와 일치하도록 잘 그리겠다는 마음도, 정성을 다해서 높은 완성도에 이르겠다는 마음도, 자신의 재주를 잘 발휘하겠다는 마음도, 의미 있는 것을 만들어내겠다는 마음도 느껴지지 않는다. 그 대신 천진난만하고 무애자재한 방심과 무심이 느껴질 뿐이다.

대부분의 분청사기에서는 우리가 흔히 알고 있는 소위 '장인 정신'이라는 것이 느껴지지 않는다. 고려청자를 계율을 엄격하게 지키고 한 치의 빈틈도 보여주지 않아 범접하기 어려운 고승에 비유한다면, 분청사기는 모든 계율을 무시하고 만행을 일삼는 비승비속의 스님에 비유될 수 있을지 모르겠다. 분청사기의 도공들은 전통적인 법도에도 구애받지 않았고 사물의 형상에도 구애받지 않았다. 그들의 자유로운 정신은 추상의 아름다움을 선구적으로 보여주기도 한다. 다음의 '줄무늬 납작병'(편병)들은 추상적인 무늬를 보여주는 하나의 예가 된다.

줄무늬 납작병은 물레로 둥근 병 모양을 먼저 만든 후 그것을 양쪽에서 눌러서 납작한 모양으로 변형시킨 형태를 지니고 있다. 그리고 그 납작한 형태의 병에다가 자유자재로 선을 그어서 음각무늬를 새긴 것이다. 그 병의 울퉁불퉁한 형태도 흥미롭지만 더 놀라운 것은 아무렇게나

분청사기 음각수조문 편병 1   분청사기 음각수조문 편병 2

그어 넣은 선의 무질서함 또는 자유로움이다. 분청사기 음각수조문 폐병 1은 직선과 둥근 선 그리고 꽃무늬 선을 적당히 넣었지만 유치한 느낌을 준다. 분청사기 음각수조문 폐병 2는 여러 방식으로 사용하여 무늬를 만들었는데, 역시 엄격함이랄까 섬세함 등과는 거리가 멀다. 그러나 비록 아이들 낙서 같은 줄무늬이지만 보면 볼수록 멋이 있다. 당시의 도공들이 추상의 아름다움을 알고 의도적으로 추구한 것일까? '줄무늬 납작병'의 추상적 아름다움에 대해서 최순우는 다음과 같이 말한다.

'이 가락진 멋과 그 싱싱한 아름다움을 네가 알아본다면 좋고 모른다면 그만이지' 하는 생각이 아마도 이러한 병을 주물러 낸 도공들이 지녔던 익살 반 진실 반의 조형의식이었던 것 같다. (……) 이러한 유형의 선각 추상 의장은 조선시대 초기의 분청사기에서 멋진 것을 흔히 볼 수 있으며, 또 백자 떡살무늬와 목각 떡살무늬에서도 뛰어난 작품들을 흔하게 볼 수 있다. 따라서 이러한 선각 추상무늬의 아름다움은 조선시대 공예작품에 나타난 이색적인 특색을 이루는 것이기도 하다. 이러한 추상 무늬의 발단은 어떠한 구상 도안이 점진적으로 퇴화하여 틀 잡힌 것이 적지 않으나, 따지고 보면 비정력적인 요소, 즉 끈기나 정력의 부족 때문에 적당히 긁적거려두는 게으름의 소산이 때를 벗고 격이 잡혀진 것이라고도 볼 수 있는 일면이 있다. 그러나 또 다른 면에서 보면 아첨을 모르는 조선시대 도공들이나 잔재주 못 부리는 목공들의 성정이 하나의 민족 양식의 바탕이 되어서 선각무늬의 소박한 아름다움으로 틀 잡힌 것임이 분명하다.[34]

최순우는 분청사기의 익살스러운 추상적 줄무늬를 "게으름의 소산이 때를 벗고 격이 잡혀진 것"이라 표현한다. 보다 편하게 표현하자면 '아무런 욕심도 내지 않고 대충 그렸는데도 나름대로의 멋이 있다'고 말할 수도 있겠다. 이것은 천진함과 순수함의 바탕 위에서만 얻을 수 있는 멋이다. 이것은 정신적으로나 미학적으로 매우 높은 경지일 수도 있다. 젊은 시절 거의 완벽에 가까운 작품을 창조했던 위대한 예술가들이 노년에 이르러 유치하고 천진난만한 세계를 추구한 사례는 흔하다. 또 높은 정신적 경지에 도달한 성자들이 아이처럼 순수한 모습을 보여주는 예도 드물지 않다. 분청사기에 뿌리를 둔 고려다완茶碗이 다도茶道의 높은 경지를 추구했던 일본 다인들에게 이상적인 미학을 제공했다는 사실도

---

34 최순우, 「분청사기추상문편병」, 앞의 책 194-195쪽.

이와 관련이 있을 것이다.[35]

분청사기는 예술이나 격格 같은 것을 거의 의식하지 않고 일상의 일부로서 제작된 것으로 보이며, 거기에는 당시 민중들의 투박한 삶과 정서와 에너지가 그대로 드러난다. 오늘날 우리가 상식적인 예술과 아름다움의 관점에서 보면 그것은 상당한 파격이다. 그러나 당시 도공들은 예술이나 격을 거의 의식하지 않았을 것이므로 파격의 추구가 아니라 그냥 자연스러운 방심이요, 어리숙함의 발로였을 것이다. 달리 말해 예술적 완성이나 품격의 성취에 구애됨이 없이 무사태평한 마음으로 그릇을 만들었을 것이다. 그렇게 만든 그릇에 예사롭지 않은 매력과 아름다움이 있다면 그 매력과 아름다움은 참으로 건강하고 넉넉한 것이라 할 수 있겠다. 분청사기의 투박한 멋은 한국적 미학 가운데에서도 특히 남김의 미학을 가장 대담하게 보여주는 것 같다.

---

35 김정기, 「일본 초기 차인茶人들과 조선 찻그릇의 미학」, 『미의 나라 조선』, 한울아카데미, 2011, 156-186쪽 참조.

조선시대 백자

고요와 절제 그리고 점잖음 / 조선적 아름다움의 발견

고요와 절제
그리고
점잖음

　백자는 고려시대에도 만들어졌지만 조선시대의 도자기를 대표하는 그릇이다. 특히 조선 초기 크게 유행했던 분청사기가 쇠퇴하고 16세기 중엽부터 백자가 주로 생산되고 애용되었다. 백자는 역사가 길고 광범위하게 사용된 만큼 그 종류도 다양한데, 특히 조선시대 후기에 이르러서는 대다수의 일상 생활용품들까지 백자로 만들어 사용하였다. 평범한 대접이나 접시에서부터 병, 항아리, 제기 등과 같은 그릇은 물론이고 떡살, 베개, 필세, 연적, 필통, 명기, 담배통이나 담뱃대, 화장품 용기, 등

잔 등등 많은 용도로 제작되었고 실생활에서 사용되었다. 쓰임새만 다양했던 것이 아니다. 상감·양각·청화·철화·진사·동화 등등 다양한 기법과 재료들이 사용되어 다양한 모습으로 제작되었다. 그래서 고려청자나 분청사기에 비해서 백자의 미학은 여러 가지 성격을 보여준다.

백자가 지닌 여러 가지 성격의 미학 가운데 남김의 미학과 직접 관련되는 것으로 보이는 것은 그리 많지 않다. 그러나 남김의 미학을 보여주는 백자들이 조선시대 백자가 지닌 미학을 대표하는 것이자 그 근본이 되는 것이며 나아가 한국적인 아름다움이 어떤 것인가를 보여주는 것이라 생각된다.

조선시대 백자는, 고려청자에 비하면 소탈하고 소박하지만, 분청사기에 비하면 한결 우아하고 고급스러운 멋이 있다. 분청사기가 가난한 민중이나 탈속한 승려들의 그릇이라면, 백자는 선비들의 그릇이라고 비유적으로 생각해볼 수 있다. 백자는 아무렇게나 만들어졌다는 느낌으로부터 어느 정도 벗어나 있고, 거친 외면적 힘보다는 조용한 내면성을 지니고 있다.

'백자 철화 끈무늬 병'은 분청사기의 멋과 백자의 멋이 조화를 잘 이

백자 철화 끈무늬 병

루고 있는 명품이다. 15세기 말이나 16세기에 만들어진 것으로 추정되는 이 병은 높이 31.4센티미터이며 철화로 끈무늬가 그려져 있다. 주둥이는 다소 벌어져 있으며 목은 잘록하고 그 아래 몸통 부분은 마치 물방울처럼 풍성하게 흘러내린다. 낮게 만들어진 굽도 넉넉해 보여 안정감이 있다. 백자라고는 하지만 아주 희지는 않고 광택도 흐리다. 뿐만 아니라 곳곳에 잡티가 섞여 있다. 조선의 백자는 날카로운 흰색으로 모든 것을 반사해 밖으로 거부하는 느낌이 아니다. 오히려 수수한 수줍음으로 모든 것을 조심스레 받아들이는 느낌을 준다. 그것은 편안하고 조용하고 관대하고 소박하다.

　백자 철화 끈무늬 병은 이러한 백자의 바탕을 잘 보여주지만 그 바탕 위에 철화로 그린 무늬가 또한 일품이다. "잘록한 목에 한 가닥 끈을 휘감아 늘어뜨려 끝에서 둥글게 말린 모습을 철화 안료로 표현하였다. 단순하면서도 많은 여백을 남긴 여유 있는 묘사와 거침없이 그어 내린 힘찬 선은 절제된 필치로 장인의 숙련된 경지를 유감없이 드러낸다. 이처럼 여백과 무늬의 절제된 표현과 구성은 도자 공예의 차원을 뛰어넘은 세련된 예술의 경지를 보여준다. 망설임 없이 사선 방향으로 힘차게 그어 내린 끈무늬는 단순하지만 그릇 전면에 걸쳐 강한 인상을 준다."[36] 이

백자 달항아리

러한 대담함과 자유분방함은 분청사기에서 흔히 볼 수 있는 미학이다.

철화는 청화 안료를 구하기 어려워서 대체재로 사용된 것으로 그 색깔이 투박하지만, 이 투박함이 오히려 조선시대 백자의 독특한 아름다움이 되고 있다. 귀하고 아름다운 것으로 소중하게 생각되던 청화백자보다도 철화백자가 보다 한국적 아름다움을 더 많이 지니고 있다. 부족함이나 모자람이 오히려 아름다움이 되는 것이 조선시대 예술의 중요한 특징이며, 이 특징은 바로 '남김의 미학'과 통한다.

병의 날렵함을 포기하지 않으면서도 넉넉하고 안정된 형태, 표면의 은은하고 절제된 광택, 소박하고 친근감 느껴지는 질감, 그리고 철화가 주는 투박함에 단순하고 대담한 끈무늬가 더해져서 놀랄 만한 아름다움을 보여준다. 소박함과 고상함 그리고 겸허함과 자신감을 동시에 지니고 있다.

달항아리는 조선시대 백자 가운데 가장 유명한 것이다. 많은 달항아리

---

36 국립중앙박물관 홈페이지 소장품 해설 '백자 철화 끈무늬 병' 참조. http://www.museum. go.kr/site/main/relic/search/view?relicid=2224

들 가운데 국립중앙박물관이 소장하고 있는 '백자 달항아리'는 달항아리의 아름다움을 잘 보여주는 예가 된다. 마치 보름달처럼 둥글고 풍성하게 생겼다고 이런 형태의 항아리를 달항아리라고 부른다. 백자 달항아리는 높이가 41센티미터이며 넓이도 거의 같다. 주둥이는 짧고 밖으로 조금 벌어졌는데 이것은 굽과 대칭이 된다. 주둥이보다는 조금 작지만 굽의 모양도 주둥이와 비슷하다. 그러니까 몸통이 보름달처럼 둥근 달항아리는 좌우와 상하가 거의 대칭을 이룬다.

그러나 달항아리는 완전한 대칭이 아니다. 주둥이와 굽도 다소 다르지만, 둥근 원도 완전한 원이 아니라 조금 비뚤어진 원이다. 둥근 주둥이도 어딘지 좀 우그러져 보인다. 대칭에서도 모자라고 원에서도 모자란다. 이 모자람은 그냥 완전한 원과 대칭을 만들지 못하는 모자람일 뿐 억지로 의도된 모자람으로 보이지는 않는다. 다만 모자라면 모자라는 대로 문제될 게 없다는 태연함이 있다. 그러나 의도되지 않은 이 모자람이 넉넉함과 편안함과 의젓함을 낳는다. 이 모자람은 그대로 남김이 되는 것이다.

이런 형태의 달항아리는 18세기에 집중적으로 제작되었는데, 이 시기의 다른 형태의 백자에는 청화를 비롯한 여러 종류의 안료로 그림들을 그려 넣는 것이 일반적이었다. 그러나 달항아리는 그림 없이 흰색 유약을 발랐을 뿐이다. 달항아리마다 표면의 색이 조금씩 다르지만, 대개는 우유처럼 부드럽고 희다. 이 흰색은 차갑게 느껴지지 않는다. 이 흰색에도 흰색으로서의 모자람이 있다. 그 모자람이 오히려 따스한 느낌과 고요하고 절제된 느낌을 준다. 항아리의 아랫부분은 빙렬氷裂이 있는 것이 많은데, 이것도 편안함에 일조를 한다. 가만히 보고 있으면, 고요한 깊이도 있고 겸허함도 있고 넉넉함도 있고 점잖음도 있다. 그런가 하면 심지어는 보기에 따라 관능미까지도 은근하게 풍긴다.

조선시대의 도자기들은 일본이나 중국의 도자기에 비하여 색을 사용하고 그림을 넣는 일에 상당히 소극적이다. 앞서 언급한 달항아리 같은 경우는 아예 아무런 그림이 없다. 그림을 그려 넣더라도 여백을 많이 남기는 경우가 대부분이다. 중국의 청화백자와 유사한 것이 없는 것은 아니나 보다 많은 경우 조선시대의 청화백자도 중국의 것과는 전혀 다른 여백과 절제의 미학을 보여준다. '백자 청화 국화대나무무늬 팔각병'은 조선시대 청화백자의 독특한 미학을 보여주는 좋은 예가 된다.

높이 27.5센티미터, 입 지름 4.4센티미터, 바닥 지름 6센티미터인 이 병에 대한 국립중앙박물관의 유물 해설은 다음과 같다. "우아한 둥근

백자 청화 국화대나무무늬 팔각병

몸체와 깨끗하게 뻗어오른 긴 목을 가졌으며 입이 얌전하게 밖으로 말
렸고 표면이 입 바로 아래에서 바닥까지 같은 간격으로 깎이어 8모를
이룬 각병이다. 조선 중기에 이러한 각병이 유행을 했으며, 값비싼 청화
를 아끼기 위해 여백을 많이 두고 가늘고 깔끔한 필선으로 간결한 문양
을 그려 넣은 청화 백자들이 만들어졌다. 청화 백자에서 한국적인 각병
은 산뜻한 형태와 맑고 깨끗한 백자 바탕, 엷은 청화로 그려진 간결하면
서 품위 있는 문양과 푸른 기를 조금 띤 투명한 유약 등 중기 청화 백자
의 전형적인 특징을 잘 보이는 가작 가운데 하나다. 한쪽에는 대나무 한
가지가 그려지고 반대편에는 들국화 한 포기가 그려졌는데, 맑은 청화
빛깔이 연한 청백색 유조釉調 및 병의 형태와 어울려 매우 청초한 느낌
을 자아낸다. 유약은 두껍게 입혀진 편이며 빙렬氷裂은 없다. 굽이 따로
없이 바닥 안이 파인 안굽이며 입은 다소곳하게 밖으로 말려 있다. 사옹
원 광주 분원에서 만들어진 것으로서 조선 왕조적인 도예미를 한껏 보
여주는 작품이다."[37]

---

37 국립중앙박물관 홈페이지 소장품 해설 '백자 청화 국화 대나무 무늬 팔각병' 참조.
   http://www.museum.go.kr/site/main/relic/search/view?relicid=4306

조선 청화백자는 청화 그림으로 병의 표면을 가득 채운 중국 청화백자와는 전혀 다른 분위기를 보여준다. 여린 선으로 간결하게 처리된 국화 그림(반대편에는 대나무 그림)이 값비싼 청화를 아끼기 위한 것이었다고 하더라도 그 모자람이 오히려 고요와 절제의 아름다움을 낳고 있다. 둥근 편안함과 부드러움이 흐트러짐 없어 보이는 모난 것과 잘 조화를 이루고 있으며, 수줍은 듯 고요하게 피어 있는 국화가 그윽한 문기文氣를 머금고 있다. 고고한 품위가 느껴지는, 외유내강의 아름다움이라고 할 수도 있겠다.

다른 도자기에 비해서 조선시대의 백자는 선비문화와 친연성이 높다. 백자는 술병이나 문방구 같은 선비들의 일상용품으로도 많이 제작되었고, 거기에는 신愼·경敬·중용中庸 등과 같은 유교의 정신과 은일隱逸의 풍류가 직접 간접으로 반영되어 있다. 은일의 풍류가 드러난 하나의 경우를 '백자 청화 산수무늬 사각병'에서 볼 수 있다. 용도가 술병인 이 사각병은 넓은 앞면과 뒷면에 산수화가 톤이 낮은 청화로 차분하게 그려져 있고, 좁고 긴 양쪽 측면에 시구가 적혀 있다. 한쪽에는 "且樂生前一杯酒 何須身後千載名"(생전의 즐거움은 한 잔의 술이니 어찌 죽은 후에 천년 동안 이름을 남기리오)라는 이백의 「행로난 行路難」
의 한 구절이 적혀 있고, 다른 쪽에는 "短送一生惟有酒 尋思百計不如閑"
(짧은 한평생에는 오로지 술이 있으니 이런저런 궁리를 해본들 한가함
만 못하네)라는 한유의 「유흥 遣興」의 한 구절이 적혀 있다. 왜 온전한 한
편의 시를 적어두지 않고, 다른 시의 구절들을 출처도 없이 적어둔 것일까?
어떤 경우에는 한 구절은 본인(자기에 글씨를 쓴 선비)이 쓴 시처럼 보이
고 다른 구절은 당시 唐詩에서 빌려 온 것도 있다. 한시 절구의 형식성에
구애됨이 없는 듯하니 이것도 남김의 미학일지 모르겠다.

   이러한 선비들의 술병은 앞서 언급한 백자의 아름다움에 미치지는
못한다. 이 사각병에는 선비들의 상투적 취향이 직접 반영되어 있기 때
문이다. 선비문화가 이런 식으로 직접 반영된 경우보다 은은한 흰색이
나 둥근 편안함 그리고 단순하고 절제된 무늬와 완벽을 내세우지 않는
점잖음 등에서 저절로 선비의 고고한 품위와 고요한 내면이 느껴지는
경우가 더 아름다운 것은 말할 필요도 없다. 조선시대 백자에는 그러한
아름다움이 있으며, 그 아름다움도 '남김의 미학'이라고 말할 수 있을
것이다.

조선적 아름다움의 발견

야나기 무네요시

남김의 관점에서 조선시대 분청사기와 백자를 들여다보는 일은 무척 흥미롭다. 분청사기와 백자에 남김과 관련된 한국적 아름다움이 너무나 잘 구현되어 있기 때문이다. 그러나 이 아름다움이 이미 오래전에 외국인에 의해서 의미 깊게 발견된 것임을 인정하지 않을 수 없다. 분청사기와 백자에 들어 있는 한국적 아름다움이 어떤 것이며, 그 아름다움이 한국 문화에서 어떤 의미를 지니는 것인가에 대해서 일본 사람 야나기 무네요시〔柳宗悦〕는 이미 한 세기 전에 주목할 만한 견해를 내놓았다. 당시의 어떤 조선인보다 야나기 무네요시는 이름 없는 장인들이 만든 조선의 공예품들에 대해서 더 많이 알았고 그것들을 더 많이 사랑한 사람이었다. 조선의 아름다움에 대한 통찰과 사랑이 담긴 그의 저작들은 지금 읽어보아도 존경에 값한다.

그러나 1970년대 이후 한국의 문화지식인들은 그의 통찰 속에서 귀한 것을 구하려 하기보다는 그의 조선예술론을 편파적이고 과장되게 비판하는 일이 종종 있었던 것 같다. 자신감도 없고 안목이나 생각도 부족한 태도를 보여준 것이라 생각된다. 다행히 이에 대한 사려 깊은 반성이 우리에게 없었던 것은 아니다. 가령 김정기의 『미의 나라 조선』은 선구적으로 조선의 아름다움을 통찰하고 찬양했던 외국인들에 대해서 온당한 어조와 차분한 문장으로 쓴 책이다.[38]

야나기 무네요시에 앞서 처음 조선 도자기의 아름다움을 발견한 사람은 아사카와 노리타카(淺川伯敎)다. 경성의 소학교 교사로 있던 노리타카는 우연히 고물상에 진열된 백자 항아리를 보고 마음을 사로잡힌

---

38 김정기, 『미의 나라 조선』, 한울, 2011. '야나기, 아사카와 형제, 핸더슨의 도자 이야기'라는 부제가 붙은 이 책은, 우리나라 도자기를 아낀 외국인들의 활동과 태도에 대해서 잘 기술하고 있다.

아사카와 노리타카의 기록들

다. 이후 그는 조선 도자기의 미학을 알리는 한편 직접 도자기 가마터를 조사하여 여러 관련 기록을 남기기도 하였다.[39] 특히 그가 1922년 『시라카바』 9호에 발표한 「조선도자기의 가치와 변천에 대해」는 조선 도자사에 대한 최초의 논문이다.

야나기 무네요시는 1914년 아사카와 노리타카로부터 선물 받은 조선의 백자 '백자 청화 추초 문각병'을 만난 이후 죽을 때까지 조선의 아름다움에 매료되어 평생 조선의 아름다움을 연구하고, 찬양하고, 사랑하였다.[40] 그는 1959년 11월 『민예』 83호에 「조선의 도기의 미와 그 성질」과 「조선 자기의 7대 불가사의」라는 글을 발표해서 조선 도자기에 대한 그의 생각을 정리했다. 이때 그의 나이 71세였으며, 그 후 채 2년도 지나지 않아서 세상을 떠났다. 그가 마지막까지 주목한 조선 도자기의 특성은 조선의 아름다움이 지닌 본질의 한 측면을 드러내는 중요한 통찰이 아닌가 한다.

39 아사카와 노리타카의 기록들은 다음에서 인용하였다. 大阪市立東洋陶磁美術館, 『淺川伯教 · 巧兄弟の心と眼 : 朝鮮時代の美 : 特別展 淺川巧誕120年記念』, 美術館連絡協議會, 2011.

40 이때 야나기가 처음 접했던 조선의 백자인 '백자 청화 추초문 각병'은 이 글에서 언급한 '백자 청화 국화대나무무늬 팔각병'과 같은 종류가 아니었을까 짐작된다.

조선시대의 도자기에는 완벽한 것이 매우 드물다. 모양만 보더라도 일그러진 것이 많다. (……) 도자기뿐만 아니라 모든 수작업에는 잘 마무리된 것이 드물다. 이것은 완전하게 마무리 짓겠다는 생각이 심리에 작용하지 않기 때문이다. (……) 이 부정형과 파형은 어디에도 구애받지 않는 성질의 필연적 결과로서, 아마도 조선의 도공들만큼 자연스럽게 몸에 익힌 사람은 달리 없을 것이다. 그러므로 조선 자기의 한 특색은 이 파형 즉 기수성에 있다고 할 수 있다. 이를 생각할 때 조선의 도공들은 자연이었다고 평해도 좋다.[41]

조선시대 도자기의 아름다움은 의식에 의한 파란 많은 갈등의 아름다움이 아니라 '무사無事의 아름다움'이요, '당연한 아름다움'이라 할 수 있다. 이 당연 속에 사는 마음이 '평상심平常心'이라고도 할 수 있다. (……) 조선시대의 도자기에서 어린이가 그릴 듯한 무늬를 흔히 찾아볼 수 있다. 이것이 아름답다는 것은 많은 사람이 알고 있을 것이다. 어느 것에도 구애됨이 없

---

41 야나기 무네요시, 「조선 자기의 7대 불가사의」, 『조선과 그 예술』, 이길진 옮김, 신구문화사, 1994, 308-309쪽.

기 때문에 어디에서도 비하卑下할 필요가 없는 성질을 갖기에 이른 것이다. (……) 이러한 그림을 '무괘애無罣碍의 미'라고 해도 좋고 '자재미自在美'라 불러도 좋다. 앞서 말한 '불이미不二美'는 요컨대 이러한 마음이 나타난 아름다움인 것이다. 또 요즘의 말을 빌린다면 '파형破形의 미', '불완전의 미', '기수奇數의 미'라는 말로 그 성질을 설명해도 좋을 것이다.

그러나 여기에서 주의해야 할 것은 조선의 자기에 그런 성질이 있다고 해서 결코 파형이나 불완전이나 기수에 마음을 뺏겨 이것을 파형으로 한 것은 절대로 아니라는 사실이다. 우수에 집심이 없기 때문에 필연적으로 기수가 된 것 뿐이다. 즉 기수에도 우수에도 구애되지 않는 불이의 심경에서 그 기수미가 나타난 것에 지나지 않는다. (……) 조선의 도자기에는 '그대로의 아름다움'이 현저하게 나타나 있는 것이다. 종종 볼 수 있는 그 치졸성, 일그러진 모양과 어린이 장난과 같은 그림, 마무리에 거의 신경을 쓰지 않은 태도—이 모든 것이 '그대로의 마음'의 필연적인 표현이다.—이것이 이름난 화가도 따르지 못할 붓의 자유로움을 나타내고 명공名工이 미치지 못할 형태미를 나타내게 한 원인인 것이다.[42]

---

42 야나기 무네요시, 「조선 도자기의 아름다움과 그 성질」, 앞의 책, 293-296쪽.

야나기가 조선의 예술에서 특히 이름 없는 도공들의 투박하고 무성의해 보이는 솜씨가 낳은 아름다움에 주목하는 것을 탐탁하게 여기지 않는 견해가 한국 사람들 사이에 간혹 있는 듯하다. 그러나 야나기가 지적한 '기수의 미' 혹은 '불완전의 미'는 조선의 아름다움에 대한 매우 중요한 통찰로서 앞으로 더욱 깊이 연구될 가치가 있는 것으로 보인다. 그것은 필자가 우리 문화의 큰 장점으로 주장하는 '남김의 미학'에서도 중요한 영역을 담당한다. 필자가 조선의 분청사기와 백자에서 보고 있는 '남김의 미학'을 야나기 무네요시는 이미 오래전에 보고 있었던 것이다. 그의 선구적 통찰에 반가움과 경의를 표한다. 그리고 그와 함께 조선 공예품의 우수성을 찬양하고 그것을 사랑했으며 조선민족박물관 설립을 통해 산일散佚되어가던 우리 공예품의 보존에 기여한 아사카와 형제에게도 경의를 표한다.

사랑방 가구

멋을 내지 않은 멋 / 미니멀리즘 가구의 본보기

멋을
버리지 않은
멋

사랑방의 실내의장

조선시대의 주거 공간은 크게 두 영역으로 구분된다. 아녀자들의 생활 공간인 안채와 남자들의 생활 공간인 사랑채가 그것이다. 사랑채는 외부로 열려 있어 개방적이고, 안채는 외부와의 소통이 제한적이어서 폐쇄적이다.

사랑채에서 남자들의 생활 공간이 되는 방을 사랑방舍廊房이라고 하고 서재 즉 공부하는 방을 문방文房이라고 구분하기도 하지만 대개의 경우 사랑방과 문방은 구분되지 아니한다. 조선시대 선비들의 생활 공간이요, 서재였던 사랑방은 나름대로의 격식을 지닌 실내의장을 추구하며, 그것은 독특한 미학을 보여준다. 그 미학은 나무로 만들어진 몇 개의 가구들로부터 출발한다고 할 수 있다.

흔히 방의 모습과 분위기는 그 방 주인의 성격과 취향 나아가서는 정신적 지향을 드러낸다. 흰 종이로 도배된 네 개의 벽만 있을 뿐 아무런 기물도 없이 텅 빈 선승禪僧의 방에서는 일체가 무無요 공空인 적멸의 경지를 추구하는 선승의 내면을 엿볼 수 있을 것이며, 다음과 같은 파우스트 박사의 방은 많은 지식에도 불구하고 회의와 혼돈 속에 있는 그의 정신세계에 대한 비유가 될 것이다.

이 저주받을 답답한 벽 속의 골방,

이곳엔 저 다정한 하늘의 빛까지도

채색된 창유리를 통해 침울하게 비쳐드는구나!

방이 비좁도록 들어찬 이 책 더미

좀이 슬고 먼지가 뒤덮인 채

높은 원형 천장까지 맞닿아 있다.

책 사이사이 빛바랜 종이들이 꽂혀 있고,

사방엔 유리기구와 상자들이 널려 있다.

방 안 가득 들어찬 실험기구들,

그 사이엔 선조 대대로 물려받은 가재도구들⋯⋯

이것이 너의 세계이다! 이것도 세계라고 할 수 있을까![43]

이것은 자신의 서재에 대한 묘사이면서 동시에 자신의 정신적 삶에 대한 독백이라고 할 수 있다. 이러한 방을 가진(혹은 자기 방에 대해 이렇게 생각하는) 파우스트가 이 방을 버리고 메피스토텔레스의 꾐에 빠져 다른 세계를 추구하게 되는 것은 당연하다. 물론 『파우스트』를 쓴 괴테의 서재 분위기는 이와 전혀 달랐겠지만 그래도 책 더미나 가구나 기물 등은 비슷했을 것이다.

세계의 다양한 문화적 전통 속에는 그만큼 다양한 서재의 모습이 있을 것이다. 그 가운데 18세기 무렵의 조선 지식인들이 추구했던 서재의 미학은 특별히 주목할 만한 것이 아닌가 한다. 18세기 유중림이 지은 『증보산림경제增補山林經濟』란 책에 보면 서재를 꾸밈에 있어 속기

---

43 요한 볼프강 폰 괴테, 『파우스트 1』, 정서웅 옮김, 민음사, 1999, 32쪽.

俗氣를 경계함을 우선으로 했다. 가령 서안에 대해서는 "그 모양이 반드시 박소朴素해야 하는 즉, 운각雲刻이나 붉은 칠을 하지 않고 아취가 있어야 한다. 그리고 서안 위에는 서사書史를 한두 권 정도만 올려놓아야 한다"고 했고, 서가에도 책을 가득 쌓아 올리면 속기가 난다고 했다. 또 "서재에는 족자를 하나만 걸어두되, 계절에 따라 바꿔 건다. 봄, 여름에는 가을과 겨울 산수화를 걸어두고, 가을과 겨울에는 봄과 여름의 경치를 볼 수 있게 한다. 조그만 화분도 하나면 충분하다. 그림을 양쪽 벽에 다 걸면 속되다. 네 벽은 깨끗해야 하며 서화로 번잡해서는 안 된다. 단 성현의 좋은 말씀을 쓴 해서楷書는 오른쪽에 걸어두는 것이 가하다"라고 적고 있다.[44]

그런가 하면 최순우는 『한국의 목칠가구』 해설에서 사랑방의 미학에 대해 다음과 같이 말한다.

"일점一點 속기俗氣가 없는 방", 이것은 문방文房미학에서는 최고의 이상으로 삼는 말이다. 문방은 언제나 밝고 조용하고 정갈해야 하며 그다지 넓을 것도 호사스러울 것도 없는 담담한 분위기를 위하여는 문방가구들이 간

---

44 유중림, 『增補山林經濟 11』, 고려대학교 대학원 소장, 64-65쪽.

결한 질서를 잡아주어야만 된다. 창밑으로는 길쭉한 문갑 한 쌍이 놓이고 간결한 사방탁자 하나 둘, 그리고 간격을 두고 책장, 책탁자들을 보기 좋게 둘러놓고 기름하고 소박한 서안書案과 연상硯床과 다탁茶卓이 하나쯤 있으면 서재의 목공가구는 구태여 더 탐낼 것이 없어진다.[45]

유교의 가르침을 받들던 조선의 선비들은 자신들의 서재를 꾸밈에 있어서 속된 기운이 없는 것을 최고로 삼았다. 속된 기운은 무엇보다 욕심과 꾸밈과 번잡으로부터 온다. 선비들은 맑고 곧은 정신을 지니고, 청빈 속에서 홀로 삼가고 만물과 그 이치를 공경하며 당당함을 추구한다. 이러한 추구가 서재의 꾸밈에 그대로 반영되어 문방미학을 형성하게 되는바, 이에 사랑방은 간결하고 검소하면서도 기품 특히 문기가 풍기도록 꾸며진다. 앞서 언급한 바와 같이 아무리 좋은 그림이나 책이라도 많으면 좋지 않고, 아무리 열심히 책을 읽고 글을 많이 쓰더라도 조그만 서안 하나면 족하다. 가구도 장식이나 색이 거의 없이 소박하고 간결한 것이어야 한다. 방에 호사스러운 꾸밈이 많으면 정신이 혼미해졌음을

---

45 최순우·박형규,『韓國의 木漆家具』, 경미문화사, 1981, 3쪽.

뜻하고, 방에 책이나 물건이 많으면 마음에 욕심이 있음을 드러내게 되고, 방이 무질서하고 잡다한 것이 많으면 잡념이 많은 것이 된다.

그러나 사랑방이 무념무상과 무애자재의 공간인 것은 아니다. 사랑방의 실내의장에는 느슨하지만 지켜야 할 일정한 격식이 있고, 그 격식의 실현에는 정신적·미학적 수양이 뒤따라야 한다. 조선시대 사랑방의 격식은 대체로 18세기경에 형성된 것으로 보이는데, 여기에는 중국 명나라 시대에 유행한 세련된 문방문화의 영향을 무시할 수 없다. 시문과 문인화와 문방사우를 문방문화의 중심에 두고 세련된 문기를 추구하는 것은 공통되지만 서재를 꾸미는 격식과 미학은 중국과 우리나라가 크게 다르다. 무엇보다 중국의 방은 의자생활을 하게 되어 있는 데 반해서 조선의 방은 바닥에 앉게 되어 있다는 점에서 방의 분위기가 크게 달라진다. 조선의 방은 앉은 사람의 눈높이와 관련된 미학을 가진다. 그리고 그 달라짐을 주도하는 것은 방의 가구들이다. 사방탁자나 문갑 그리고 서안 같은 나무 가구들은 조선시대 사랑방 미학의 근간이 된다.

그러나 격식에 맞는 가구 등으로 사랑방의 미학이 끝나는 것은 아니다. 거기에 주인의 감각이 더해져야 사랑방의 미학은 완성된다. 방에 있어야 할 것은 두고, 없어야 할 것은 두지 말아야 하는 것이 사랑방의 격식인 셈인데, 이때 있어야 할 것들이 어떠한 수준에서 어떠한 방식으로 있는가에 따라 그 방 주인의 품격을 가늠할 수 있게 된다. 가령 벽에는 어떤 서화가 걸려 있고, 문갑 위에는 어떤 수석이나 난초가 있으며, 사방탁자에 어떤 도자기가 놓여 있어 방의 분위기를 만들고 있는가 등등이 모두 주인의 인품과 미학적 감각을 드러내는 것이 된다. 즉 사랑방의 정갈하고 우아한 멋은 곧 주인의 멋이 되는 것이다.

이렇게 본다면 사랑방은 멋을 거부한 듯하면서도 실제로는 상당히 멋을 부린 공간이라고 할 수 있다. 그런데 그 멋은 많은 것을 참고, 버리고, 남기면서 마치 아무 멋도 내지 않은 것처럼 간결하고 질박한 것이다. 좋은 서화가 있어도 많이 걸지 않고, 귀한 책이 많아도 몇 권만 방에 두고, 너무 작아 책을 두 권 펼칠 수도 없이 자그마한 서안에 만족하는 멋이다.

미니멀리즘 가구의 본보기

사방탁자와 문갑과 서안

사랑방을 가장 사랑방답게 만드는 것은 사방탁자와 문갑과 서안이다. 이 외에도 사랑방에는 여러 가구들이 있을 수 있다. 의걸이농, 책장, 연상, 서류함, 고비 등등이 그것인데, 사랑방 가구들은 안방 가구와는 달리 단순하고 간결하다. 모양도 매우 간결할 뿐만 아니라 꾸밈이나 채색이 거의 없고, 칠도 투명한 식물성 기름을 주로 사용하여 나뭇결을 그대로 살리는 경우가 많다.[46] 여인들이 사용하는 안방 가구와 주방 용품 등에는 화각, 나전, 지장 紙裝, 옻칠 등의 방식이 사용되기도 하였지만,

사랑방 가구에서는 기피되었다. 조선시대 가구들이 대체적으로 단순하고 장식과 채색이 적지만 이런 미니멀한 성격은 사랑방 가구에서 특히 강하게 나타난다. 조선시대 사랑방의 나무 가구들은 미니멀리즘 가구의 원조요 본보기라 할 수 있을 것이다.

사랑방 가구 중에서도 조선시대 가구의 미니멀리즘 미학을 가장 멋지게 보여주는 것은 사방탁자이다. 탁자는 기본적으로 기둥과 충널로만 구성되며 여러 층으로 되어 있는데, 이런 것을 특히 사방탁자라 한다. 기둥과 충널도 가늘고 얇은 목재를 사용하여 목재의 물질성이 최소화된 듯한데, 그럼에도 불구하고 강골強骨의 존재감을 드러낸다. 전체적인 구조는 너무나 단순하여 가구라고 하기도 좀 어색할 정도이다. 네 개의 기둥과 그 사이의 충널에도 아무런 장식이나 꾸밈이 없는 것이 일반적이

46 조선시대 나무 가구들은 대체로 나무의 결을 그대로 살린다. 나전, 화각, 옻칠 등도 물론 사용되었지만, 투명한 식물성 기름으로 오래 문질러 윤이 나게 하는 경우가 대부분이다. 이런 경우, 가구들은 최초 완성품에서 점차 퇴락하는 것이 아니라 사용자가 사용하면 사용할수록 윤이 나고 아취가 더하게 된다. 다시 말해 오래될수록 추해지는 것이 아니라 더 아름다워진다. 이 글에 실린 '문갑 2'(190쪽)와 '서안'(192쪽)에서도 오랜 세월에 걸쳐 사용자의 손길이 만든 아취와 기품을 느낄 수 있다.

다. 사용된 나무들의 마감 손질조차 평범하여, 나뭇결이 그대로 보인다. 어떻게 보면 미적 감각이나 상상력이 닿지 않은 무덤덤한 선반으로 보인다. 그러나 사방탁자에는 면을 미학적으로 구획 짓는 탁월한 공간 감각이 작용하고 있다. 사방탁자가 미니멀한 아름다움을 자랑할 수 있는 바탕은 최소한의 골격이 만들어내는 미학적인 면 분할의 세련됨이다.

미학적인 면 분할은 단순하고 간결한 조선시대 가구들이 지닌 아름다움의 본질적 요소라고 할 수 있는데, 사방탁자는 이 점을 잘 보여주는 예가 된다.[47] 잘 만들어진 사방탁자를 보고 있노라면 마치 신라시대 석가탑 같은 단순하면서도 세련되고 또 의젓하면서도 자연스러운 아름다움을 느끼게 된다. 이 면 분할의 아름다움은 선비들의 정신과는 무관하고, 오래전부터 우리 민족이 지니고 있는 천부적인 미적 감각이 아닐까 생각된다.

몇 개의 층으로 된 사방탁자는, 각 층마다 책이나 기타 문방 애완품들

---

47 배만실은 조선시대 가구들의 장방형 면 비례를 실측한 결과 황금비율(1:1618)이 상당히 많이 사용되고 있음을 밝힌 바 있다. (배만실, 『한국목가구의 전통양식』, 이화여대출판부, 1988, 69쪽.) 그러나 조선시대 가구에는 황금분할만으로 설명될 수 없는 면 분할의 아름다움이 있는 것이 아닐까 짐작한다.

사방탁자 1   사방탁자 2

을 진열해놓을 수 있는 열린 공간이며 또 일종의 장식장 성격의 수납장이다. 사방탁자는 여러 가지 면에서 미완의 성격을 지니고 있다. 우선 수납 공간의 개방성이 다양하다. '사방탁자 1'과 같이 모든 층의 모든 면에 측널이 없이 개방되어 있는 것이 사방탁자의 기본 형태이지만, '사방탁자 2'와 같이 아래층이나 가운데 층 혹은 아래 두 층은 세 벽에 측널을 붙이고 앞에 문을 만들어 닫힌 수납장을 마련하기도 한다. 또 열린 층도 뒷면이나 측면에 측널을 붙여 변화를 꾀하기도 한다. 각 층에 측널이나 문이 있는 경우, 그 미학적 성격이 달라짐은 물론이다.

그리고 탁자는 사랑방의 한적한 벽이나 구석에 놓이는데, 놓인 자리와 수납된 물건에 따라서 탁자의 모양은 상당히 달라진다. 왜냐하면 탁자는 개방된 공간이기 때문에 놓인 물건과 그것이 자리 잡은 벽에 따라서 다른 모양이 연출되기 때문이다. 그러니까 탁자는 주인이 그것에 어떤 물건을 놓아서 어느 자리에 두느냐에 따라서 그 모양이 달라지는 가구라고 할 수 있다. 다르게 말하면, 탁자는 소목장小木匠[48]이 절반을 만들고 사랑방 주

---

48 집의 골격을 짓는 목수를 대목이라고 하고, 창이나 호 또는 마루나 가구를 짜는 목수를 소목이라고 한다.

인이 나머지 절반을 만들어서 완성하는 가구라고 할 수 있다.[49]

'사방탁자 1'은 4층 사방탁자로 가장 기본적인 형태이다. 가는 골재를 촉짜임으로 짜 맞추었고 층널은 낙동법으로 처리했다. 장식이라고는 아래층널 밑에 보일 듯 말 듯한 풍혈을 붙였는데, 이것은 견고성과 시각적 안정감을 얻기 위한 것으로 보인다. 간결한 구조는 좁은 방에서도 시각적 부담감이 전혀 없을 듯하며, 그 텅 빈 공간과 소박한 골조 때문에 아직 미완성인 가구처럼 느껴진다. 가구로서의 존재감을 최소화

---

49 조선시대 가구 가운데 소목장이 미완의 가구를 만들고 그것을 사용자가 쓰면서 완성시키는 보다 흥미로운 사례는 '소반'에서 만날 수 있다. 소반은 가장 빈번하게 사용되던 주방가구인데, 조선시대 가구의 특성을 잘 보여준다. 그런데 소반은 마지막 마감 칠을 하지 않은 채로 판매되기도 했는데, 그것을 '백반白盤'이라고 한다. 당연히 백반은 완성된 소반보다 조금 싸다. 그러나 경제적인 이유가 전부는 아니다. 사용자는 그것을 사용하면서 그 소반의 나뭇결에 질을 내고 색을 낸다. 오랜 시간에 걸쳐 기름칠도 하고, 또 사용하면서 저절로 손때가 묻어 반질거리게 된다. 사용자의 손길이 소반을 완성시키는 것이다. 이것은 마루를 깔고 세월이 지나면서 마루에 아름다운 윤택과 무늬가 생기게 되는 이치와 같다. 백반白盤에 관해서는 1928년에 아사카와 다쿠미가 쓴 『조선의 소반 : 조선도자명고』에 다음과 같은 내용이 있다. "시골 장터로 가면 백반이라 하여 칠을 하지 않고 거의 반半제품인 상태로 파는 소반도 있다. 이것은 집으로 가져가서 사용할 사람이 손수 붉은 칠이나 들기름 또는 생칠 등을 칠한 후 사용하면서 윤을 내는 것이다. 이런 식으로 사서 길들인 물건을 그 집에서 한층 친숙하게 여기는 것은 당연한 일이 아니겠는가." (아사카와 다쿠미, 『조선의 소반. 조선도자명고』, 심우성 옮김, 학고재, 1996, 23쪽)

한, 겸허한 가구라고 할 수 있다.[50] '사방탁자 2'는 아래층을 닫힌 수납장으로 만들어 조금 더 가구의 느낌이 나지만, 단순한 문과 소박한 장쇠로 된 수납장이 마치 견고한 층널처럼 보여서 간결한 아름다움을 해치지 않고 있다. 일체의 장식을 생략하고 단지 문판의 오목나뭇결을 살려 조촐한 가운데 자연스럽고 은근한 멋을 주었다. 열린 공간과 닫힌 공간이 어울려 답답하지 않으면서도 전체의 안정감이 뛰어나다. '사방탁자 1'과 '사방탁자 2'는 텅 빈 상태로는 조금 허전해 보일 수도 있다. 하지만 각 층에 적절한 기물을 진열하면 그 분위기와 모습은 크게 달라질 것이다. 사방탁자는 방주인이 어떻게 완성시켜줄 것인가를 기다리는 미완의 가구다.

사랑방에서 탁자와 쌍을 이루는 가구가 문갑이다. 문갑은 책이나 인

---

50 '촉짜임'은 목木가구를 만들 때 두 널을 접합하는 방법의 하나다. 한쪽 끝은 촉을 만들고 다른 쪽 끝은 홈을 만들어서 서로 끼운다. '낙동법烙桐法'은 오동나무의 표면을 인두로 지진 후 볏짚으로 문질러 약한 부분은 들어가고 단단한 부분은 도드라지게 하면서 목리木理를 살리는 방법이다. '풍혈風穴'은 물건의 둘레에 구멍을 뚫거나 잘게 새겨 붙이는 꾸밈새를 말한다. 박영규·김동우, 『한국 美의 재발견 : 목칠공예』, 솔, 2005, 부록 '용어 설명' 참조.

문갑 1

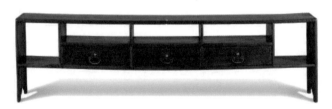

문갑 2

장, 다완, 종이, 향 등 잡다한 물건들을 넣어두는 수납 공간이다. 생활 공간에서 어쩔 수 없이 생기는 잡다한 물건들을 눈에 띄지 않게, 혹은 일정한 질서 속에 두는 공간이라고 할 수도 있다. 방에 앉아서 생활하는 사람이 편리하게 사용할 수 있도록 문갑의 높이는 앉은 사람의 가슴께를 넘지 않으며, 그 대신 수평으로 길다. 문갑의 형태적 미학은 바닥에 앉아서 생활하는 공간에서만 나올 수 있는 것이다. 탁자가 수직을 지향하고 개방적이라면 문갑은 수평을 지향하고 폐쇄적이다.

사방탁자도 그러하지만 문갑도 기본 디자인은 매우 단순하다. 긴 장방형 상자처럼 생겼다. 이것이 벽을 따라 놓이는 경우에는 가구라는 느낌보다 방의 일부라는 느낌이 들기도 한다. 특히 '문갑 1'과 같이 다리가 없는 듯하고 몸체가 상자처럼 생긴 갑형식匣形式 문갑이 그러하다. 이문갑은 위에 네 개의 서랍을 넣고 그 아래에 여닫이문을 달고 그 양쪽에 어긋난 대칭으로 흥미로운 공간을 만들었다. 경첩과 자물쇠 그리고 여닫이문에도 절제된 멋을 부렸으며, 보일 듯 말 듯 처리한 풍혈과 두루마리받에서도 멋을 느낄 수 있다. 파격적이면서 질서를 벗어나지 않는 면 분할과 자세히 봐야 보이는 섬세한 장식들은 문갑 주인의 취향이 상당히 미학적임을 드러낸다. 사실 이 문갑은 드러나지 않게 은근한 멋을 부리고 있는데, 그럼에도 불구하고 점잖음을 잃지 않고 있다. 멋은 부리되 속기는 피하고 있는 것이다.

'문갑 2'는 상형식床形式 문갑인데, 문갑으로서는 다소 개방적이다. 다섯 칸으로 나누었고, 가운데 세 칸은 다시 상하로 나누어 아래쪽에는 서랍을 넣었다. 기둥이 따로 없이 천판天板과 측널과 층널만으로 된 구조가 매우 단순하다. 그러면서도 가로 세로의 비율과 그 안의 면 분할에서 세련된 안정감과 점잖음이 느껴진다. 장식이 없이 오래된 나뭇결과 색이 무겁게 드러나는 간결미에서는 어떤 위엄까지도 느껴지는, 높은 문방미학을 보여주는 가구라 할 만하다.

한편 문갑은 가운데 수납 공간뿐만 아니라 천판 위도 중요한 기능을 한다. 문갑의 천판은 사랑방에서 사방탁자와 유사하게 중요한 진열 기능을 갖는다. 탁자가 수직적 진열 공간이라면 문갑은 수평적 진열 공간이다. 문갑 기능의 절반은 천판이 갖고 있는 진열대 기능이라고 할 수도 있다. 사랑방 주인은 문갑 위에다 난초, 분재, 수석 등을 두고 즐길 수도 있고, 책이나 필통이나 향꽂이 등 여러 가지 물건들을 진열하여 사랑방을 꾸밀 수 있다. 문갑 위에 무엇이 어떻게 놓이느냐에 따라서 사랑방의 분위기는 달라지고, 거기서 그 방 주인이 지닌 문기도 드러나게 되는 것이다. 이런 점에서 사방탁자와 마찬가지로 문갑도 그 자체로는 미완성의 가구이고, 주인의 진열에 의해서 비로소 완성되는 가구라고 할 수 있다. 뿐만 아니라 사방탁자와 문갑은 알게 모르게 서로 상응하고 조화되면서 사랑방 미학을 함께 구성하는 것이어야 한다. 이것은 서안의 경우도 마찬가지다.

서안은 독서를 하거나 작은 글씨의 서한 등을 쓰는 데 사용되는 앉은뱅이책상인데, 그 크기는 책 한 권을 겨우 펼칠 수 있을 만큼 작다. 그러나 사랑방의 중심에 위치하여, 방의 기물들이 있어야 할 자리를 정해줄 뿐만 아니라 주인과 손님 또는 연장자의 앉을 자리를 말없이 정해주는 역할도 한다. 방 주인이 사랑방에 앉을 때는, 특별히 예외적인 경우를 제외하고는 항상 서안을 앞에 두고 앉게 된다. 조그만 서안 앞에서는 허리를 펴고 바로 앉을 수밖에 없어 서안은 주인의 방 안에서의 몸가짐을 보이지 않게 제한한다. 최대한으로 절제된 크기와 모양을 지닌 서안은 사랑방의 중심이 되며, 작지만 카리스마를 지닌 가구가 된다.

앞의 사진에서 보는 서안은 매우 검소하고 질박하다. 두 개의 서랍이 달렸고, 그 아래는 층널을 낮게 두고 빈 수납 공간을 만들었다. 서랍 속

서안

에는 자주 사용하는 인장이나 작은 기물이나 서류를 넣을 것이고, 아래 공간에는 자주 펼쳐 보는 책을 두어 권 둘 수 있을 것이다. 천판은 층널보다 넓게 뻗어 그 모양이 시원스럽다. 그리고 널빤지의 나뭇결을 그대로 살렸을 뿐만 아니라 마감을 거칠게 하여 소박한 힘을 느끼게 한다. 검소하지만 위엄이 있고 강한 정신성이 담겨 있다. 세계 문명사에서 어느 정도 대접받는 지식인이 경제적인 이유와 상관없이 이처럼 작고 소박한 책상을 즐겨 사용한 경우가 조선시대 말고 달리 또 있을까?

조선시대 사랑방 가구의 강한 절제미는 미니멀리즘의 본보기가 되고 그것은 나아가 남김의 미학적 실천 사례가 된다.

혜원蕙園의 봄 그림

속에 대한 궁금증 / 다 알아도 말하기 어려운 것 /
감춰두고도 다 보여주는 방식

속에 대한 궁금증

춘색만원

혜원蕙園 신윤복은 18세기 후반에 활약했던 화가로 단원檀園 김홍도, 오원吾園 장승업 등과 함께 소위 삼원三園의 한 사람으로 유명하다. 혜원은 풍속도를 잘 그리고 또 많이 그렸는데, 그 대부분은 여색도女色圖라 할 수 있다. 혜원의 풍속도는 간송 선생이 모아서 표장한『혜원전신첩蕙園傳神帖』으로 만날 수 있다. 국보 135호로 지정되어 있는『혜원전신첩』에는 혜원의 소작이라고 알려진 그의 대표적 풍속화 30점이 들어 있다. 『혜원전신첩』의 그림들은 대부분 낭만적이거나 에로틱한 내용을 보여준다. 그러나 이 그림들은 혜원이 그렸다고 추정되는 다른 '춘화春畵'들에서 볼 수 있는 노골적인 성애 장면과는 전혀 달리 춘정을 은근하게 표현하고 있는 경우가 대부분이다. 그래서 이런 은근한 그림들을 필자는 혜원의 '봄 그림'이라고 부르고자 한다. 흔히 「춘색만원春色滿園」이라 불리는 다음의 그림도 『혜원전신첩』에 들어 있는 그러한 작품이다.

그림에서 남자는 체격이 좋은 한량이다. 적어도 책 읽는 선비 같지는 않다. 갓을 비뚤게 쓰고 오른손에는 담뱃대를 들었다. 어딘지 거칠고 불량해 보인다. 낮술을 한잔했는지 얼굴이 붉은 것 같기도 하다. 그는 아낙의 바구니를 손으로 당기고 있다. 마치 그 속에 무엇이 있는지 알아보려는 듯하다. 트레머리를 하고 연두색 저고리를 입은 아낙은 몸을 뒤로 빼면서 바구니를 지키려 한다. 아마도 바구니에는 아낙이 캔 봄나물이 들어 있을 것이다. 남자가 무슨 나물을 얼마나 캤냐고 궁금해하면서 어디 바구니 속을 좀 보자고 수작을 건네니, 아낙은 "아이 왜 이러세요" 하고 바구니 속을 보여주지 않으려 하는 것 같다. 그러나 아낙의 표정이나 몸짓이 적극적인 거부로 보이지는 않는다.

때는 바야흐로 봄이다. 그림의 오른쪽 앞면에 있는 나무에는 새순이 파릇하게 피어나고 있고, 그림의 가운데 돌담이나 밭두덩같이 보이는

신윤복, 「춘색만원」

곳에도 새싹이 한창 돋아나 있다. 꽃 피는 봄이 되어 한량은 한량대로 춘정이 발동했고 나물 캐는 아낙 역시 춘심이 만만치 않았을 것이다. 이에 혜원은 "춘색만원중 화개난만홍(春色滿園中 花開爛漫紅 : 춘색이 뜨락에 가득한 가운데 꽃은 피어 온통 붉다)"라고 화제를 달았다. 그러나 그림 속에 풀과 나무의 새싹이 이제 봄을 알리는 듯할 뿐 꽃은 보이지 않는다. 오히려 이 화제의 주인공은 봄 풍경이 아니라 그림 속의 한량과 아낙일 듯하다. 한량이 춘색을 이기지 못하여 나물 캐는 아낙에게 수작을 거니 아낙 역시 마치 꽃이 피듯 몸과 마음이 붉게 물든다는 것을 암시하는 화제라 할 수 있다. 즉 이 그림에서 봄은 자연의 봄이기도 하지만 그보다는 남자와 여자의 봄으로 강조되어 있다.

이러한 의미를 은밀한 가운데 보다 강조하는 것은 바구니와 초가집이다. 한량은 아낙의 바구니 속을 보려 한다. 이 그림에서 가장 전경화되어 있는 것은 바구니라고 할 수 있다. 이 바구니로부터 아낙의 성을 상상하는 것은 어렵지 않다. 그림의 오른쪽에 크게 그려져 있는(혹은 어색하게 그려져 있는) 초가집과 관련해서 생각하면 더욱 그러하다. 초가집은 한량의 성으로 쉽게 상상된다. 그렇다면 초가집 뒤편에 있는 거친 소나무 가지는 남자의 거웃일 것이다. 이쯤 되면 왜 한량이 '춘색만원중'인지 저절로 이해되고 나아가 왜 여자의 바구니 속을 들여다보고 싶어 하는지도 이해된다. 그리고 남자의 속마음을 직감으로 알게 되는 아낙이 '화개난만홍'이 되는 것도 당연하다.

「춘색만원」은 이처럼 에로틱한 그림이다. 그러나 그 에로틱함은 다 표현되지 아니하고 감추어져 있다. 화가는 아낙의 봄나물 바구니 속을 들여다보고자 하는 짓궂은 한량의 모습을 그리고 있을 뿐이지만 그 속에는 소위 '19금禁'의 이야기가 다 들어 있다. 이러한 은근하면서도 노골적인 표현은 조선시대의 민요에서도 자주 만날 수 있다. 가령 다음과 같은 민요 속의 상황은 「춘색만원」과 흥미로운 유사성을 보여준다.

녹수청강 흐르는 물에 배추 씻는 저 처자야
겉대 겉잎을 떼내던지고 속에 속대를 날다고
당신이 나를 언제 봤간 속에 속대를 날달라느냐
그러지 말고 사람의 괄세를 너무 말어라.[51]

---

51 『韓國民謠集』, 임동권 편, 동국문화사, 1961, 166쪽. 원문의 옛 표기를 현대어로 바꿈.

이 민요는 개울가에서 배추를 씻으며 처자들이 부르는 노래로 예산 지방의 민요이다. 뭇 남자들이 자기들에게 수작을 걸어주면 얼마나 재미있을까 상상하는 내용을 담고 있다. 1행과 2행 그리고 4행은 남자의 말이고 3행은 처자의 말로 구성된다. 이 시에서 특히 재미있는 곳은 2행이다. 남자는 배추 씻는 처자에게 겉잎은 떼어내고 속잎을 달라고 요구한다. 처자에게 배추 속잎을 달라는 남자의 요구는,「춘색만원」에서 아낙의 바구니 속을 보여달라는 한량의 요구와 같은 것이다. 이에 대해서 처자는 당신이 나를 언제 봤다고 속대를 달라고 하느냐면서 싫지 않은 거절을 하는데 이 태도 역시「춘색만원」의 어정쩡한 아낙의 태도와 흡사하다. 그리고 4행의 남자의 뻔뻔한 말투와 그림 속 한량의 뻔뻔한 태도에도 상당한 유사성이 있다. 이처럼 바구니와 배추 속잎만 이야기해도 할 이야기는 다 할 수 있다. 이러한 곳에서 만나는 남김의 미학은, 말을 남김으로써 더 많은 것을 암시하는 수사법이기도 하다.

다 알아도
말하기
어려운 것

월하정인

「월하정인月下情人」은 계절적 배경이 봄이라는 암시가 없어도 여기서 말하는 '봄 그림'에 틀림이 없는 그림으로, 역시 『혜원전신첩』에 실려 있다. 이 그림은 단순하고 또 평범한 듯하지만 그래도 여러 가지 흥미로운 생각거리를 제공해준다. 골목 안에서의 데이트를 보다 직설적으로 보여주는 「월야밀회」 같은 그림보다 「월하정인」은 더 많은 이야기를 우리에게 건네고 있다.

그림의 왼쪽에 집이 있고 이어서 담이 꺾어져 있는 골목이다. 담 너머 수풀이 멀리 보이고 그 위로 초승달이 걸려 있다. 담 모퉁이를 돌아 그림의 오른쪽에 남자와 여자가 있다. 여자는 장옷을 둘러쓰고 있으며, 남자는 초롱불을 들고 주춤거리며 여자를 쳐다본다. 남자와 여자 모두 골목 모퉁이에서 남몰래 머뭇거리고 있는 모습이다. 밤늦게 골목길에서 머뭇거리는 두 남녀의 모습은 지금도 흔히 볼 수 있으며 그 의미는 쉽게 짐작할 수 있다. 달리 설명이 없어도 데이트 중인 남녀인 줄 알지만, 화가는 화제를 통해서 그들의 애틋한 마음을 좀 더 암시하고 있다. "월침침야삼경 양인심사양인지月沈沈夜三更 兩人心事兩人知"는, 풀이하면 '달빛이 어둑어둑한 깊은 밤인데, 두 사람의 마음속 일은 두 사람이 안다'는 뜻이다. 간단한 구절이지만 이 화제는 여러 가지 상상을 불러일으킨다.

먼저 '두 사람의 마음속 일은 두 사람이 안다'는 구절이 예사롭지 않다. 이 구절은 16세기 말에 좌의정 벼슬을 한 김명원의 시에서 따온 것이다. 김명원의 시는 다음과 같다.

窓外三更細雨時(창외삼경세우시)

兩人心事兩人知(양인심사양인지)

歡情未洽天將曉(환정미흡천장효)

更把羅衫問後期(갱파라삼문후기)

신윤복, 「월하정인」

밤은 깊고 창 밖에 가는 비 뿌리는데

두 사람의 마음속 일은 두 사람이 안다

함께 나눌 정 아직 남았는데 새벽은 밝아오니

다시 비단소매를 잡고 뒷날 기약을 묻는다

뻔한 내용의 시이지만 '양인심사양인지'라는 구절이 흥미롭다. '심사'를 그냥 생각이나 마음이란 뜻心思으로 쓰지 않고 마음에 생각하는 일이란 뜻心事로 쓴 것도 이유가 있을 것 같다. 두 사람이 말은 안 해도 서로 같은 일을 생각하고 있다고 말하면 그 느낌이 한결 에로틱해진다. 그런가 하면 '양인지'라는 것도 두 사람이 서로 안다는 것을 뜻하기도 하고 또 두 사람만 알지 다른 사람들은 알 수 없다는 뜻이기도 하다. 그러나 후자의 뜻이라 하더라도 그 속뜻으로 들어가면 '두 사람의 속은 다 알 만한 것 아니냐'라는 반어가 들어 있을 것이다.

김명원의 시에서 두 사람은 밤새 정을 나누었음에도 불구하고 새벽이 오는 것을 아쉬워하는 것으로 이해된다. 이에 의거하여 혹자는 「월하정인」 역시 새벽에 남녀가 헤어지는 것으로 해석한다. 여기에는 초승달이 삼경(밤 11시-새벽 1시)에는 보이지 않는다는 천문학적 사실이 관여한다. 그러나 이런 낭만적 그림을 감상하는데 천문학적 사실에 의존하는 것은 적절치 않다.[52] 아울러 밤새 사랑을 나눈 남녀가 새벽에 골목에서 헤어지는 장면이라면 「월하정인」이란 그림의 애틋한 낭만성과 성적 긴장감은 크게 약화되고 나아가 별로 재미없는 그림이 되고 만다.

이 그림의 매력은 두 남녀가 이대로 헤어지기 싫어하면서 머뭇거린다는 데 있다. 남자와 여자는 그리 오래되지 않은, 어쩌면 만난 지 얼마 안 되는 연인 사이다. 저녁 내내 돌아다니다가 어느덧 밤이 깊었고, 각자 돌아갈 시간이 되었다. 만난 지 얼마 안 되는 연인들이란 대개 우회

---

[52] 초승달이 삼경에는 보이지 않아야 하는데 왜 이 그림에는 삼경이라고 해놓고 초승달을 그려두었느냐는 의문을 천문학적으로 풀어보는 해석도 있다. 한 천문학자는 이 그림의 달은 초승달이 아니고 월식이라고 주장한다. 『승정원일기』에 의하면, 신윤복의 생전에 월식이 두 번 있었는데, 삼경에 월식을 볼 수 있었던 날은 신윤복이 35세가 되던 1793년 8월 21일이고, 이날 자정 무렵 월식에 의한 달 모양이 그림과 흡사하다. 이에 따라 「월하정인」은 1793년 월식이 있던 날 밤에 데이트하는 남녀를 그린 작품이라고 결론지었다. (이태형, 「신윤복 그림 '월하정인' 속 데이트 시각은?」, 『KISTI의 과학향기』 2011년 8월 15일자 칼럼 참조. http://scent.ndsl.kr / sctColDetail.do?seq=4763) 이러한 추론은 상당히 그럴듯하고 재미있다. 그러나 이런 그림은 실제 모습을 보고 그 시간과 공간을 사진 찍듯이 그린 기록화가 아니다. 또 과거의 문학적 상상력 속에서 '삼경'이란 대체로 어떤 시각이라기보다는 그냥 '깊은 밤'이란 뜻으로 사용되었다. 「월하정인」의 달이 초승달인 까닭은 두 남녀에게 좀 더 어두운 달이 필요했기 때문일 것이다.

의 시간들이 쓸데없이 길기 마련이다. 이 그림에서도 마찬가지다. 삼경이란 시각은 그냥 밤이 깊었다고 생각하면 될 것이다. 그들의 발걸음은 저절로 골목 속의 어둠을 골라 디딘다. 달무리에 싸인 초승달의 침침한 달빛도 이들을 감싸주기에 적합하다. 이들은 어두운 골목 모퉁이에서 머뭇거린다. 이대로 헤어지기에는 아쉬움이 많다. 여자는 머뭇거리며 기다리고 남자는 무엇인가 결정을 하고 여자를 이끌어야 하지만 남자 역시 쉽게 마음속 이야기를 꺼내지 못한다.

이런 정황을 상상하고 보면, '양인심사양인지'라는 화제는 더욱 묘한 뉘앙스를 풍긴다. 두 사람의 마음속 일을 두 사람이 알고 있으면서도 서로 모른 체 머뭇거리고 있다는 것이다. 바로 이 미묘한 망설임과 두근거림의 순간에서 에로틱한 사랑의 속성은 잘 드러나며, 바로 이 순간을 절묘하게 포착한 것에 「월하정인」의 매력이 있는 것이 아닌가 한다. 아마도 두 남녀는 조금 후 보다 은밀하고 편한 공간으로 가서 밤새 사랑을 나누거나 아니면 그렇게 머뭇거리다가 결국은 그냥 헤어져서 각자 아쉬움과 후회 또는 안도감 속에서 제 홀로 남은 밤을 보내거나 하게 될 것이다.

혜원蕙園의 봄 그림

감춰두고도
다 보여주는
방식

사시장춘

　미국의 시인 맥클리쉬는 「시법Ars Poetica」이라는 시에서 사랑을 말하려면 '납작해진 풀밭'만 보여주면 된다고 했다.

　　모든 슬픔의 역사를 말하려면

　　텅 빈 문간과 한 잎의 단풍나무 잎새면 되고

　　사랑을 말하려면

　　납작해진 풀밭과 바다 위의 두 불빛이면 된다

예술은 텅 빈 문간 혹은 한 잎의 단풍나무 잎새만으로 모든 슬픔을 보여줄 수 있다. 마찬가지로 납작해진 풀밭만으로도 사랑을 보여줄 수 있다. 사랑하는 두 사람이 잔디밭에 오래 앉아 있었으므로 그들이 앉았던 풀밭은 납작해졌을 것이다. 즉 납작해진 풀밭은 사랑의 기억과 흔적을 고스란히 지니고 있으므로 그것만 보여주면 거기에 있었던 사랑을 알 수 있다는 것이다.

우리 옛 그림 가운데 맥클리쉬의 시법을 일찌감치 높은 수준에서 성취하고 있는 봄 그림이 있다. 혜원의 작으로 추정되는 「사시장춘四詩長春」은 크기가 가로 15센티미터, 세로 27.2센티미터에 불과한 소품이지만 '납작해진 풀밭'으로 사랑을 보여주는 솜씨가 일품이다. 그림 솜씨가 일품이 아니라 사랑을 감춰두고도 그 춘정을 다 전달하는 방식이 그렇다.

「사시장춘」에서는 주인공 남녀가 보이지 않는다. 방이 있는데 후원의 조그만 별채 같다. 그나마 지게문과 쪽마루 일부만 그려져 있다. 지게문은 닫혀 있는데, 쪽마루 위에는 신발 두 켤레가 놓여 있다. 「춘색만원」에서 바구니가 전경화되어 있다면, 이 그림에서는 신발이 전경화되어 있다. 얌전하게 놓인 분홍 신은 여자의 것일 테고, 다소 함부로 놓인 검고 큰 신발은 남자의 것이다. 신발로 봐서 지금 방 안에는 남자와 여

신윤복, 「사시장춘」

자가 있다. 대낮인데도 문 닫힌 방 앞에 놓인 신발 두 켤레는 이미 많은 것을 이야기하고 있다. 그것은 「춘색만원」 속의 한량이 수작 끝에 아낙을 이끌어 온 것일 수도 있고, 「월하정인」 속의 연인이 그날 밤은 아쉬움 속에서 그냥 헤어지고 며칠 후 대낮에 은밀하게 만나는 이야기일 수도 있다.

신발은 쪽마루 아래에 벗어두는 것이 보통이다. 그런데 이 그림에서 신발은 쪽마루 위에 벗어두었다. 신발을 강조하기 위한 화가의 의도일 수도 있고, 남녀가 급하게 방에 들어갔음을 암시하기 위한 것일 수도 있다. 신발의 주인공들은 방 안에서 무엇을 하고 있을까?

방 안의 상황이 어떠한지에 대한 암시는 방 주변의 풍경에서 찾아 볼 수 있다. 우선 그림의 정면 오른쪽에 당당하게 그려진 계곡의 모습이 암시하는 바는 거의 노골적이다. 계곡 위에 있는 흐릿한 수풀까지 함께 떼어서 부분적으로 보면 그것이 여인의 성을 그린 것인지 계곡을 그린 것인지 의심스러울 정도이다. 더욱이 그 계곡은 젖어 있다. 뿐만 아니라 그 계곡 아래 핀 하얀 꽃들까지 흥분된 성을 연상시킨다. 비유적으로 그린 계곡과 나무들이긴 하지만 그 모습이 너무 원관념에 가까워서 오히려 은근한 맛이 줄어든다.

저쪽 계곡 풍경은 그러하다고 치고, 그렇다면 방의 이쪽 즉 그림의 왼쪽 전면에 있는 나무는 무엇을 암시하는가? 이것은 힘차고 거친 솔잎의 소나무 가지처럼 보이기도 한다. 앞서 살펴본 「춘색만원」에서 초가집 뒤에 있던 나무와 상당히 흡사하다. 그러하다면 이 나무 역시 남성의 거웃을 암시하는 것이라고 해도 좋을 것이다. 이쯤 되면 방 안의 상황은 분명해졌다. 방 주변의 계곡과 나무들이 방 안의 상황을 다 말해주고 있는 것이다. 앞에 인용한 시에서 맥클리쉬는 사랑을 말하기 위해 납작해진 풀밭이면 충분하다고 했는데, 이 그림에서는 운우지정雲雨之情을 말하기 위해서 몇 그루의 나무와 계곡을 보여줄 뿐이다. 그러나 그것만으로도 보여줌은 넘친다.

이제 그만 보여줘도 충분하지만, 화가는 이 에로틱한 풍경에 유머 하나를 보탠다. 그것은 간단한 술상을 봐 온 하녀의 모습이다. 댕기머리를 한 하녀는 아직 어리다. 하녀는 엉덩이를 뒤로 빼고 어정쩡하게 서 있다. 술을 방 안에 들이려고 하다가 뭔가 심상치 않은 낌새 때문에 주춤하고 있는 순간이다. 감창소리라도 들렸던 것일까? 그렇더라도 하녀는 아직 어려 방 안의 상황을 짐작하기 어려웠겠지만 그래도 직감적으로 방문을 열거나 방해를 해서는 난처해지리라는 것을 아는 것이다. 이 순진한 하녀의 어정쩡한 태도로 하여 방 안의 칙칙한 외설은 밝고 유쾌한 농담이 되고 나아가 이 그림은 세련된 봄 그림이 되는 것이다.

바람은 바람을 보여주지 않는다. 바람을 보려면 나뭇잎의 흔들림이나 깃발의 나부낌을 보아야 한다. 또는 풍경 소리를 들어야 한다. 깃발의 나부낌이나 풍경 소리는 바람을 감추어두고도 더 잘 만나게 해준다. 언제나 봄이란 뜻의 '사시장춘'이란 구절이 기둥의 주련에 적혀 있다. 그래서 이 그림은 '사시장춘'이란 이름을 얻었다. 「사시장춘」은 깃발의 나부낌이나 풍경 소리처럼 감추어진 것을 더 잘 보여주는 그림이다. 이런 점에서는 남김이 넘침이기도 하다.

단원檀園의 산수화

안 그리고 보여주는 것 / 물과 하늘이 아닌 여백 / 여백의 동력

안 그리고
보여주는 것

정형산수화의 여백

서양 그림에서 여백을 만나기란 쉽지 않다. 여백의 유무는 서양 그림과 동양 그림의 차이를 손쉽게 드러내는 하나의 척도이다. 동양의 그림들 가운데 특히 여백을 자주 활용하는 그림은 산수화이다. 서양의 풍경화에는, 화가의 붓길이 닿지 않은 빈 곳이 있을 수 없다. 그러나 동양의 산수화에서는 화가의 붓길이 닿지 않은 빈 곳을 흔히 만날 수 있다.

서양의 풍경화와 동양의 전통적인 산수화는 여백의 유무 이전에 보다 근원적인 차이가 있다. 17세기 이후 나타나기 시작한 서양의 풍경화는 실제 풍경을 보이는 대로 그리는 사실적인 그림이다. 그러나 동양의 전통적인 산수화는 실제 풍경과는 거의 상관이 없는 정형산수화이다. 그것은 상상 속에서 추구된 공간이다. 서양의 풍경화에서 우리가 보는 것은 화가가 눈으로 본 것이다. 그러나 동양의 산수화에서 우리가 보는 것은 화가가 마음으로 본 것이다.[53] 동양의 산수화가 실제 풍경이 아니라 마음의 풍경이라는 점은, 가령 「소상팔경도瀟湘八景圖」를 생각해보면 쉽게 이해된다. 소상팔경은 중국 호남성의 경치 좋은 곳을 일컫는데, 북송의 송적宋迪이 처음으로 그린 후 중국뿐 아니라 일본과 한국의 화가들도 즐겨 그린 바 있다. 화가들이 「소상팔경도」를 그릴 때 소상의 실제 경치는 별 의미가 없다. 「소상팔경도」는 소상의 경치를 실제로 보고 그리는 그림

---

53 오귀스탱 베르크는 데카르트적 관점이 작용하는 서양화와는 달리 동양화에는 '보는 눈'이 관여하지 않는다는 점을 다음과 같이 지적한다. "풍경의 경우에도 보는 눈은 없다. 화가는 풍경을 자신의 마음속에 지닌다. 오랜 예비적 경험(즉 극기의 기율)과 명상을 통해 풍경의 숨결氣과 율동韻과 상호 조응照應으로 마음이 가득하게 될 때, 화가는 다양한 대상물들로부터 유기적 조화가 있는 하나의 통일된 질서를 만들면서, 그것을 표현한다. 이때 붓의 동작은 자연의 율동에 대응하고, 그려지는 그림은 우주에 울려퍼지는 화음들을 좇는 것이 된다." Augustin Bergue, "La Transition paysagère comme hypothèse de projection pour l'avenir de la natiure," Alain Roger et Francoic Guery, Maitres et protecteurs de la nature, Seyssell: Champ Vallon, 1991, p. 200; 김우창, 『풍경과 마음』, 생각의나무, 2006, 79쪽에서 재인용.

작자 미상, 「산시청람」

이 아니다. 가령 소상팔경의 제1경은 '산시청람(山市晴嵐 : 이내〔안개〕에 둘러싸인 산간 마을의 풍경)'인데, 화가들은 이내에 둘러싸인 산간 마을의 정취를 상상해서 표현한다. 이때 그림의 가치는 그림에 나타난 정취와 격조에 의해서 결정되며, 이 정취와 격조는 화가의 높은 미적 감각뿐만 아니라 그의 정신적 경지로부터 비롯되는 것이다.

「산시청람」은 조선 중기에 그려진 「소상팔경도」의 제1경이다. 작자는 알려져 있지 않고, 현재 국립진주박물관에 보관되어 있다. 산간 마을이라지만 오히려 강촌의 맑고 그윽한 정경이 그려져 있다. 동양의 풍경화에서 산과 물은 가장 핵심적인 모티브이다. 그래서 동양의 풍경화를 특히 산수화라고 부른다. '산시청람'이 산간 마을山市의 풍경이면서도 물을 많이 그리고 있는 것은 이 때문이다. 그런데 이 그림에서 보듯이, 물과 이내와 하늘은 거의 그릴 필요가 없다. 빈 곳, 즉 그림의 여백이 저절로 물이 되고 이내가 되고 하늘이 된다. 다시 말해 동양 산수화의 여백 대부분은 물이나 안개나 하늘을 표현하고 있는 것이 된다. 그리지 않고서도 물이나 안개나 하늘을 보여주는 것이 동양 산수화의 여백이라고 할 수 있다. 이 경우 여백은 생략이 아니라 물과 하늘을 그리는 일종의 기법이 된다.

그런데 한 · 중 · 일의 산수화를 비교해서 보면 특히 한국의 산수화가 더 많이 여백을 남기는 경향을 보인다. 달리 말하면 그것은 한국의 산수화에는 물과 하늘과 안개가 더 많이 그려졌음을 의미하겠지만, 한국 화가들이 물과 하늘과 안개를 더 좋아했다기보다는 여백을 더 좋아했기 때문일 것이다.

물과 하늘이 아닌 여백

단원의 사경산수

한국의 산수화는 겸재 정선에 의해서 하나의 전기를 마련한다. 겸재는 그 이전까지 상상의 공간을(혹은 보지 않은 공간을) 그리던 산수화 대신 눈으로 본 조선의 산하를 그리는 산수화의 세계를 열었다. 한반도에 실재하는 풍경을 그린 겸재의 산수화를 진경산수眞景山水라고 한다. 그러나 진경산수는 한반도의 산하를 대상으로 그린 그림이긴 하지만 실제 풍경과의 시각적 일치를 적극적으로 추구한 작품은 아니다. 어떤 면에서 진경산수는 사의寫意를 중시하는 정형산수와 사경寫景을 중시하

정선, 「인왕제색도」

는 사경산수의 중간적 성격이라고 할 수 있다. 진경산수는 실재하는 대상을 보고 그린다는 점에서 사경산수에 가깝지만, 대상과의 시각적 일치보다는 화가의 개성을 강조한다는 점에서 정형산수에 가깝다.

가령 진경산수 가운데 가장 유명한 겸재의 「인왕제색도」는 비 온 후 맑게 갠 인왕산의 모습을 그린 것인데, 화폭의 앞쪽에 집과 숲이 있고 중간에 횡으로 걸쳐 있는 안개 너머 바위로 된 인왕산의 모습이 묵면墨面으로 웅혼하게 표현되어 화면을 압도하고 있다. 분명히 인왕산의 인상을 멋지게 표현한 작품이고 또 붓을 사용하는 기법이 독특하지만, 근경近景과 원경遠景 사이에 중경中景이 안개로 표현된 여백으로 채워져 있다는 점과 다분히 과장되어 있다는 점에서 정형산수적 일면을 지니고 있다.

그런데 그림의 여백과 관련해서 좀 더 생각해보면, 진경산수에서의 여백은 「인왕제색도」에서 보는 바와 같이 여전히 물이나 안개나 하늘을 표현하는 기능을 갖는다. 겸재의 진경산수는 대개 화폭을 꽉 채우고 여백을 적게 활용하는 편이지만 여백을 넉넉하게 활용하는 진경산수화들도 많은데, 그 여백들은 거의 물이나 안개나 하늘을 대신한다.

산수화를 그리면서 아무것도 뜻하지 않는 텅 빈 여백을 많이 남긴 화가로는 단원 김홍도(1745~1806)를 들 수 있다. 잘 알려진바, 단원은 조선 후기를 대표하는 화가이며 소위 '한국적인' 그림들을 많이 남겼다. 그가 그린 발군의 풍속화에서 한국적인 정서와 미학을 많이 만날 수 있지만, 그는 말년에 그린 사경산수화들을 통해서 한국적인 미학을 잘 보여준다. 단원은 어린 나이에 임금의 얼굴을 그린 어용화사가 되었고, 화원에 소속되어 많은 활동을 하였다. 44세 때 정조 임금의 명을 받아 금강산 부근의 9군 9곡九郡九谷을 돌아보고 그 경치를 그림으로 그렸다. 임금이 단원의 그림으로 금강산 부근의 명승을 구경하기 위해서였다. 임금에게 경치를 보여주기 위한 목적으로 수많은 사경산수화를 그렸으니, 이를 통해서 단원의 산수화는 사경에 철저한 더욱 높은 수준의 그림에 도달하지 않았을까 짐작해볼 수 있다.[54]

단원이 금강산 일대를 사경하며 여행한 지 8년, 그러니까 그의 나이

---

54 이와 관련하여 이동주의 다음 말을 참고할 만하다. "『표암유고豹菴遺稿』에 보면 그 당시 단원과 김응환이 그린 금강산 그림이 100여 장이 넘었다고 하는데, 그렇다면 실경을 그렇게 오랫동안 연습하는 동안에 일종의 사경 산수에 대한 아주 농숙한 맛이 비로소 나오지 않았겠느냐 하는 생각도 듭니다. (……) 더욱이 50세를 전후해서부터는 사경산수라고 할 수 있는, 간단한 경치에다 인물이 있는 독특한 그림들을 많이 그렸는데 이 또한 아주 능숙한 면모를 보여줍니다." 이동주, 『우리 옛 그림의 아름다움』, 시공사, 1996, 232~233쪽.

김홍도, 「조어산수도」

52세 때 그린 그림들이 『병진년화첩』으로 남아 있는데, 이는 단원의 성숙기의 그림들을 보여준다. 단원이 병진년에 그린 산수화들을 보면, 필치가 고담하고 생략과 여백이 많다. 그리고 이 여백은 정형산수나 진경산수에서의 여백과는 성격이 많이 다르다. 정형산수에서 여백은 물이나 하늘이나 안개를 표현한 것이지만, 병진년 화첩에서의 여백은 그냥 생략하고 그리지 않은 공간의 성격이 강하다.

『병진년화첩』에 들어 있는 「조어산수도 釣魚山水圖」는 산속 계류에서 낚시하는 그림이다. 이 그림에서도 여백은 물과 하늘을 표현한다고 할 수 있겠지만, 그보다는 화면을 다 채워 그리지 않았다는 느낌이 강하다. 계곡물도 몇 개의 선으로 대충 그렸고, 언덕도 최소한의 붓질로 표현되어 있다. 우측 상단의 여백도 꼭 하늘이라고 하기보다는 그냥 비워둔 공간처럼 보인다. 전체적으로 대충 그리다 만 느낌을 준다. 그럼에도 불구하고 이 그림은 산속의 한가한 정취를 멋지게 표현하고 있는 수작이다.

다 그리지 않고 화면의 많은 부분을 그냥 비워두는 경향은, 간송미술관이 소장하고 있는 「절학송폭도 絶壑松瀑圖」나 「창해낭구도 滄海浪鷗圖」 같은 그림에서 더욱 뚜렷이 나타난다. 마치 그리다 만 것같이 또는 무성의해 보일 만치 그린 부분보다 안 그린 부분이 많은 그림들이다.

김홍도, 「절학송폭도」

「절학송폭도」는 단순하고 빠른 필치로 그린 소나무 둥치가 화폭을 좌우로 가르고 있는 그림인데, 얼핏 보면 아래와 위가 잘린 소나무 둥치 밖에 보이지 않는다. 화폭의 왼쪽 위에 걸쳐 있는 소나무 가지 뒤로 희미하게 절벽과 폭포가 그려져 있다. 절벽은 과감하게 생략된 채 약간의 흔적으로만 암시되며 그 절벽에서 떨어지고 있는 폭포도 몇 개의 선으로 간단히 표현되어 있다. 즉 절벽과 폭포는 소나무의 먼 배경으로 희미하게 존재할 뿐이고 화폭의 대부분은 텅 비어 있다. 소나무 둥치만 그리고 나머지 배경은 거의 생략해버린 무성의한 그림 같기도 하다.

그러나 희미한 절벽과 폭포 그리고 텅 빈 공간의 배경, 그리고 아래위가 잘려버린 소나무는 특정한 공간감을 강하게 환기시켜준다. 이 그림에서 있는 듯 없는 듯 희미하게 그려진 절벽과 폭포는 매우 중요한 역할을 한다. 그 역할이란 그림을 보는 사람에게 구체적인 공간을 체험시켜주는 것이다. 우리가 깊은 산속의 큰 폭포를 구경하러 가면, 우리가 있는 곳은 폭포가 멀리 보이는 건너편의 가파른 바위 언덕 같은 곳이다. 그 바위에는 보통 늙은 소나무 한 그루가 위태롭게 서 있다. 폭포 건너편 바위 위에 있는 우리에게 소나무는 너무 가까워서 둥치의 일부밖에 안 보인다. 그리고 그 너머 멀리 폭포의 흰 줄기가 보인다. 폭포와 우리 사이에는 아득한 공간이 텅 비어 있다. 우리가 폭포를 구경하기 위해 건너편 바위 위에 위치했을 때 체험하게 되는 이러한 아득한 공간감을 「절학송폭도」는 가만히 환기시켜주는 것이다. 그러니까 이 그림에서 여백은 오히려 우리의 감각을 그림 밖의 실제 공간으로 확장시켜주는 셈이다.

여백의 동력

창해낭구도

「절학송폭도」에서 보듯이, 여백은 그림 밖의 공간으로 우리를 데려 간다. 여백이 있음으로 해서 우리는 그려지지 않은 실제 공간까지 상상할 수 있게 되는 것이다. 여백이 그림의 공간을 그림 밖으로까지 확장시키고 또 계속적인 움직임과 긴장을 만들어내는 예를 「창해낭구도」에서도 확인할 수 있다.

「창해낭구도」는 바닷물과 바위와 새를 그린 간단한 그림이다. 제사題詞는 '그윽한 물가를 오고 가니 그 한가함이 이를 데 없다往來幽渚不勝閑'라

김홍도, 「창해낭구도」

고 되어 있다. 파도치는 바닷가 바위 위로 새들이 오락가락 날고 있는 풍경이 한가롭다는 뜻이겠다. 화폭의 가운데 세 개의 바위가 있고 파도가 바위 주변에 부딪쳐 하얀 물결이 일고 있다. 한쪽 바위에는 흰 새들이 나란히 앉아 있고 다른 쪽 바위에는 검은 새가 앉아 있다. 검은 새 한 마리는 물 위를 날고 있다.

　이 그림에서 가장 중요한 요소는 바위나 새가 아니라 파도치는 바닷물이다. 파도는 푸른색과 반복되는 선으로 표현된다. 그러나 이 파도치는 바다는 화폭을 채우지 않고 다만 바위 주변에만 그려져 있을 뿐이다. 화폭의 가장자리들은 그냥 여백으로 두었다. 다 그리지 않고 일부만 그린 것이다. 만약 화폭이 파도치는 바다로 가득 채워졌다면 바다는 그림 속에 그려진 바다가 전부일 것이다. 달리 말해서 우리는 그림 속에 그려진 바다만 보게 될 것이다. 그러나 가장자리의 여백은 파도를 계속 움직이게 만든다. 그것은 보는 이로 하여금 생략된 파도를 상상하게 만들고, 우리의 상상은 그림의 경계를 넘어서 무한히 펼쳐지는 망망한 바다의 넘실대는 파도를 그려보게 된다. 생략하고 다 안 보여주었기 때문에 더 많은 것을 보여주게 되는 역설이 가능하게 된 것이다. 이처럼 「창해낭구도」는 여백의 동력이 조그만 그림(가로 38센티미터, 세로 49.2센티

미터) 속에 망망한 바다의 끝없는 파도를 그려 넣는 방법이 됨을 보여
준다.

　이러한 여백의 동력과 의미를 더욱 적극적으로 탐구한 화가가 있다.
이우환은 '여백의 예술'을 주장하면서 다음과 같이 말한다.

　　내가 선택한 것은 두 번째의, 내부와 외부가 만나는 길이다. 거기에서는
　내가 만드는 부분을 한정하고 만들지 않은 부분을 받아들임으로써 서로 침
　투하기도 하고 거절도 하는 다이내믹한 관계를 만들어내는 것이 중요하다.
　이 관계작용에 의해 시적이며 비평적이며 그리고 초월적인 공간이 열리기
　를 바란다.
　　나는 이것을 여백의 예술이라 부른다.[55]

이우환은 또 말한다.

　　이러한 나의 미니멀리즘은, 작품이 생생하게 돋보이기보다 공간이 생생하

55　이우환, 『여백의 예술』, 김춘미 옮김, 현대문학, 2002, 16쪽.

게 살아주기를 바라는 바의 방법이다. 작품은 기호화된 텍스트가 아니다. 에너지를 축적한 모순을 품고 가변성을 지닌 생명체이길 바란다. (……) 조응력을 불러일으키는 것은 나이지만, 작품이 무한성을 띠게 되는 것은 여백으로서의 공간의 힘에 의한다. 이렇게 하여 작품은 현실과 관념을 호흡하면서 동시에 그것들에게 영향을 주게 되는 것이다.[56]

이우환에게 있어 예술이란 자신의 에너지와 세계의 에너지가 서로 갈등하고 조응하며 만나는 규정되어 있지 않은 공간이다. 미지의 외부 에너지가 작품에 작용하도록 끌어들이는 기제가 여백이다. 화가는 다 그리지 않고, 다 규정하지 않고, 작품에 여백이나 생략이나 미흡함을 둠으로써 작품이 살아 있는 공간이 되도록 만들 수 있다.

이우환은 여백이란 단순히 비어 있는 공간이 아니라고 말하면서 동양화의 여백과 자신의 예술을 분명히 구분한다. 그러나 단원의 「절학송폭도」나 「창해낭구도」 같은 작품에서 느껴지는 팽창하는 에너지는 이우환의 예술론으로 이해해도 무방할 것 같다. 그 작품들은, 여백을 통하

---

56 이우환, 앞의 책, 22-23쪽.

여 실제 세계의 에너지를 끌어들이면서 작품의 공간을 작품 밖의 세계로 팽창시킨다. 여기서 여백은 비어 있는 공간이 아니라 그림 밖의 세계를 만나게 하는 공간이며, 화가가 그린 부분은 이 여백이 힘과 생명을 갖게 만드는 공간의 설계자와 같다. 이러한 여백의 동력 때문에 우리는 불과 대학노트 크기만 한 단원의 그림들에서도 크고 심원한 풍경들을 만날 수 있는 것이 아닐까 한다.

조각보

반근대적 실용과 만능 / 한국의 여인들이 업그레이드시킨 보자기 /

아낌과 정성 그리고 기다림

반근대적 실용과 만능

보자기

오늘날 우리는 물질의 과잉소비 속에서 산다. 아파트 분리수거일에 배출되는 쓰레기의 양을 보면 엄청나다. 재활용 쓰레기라고 하지만 그래도 쓰레기는 쓰레기다. 내가 어렸을 때라면 그 대부분이 잘 정리, 보관 되어 일상에 요긴하게 쓰일 수 있었던 것들이다. 그때는 종이 상자 하나, 음료수 병 하나도 귀하던 시절이었다. 예전에는 지금처럼 물자가 풍부하지 못했다. 상대적으로 덜 가난했던 사람들의 삶조차도 물질적으로 매우 소박했고 나아가 물건에 대해서 겸손한 태도를 지녔다.

물자가 귀하던 시절의 삶에서는 시시한 것조차도 흔히 다양한 용도로 잘 활용된다. 신문지만 해도 그렇다. 그 시절 신문지는 그냥 보고 버리는 종이가 아니었다. 다 본 신문을 잘 모아두었다가 물건을 쌀 때도 쓰고, 붓글씨 연습할 때도 쓰고, 초벌 도배할 때도 쓰고, 종이봉투를 만들어 쓰기도 하고, 기름을 닦기도 하고, 심지어는 화장실용 휴지로 쓰기도 했다. 신문지는 일상 속에서 다용도로 사용되는 요긴한 물건이었다.

그러나 물자의 부족으로 인한 다용도의 극단적인 사례는 옛날 거지들의 바가지 혹은 깡통일 것이다. 거지들의 깡통에는 담을 수 있는 모든 것, 음식에서부터 동전에 이르기까지 다양한 것들이 담긴다. 식생활을 위해서 부자들의 찬장에는 다양한 그릇이 많이 쌓여 있지만 거지들의 바가지 하나는 그 모든 그릇들의 기능을 대신한다. 뿐만 아니라 거지들의 깡통은 물컵도 되고, 가방도 되고, 보관함도 되고 심지어는 악기나 베개도 된다.

물질의 풍요와 문화의 발달은 용도를 세분화하고 그에 따라 많은 물건들을 새로이 만들어낸다. 소비문화의 발달은 달리 말하면 용도의 극단적 세분화에 따른 물품 종류의 급격한 증가라고 할 수 있다. 어렸을 적에 호두나 잣을 펜치로 까먹었는데, 나중에 호두까기라는 기계가 있음을 알고 문화와 풍요가 이런 것이구나 하고 생각한 적이 있다. 또 어릴 때는 빨랫비누와 세숫비누의 구분도 허술했는데, 지금은 몸을 씻는 데에도 샴푸, 린스, 바디클렌저, 손비누, 세안제 등등으로 세분되어 욕실 안이 복잡하다. 문화의 발달은 한 가지 물건을 열 가지, 백 가지, 천 가지로 자꾸 나누어 물건의 수를 늘리는 것인 듯하다.

물질문화의 발달은 일상적 삶에 편리함과 다양함과 풍요를 가져왔다. 그러나 거기에는 심각한 부작용도 있다. 즉 물질의 과잉은 우리의 정신과 환경에 좋지 못한 영향을 끼친다. 물질의 과잉 속에서 우리는 물질과 바람직한 관계를 맺지 못한다. 우리는 물건을 함부로 다루고 함부로 버린다. 우리는 물건에 대해서 겸손함을 잃어버리고 물건을 업신여긴다. 그런가 하면 물건은 우리를 유혹하고 우리를 소외시킨다. 물건이 많을수록 우리와 물건의 관계는 역설적으로 더 많은 결핍과 소외를 낳는 경향이 있다. 더 나아가서 물질의 과잉은 일상을 산만하게 만들고 우리의 영혼을 빈약하게 만들기도 한다. 현대는 물질로부터 해방되기 어려운 세계이기 때문에 오늘날 우리 주변에서 위대한 영혼을 만나기란 거의 불가능한지도 모른다.

물질문화와 환경의 관계는 더욱 명확하다. 물건의 생산과 유통과 소비의 전 과정에 걸쳐서 물건은 반反환경적이다. 생산할 때는 재료와 에너지가 소비되고 유통 과정에서도 에너지가 소비되고 소비 후에는 많은 쓰레기들이 남는다. 창고형 대형마트에 엄청나게 쌓여 있는 상품들은 쓰레기가 되기 직전의 상태라고 보면 될 것이다. 많은 경우 상품의 생산은 곧 쓰레기의 생산이라고 할 수 있다.

근대는 무엇보다 다양한 종류의 물건들을 많이 만들어냄으로써 근대가 되었다. 근대의 풍요를 부정하거나 거부할 수는 없다. 그러나 그것이 갖는 부작용을 너무 당연시해서도 안 될 것이다. 근대의 대량생산과 물질적 풍요의 부작용에 대해 생각할 때, 옛사람들이 요긴하게 쓰던 흔한 물건 하나가 흥미로운 참조가 된다. 그것은 보자기이다. 보자기는 매우 단순한 물건이지만 만능의 쓸모를 지닌 것으로 그 실용성이 아주 높다. 보자기가 지닌 반근대적 실용과 만능은 근대의 일면을 반성적으로 비춰 볼 수 있는 거울이 된다.

보자기는 단순하다. 적당한 크기의 천이면 모두 보자기가 될 수 있다. 그러면서도 보자기는 만능의 쓸모를 지닌다. 하나의 보자기가 도시락을 싸면 도시락보가 되고, 책을 싸면 책보가 되고, 밥상을 덮으면 밥상

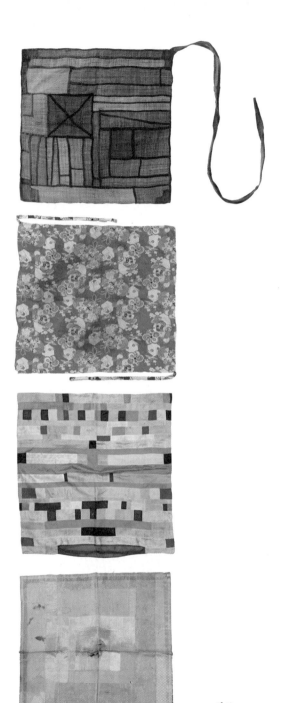

상보

조각보

보가 되고, 옷을 싸면 옷보가 된다. 물론 용도에 따라 보자기를 구분해서 사용하기도 한다. 아기를 감싸는 강보도 있고, 허리에 차는 전대보도 있고, 횃대에 걸린 옷을 덮어두는 횃대보도 있고, 편지를 모아 싸두는 간찰보도 있고, 버선본을 보관하는 버선본보도 있고, 회초리를 싸두는 회초리보도 있다. 이불보, 빨래보, 경대보, 반짇그릇보 등등 보자기의 용도는 한없이 늘어날 수 있다. 보자기는 운반 기능도 하고, 받침 기능도 하고, 덮개 기능도 하고, 보관 기능도 할 수 있다.

보자기는 근대의 많은 물건들과는 달리 자기주장이 거의 없는 물건이다. 보자기는 자기의 쓸모를 스스로 주장하지 않는다. 그리고 액체가 아닌 거의 모든 모양의 물건을 다 담을 수 있다. 네모난 것도 쌀 수 있고, 둥근 것도 쌀 수 있고, 가루로 된 것도 쌀 수 있다. 작은 물건을 싸면 부피가 작아지고, 큰 물건을 싸면 부피가 커진다. 특정용도로 만들어진 보자기라 하더라도 대개는 상황에 따라 다른 용도로 사용될 수도 있다. 가령 횃대보는 이사 갈 때 옷보나 이불보가 되기도 한다.

보자기는 실용성을 넘어 장식이나 예禮의 의미를 지니기도 한다. 횃대보나 경대보 같은 것들은 장식성이 강하다. 실용적인 보자기라도 보자기를 예쁘게 만들어서 장식성을 더하기도 한다. 그리고 소중한 것들은 대개 그냥 두지 않고 잘 싸둔다. 회초리보가 있다는 것은 옛사람들이 회초리를 소중한 것으로 대했다는 뜻이기도 하다. 함부로 아이들을 때리는 막대기가 아니라 아이들의 교육에 사용되는 귀중한 물건이니 함부로 다루어서는 안 된다는 교육적 의미가 들어 있는 것이다. 그런가 하면 정성을 표하는 선물이나 예물은 좋은 보자기로 잘 싸서 보낸다.

보자기는 자기의 쓸모를 주장하지 않을 뿐 아니라 자기의 존재나 모양도 주장하지 않는다. 가방이나 상자는 일정한 부피와 모양을 지니고 자신의 존재를 주장한다. 넣은 물건이 없이 텅 비어 있을 때도 그러하다. 이에 비해 보자기는 자기 모양이 없이 그때그때 싸는 물건의 모양을 취한다. 그리고 물건을 싸지 않을 때는 평면이 되어 최소한의 부피로 존재한다. 사용하지 않을 때는 거의 없어졌다가 필요하면 만능의 쓸모로 사용될 수 있는 요술 물건과 같은 것이 보자기이다. 한국 사람들은 이러한 보자기를 생활 속에서 폭넓게 사용하였고 또 발전시켰다.

한국의 여인들이 업그레이드시킨 보자기

조각보

보자기가 지닌 반근대적 실용과 만능은 한국 문화의 전유물이 아니다. 전근대적 삶의 방식 전반에서 그러한 실용과 만능의 물건들을 찾아볼 수 있다. 광범위한 전근대적 삶 속에서 담요도 그렇고 칼도 다양한 쓸모를 지닌 물건이었다. 보자기도 많은 문화권에서 두루 사용된 물건일 것이다. 즉 보자기 자체가 한국적인 것이라고 말하기는 어렵다. 그러나 한국 사람들 특히 살림을 도맡았던 한국의 여인들은 이 보자기에 애착을 갖고 독특한 보자기문화를 발전시켰다. 그 발전은 대체로 두 가지 방식으로 이루어졌는데 하나는 용도에 따라 보자기의 기능을 다양하게 분화시켰다는 점이다. 앞서 언급한바 간찰보나 회초리보나 횃대보 등에서 알 수 있듯이 한국 여인들은 보자기의 용도를 섬세하게 분화하고 특화시켰다. 한국 여인들은 전근대적인 보자기에 창의성과 감각을 보태어 문화적인 것으로 만들었다.

한국 보자기의 발전에서 이와 밀접한 연관이 있으면서 더욱 주목되는 것은 한국 여인들이 보자기를 만든 방식이다. 한국 여인들은 창의적인 아이디어와 뛰어난 미적 감각으로 아름다운 보자기들을 만들었다. 특히 조각을 잇대어 만든 조각보는 한국적 미학과 지혜를 멋지게 보여준다. 그것은 단순히 아름답게 만든 보자기에 그치지 않는다. 한 장의 온전한 천에 정성스레 수를 놓아서 예쁘게 장식한 보자기(자수 보자기)도 있지만, 조각보에는 장식성을 넘어서는 의의가 있다. 그 의의란, 쓰고 남은 천 조각들을 잘 모아두었다가 그것들을 재활용해서 탁월한 미학의 보자기를 만들었다는 데 있다. 자수 보자기가 넉넉함을 바탕으로 만들어진 아름다움이라면, 조각보는 부족함을 바탕으로 만들어진 아름다움이다.

조각보는 남김에서 출발하고 부족함에서 아름다움을 구한다. 물론 옛사람들에게 천은 소중한 것이었다. 여인들은 옷을 짓거나 쓰고 남은 천 조각들을 버리지 않고 알뜰하게 모아두었다. '맘부'라고 부르는, 천 조각을 모아두는 주머니도 있었다. 그렇게 모아둔 천 조각들은 해진 옷을 수선할 때 사용하는 등 요긴하게 쓰였다. 그리고 천 조각이 좀 여유 있게 모였을 때 여인들은 그것들을 재활용하여 아름다운 조각보를 만들었다. 천 조각들은 색깔이나 모양이나 크기 그리고 천 종류도 제각각이었을 것이고, 따라서 그것들로 온전한 보자기를 만드는 데는 많은 제약이 따랐을 것이다. 그러나 한국의 여인들은 그 제약 속에서 놀라운 아름다움을 창조했다.

위의 조각보에서 보듯이, 조각보를 만드는 방식은 매우 창의적이다. 모시, 삼베, 무명, 비단 등등 천 종류에 따라서 조각보를 만드는 경우가 대부분이나 천 조각의 모양과 색깔은 다양하게 배치되고 조합된다. 그 재질, 모양, 색깔의 선택과 배치와 조합은 환상적인 아름다움을 낳는다. 이러한 아름다운 조각보를 만든 여인들은 자신이 만든 아름다움에 대해서 기쁨과 긍지를 지녔을 것이다. 아름다운 조각보를 보고 있으면 그것을 만든 여인이 느꼈을 뿌듯한 긍지 또 남다른 아름다움을 창조한 기쁨을 짐작할 수 있다. 조선시대 여인들이 만든 조각보의 아름다움은 유명한 예술작품이 지닌 아름다움을 오히려 무색하게 한다.

조선의 조각보는 흔히 몬드리안이나 클레의 비구상작품과 비교된다. 이름 없는 조선의 여인들이 몬드리안이나 클레 같은 화가들보다 훨씬 먼저 아름다운 비구상예술을 창조했다고 말하는 사람들도 있다. 물론 그들의 작품보다 조각보가 더 훌륭한 예술이라고 말하는 것은 다소 유치한 비교라 할 수 있다. 몬드리안이나 클레의 작품은 그 아름다움으로서뿐만 아니라 서양 미술사의 흐름 속에서 중요한 의의를 지닌다. 그들의 작품들과 조선의 조각보는 각각 다른 차원에서 존재한다. 하여튼 조각보가 보여주는 조형 감각과 색채 감각은 대단하다. 단순히 조형 감각과 색채 감각으로만 본다면 조각보가 몬드리안이나 클레의 작품에 뒤지지 않는 아름다움을 지녔다고 생각된다. 조선시대의 이름 없는 도공들이 훌륭한 도자기의 아름다움을 만들어내었듯이, 조선시대의 이름 없는 여인들은 놀라운 조각보의 아름다움을 만들어냈다. 이러한 사실은 우리 민족이 세련된 미학적 감각을 지녔다는 자부심을 갖게 한다.

한국의 전통적 아름다움은 대체로 자연적이다. 다시 말해 자연이 지닌 아름다움의 연장선상에 있으면서 자연 친화적인 아름다움이다. 그러나 조각보의 아름다움은 예외적이라고 할 수 있다. 조각보의 무늬는 기하학적이고 색상은 화려하다. 그 아름다움은 오히려 환상적이고 현대적이다. 조각보를 만든 여인들의 대담한 미학적 상상력은 한국의 전통적 아름다움에 새로운 면모를 더해주었다.

아낌과 정성
그리고
기다림

조각보에 담긴 마음

조선의 여인들이 만든 조각보는 우선 그 환상적인 아름다움으로 우리의 주목을 끈다. 자신의 감각과 손으로 자신의 생활을 아름답게 만들려는 마음의 소산이다. 그런데 아름다움을 추구하는 그 마음은 무엇보다 아낌의 마음과 관련이 깊다. 조각보의 출발은 남은 천 조각을 아까워하는 마음이다. 쓰고 남은 보잘것없는 천 조각을 아껴두는 마음이 없다면 애초부터 조각보는 불가능하다. 그러나 조각보에 담긴 아낌의 마음은 그 쓰임새에서 더 잘 나타난다. 조각보는 싸개로서뿐만 아니라 가리개나 덮개나 깔개로서도 사용된다. 옷보는 옷을 싸두는 것이고, 밥상보는 밥상을 덮어두는 것이고, 횃대보는 걸린 옷을 가리는 것이고, 경대보나 반짇그릇보는 덮개일 수도 있고 깔개일 수도 있다. 대개의 경우 조각보의 쓰임새는 보조적이고 장식적이다. 이런 쓰임새의 조각보를 아름답게 만든다는 것은 대상 물건에 대한 지극한 아낌의 마음이 있다는 것을 뜻한다. 즉 이런 조각보들은 어떤 물건을 애지중지 아끼는 마음에서 만들어지는 것이다. 가령 경대보는 자신의 소중한 경대를 아끼는 마음에서 만들어진다. 특히 소중하게 아끼는 책은 아름다운 책보로 곱게 싸두었다. 옷을 아끼지 않는다면 아름다운 옷보가 왜 필요할 것이며, 자신이 차린 밥상을 아끼지 않는다면 밥상보가 왜 필요하겠는가?

아낌의 마음과 관련해서 특히 흥미로운 것은 회초리보이다. 회초리보에는 아낌의 마음이 이중으로 굴절되어 있다. 회초리보는 물론 회초리를 소중하게 아끼는 마음의 소산이다. 즉 회초리는 자식을 잘 기르는 소중한 물건으로 존중된다. 그러나 회초리는 그 자체로 소중한 것이 아니라 자식을 소중하게 아끼는 마음이 투사되어서 소중한 것이 된다. 즉 회초리보는 자식에 대한 지극하고 지혜로운 사랑의 마음으로 만든 것이다. 아름답고 정성스레 만든 회초리보에 싸인 회초리는, 일시적인 거친 감정으로 사용되기는 어려울 것이다. 자식의 잘못에 대한 거친 감정이 아름다운 회초리보를 풀고 그 속에 든 회초리를 손에 드는 과정 속에서 저절로 이성적 순화를 거치면서 교육적 지혜로 변하게 된다. 그야말로 '사랑의 매'만 들어야 한다는 지극한 어머니의 마음이 거기에는 있는 것이다.

조각보가 지닌 아낌의 마음 곁에는 정성과 예의의 마음도 있다. 귀한 선물이나 예를 지켜 소중하게 다루어야 할 물건은 아름다운 보자기로 잘 싸두었다. 가령 혼례 때 쓰는 사주단자보나 폐백보, 예단보는 정성과 예의의 마음을 나타낸다. 이 경우 정성이 깃든 자수보나 아름다운 조각보가 사용된다면 그 혼례품에 깃든 정성과 예의의 마음은 더욱 커지는 것이다. 종교적 의식이나 장례 의식에서도 보자기는 정성과 예를 표하는 수단으로 다양하게 쓰인다. 선물은 지나치면 비례非禮가 되거나 뇌물이 되지만, 선물을 싸는 보자기는 아름다우면 아름다울수록 지극한 정성과 예의의 표시가 된다.

한편, 지금까지 우리 곁에 남아 조선시대 조각보의 아름다움을 증명하는 것은 거의 19세기에 이름을 알 수 없는 여인들에 의해서 만들어진 것들이다. 그런데 흥미로운 것은 그 조각보들이 거의 사용된 적이 없이,

안방의 장롱 속에 곱게 보관되어 전해진 것들이라고 한다. 그리고 그것들은 딱히 용도가 정해진 것이 아니라 그냥 아름다운 물건으로 정성스레 만들어진 예술품 같은 것이라고 한다. 그러나 이러한 아름다운 조각보가 실제 쓰임과 상관없이 감상용으로 만들어진 것은 아니다. 조선시대 여인들은 여가 시간을 활용하여 조각보라는 아름다움을 창작했다. 그것도 천 조각이라는 부족한 재료로 남다른 아름다움을 창조하곤 했다. 그것은 그 자체로 자신의 삶과 생활에 아름다움을 더하는 일이기도 하다. 당장의 쓰임을 염두에 두고 만든 것들도 물론 있겠지만, 그렇지 않고 혹시 생길 수 있는 미래의 쓰임을 위해서 만드는 경우도 많다. 시집가는 딸이나 조카에게 줄 수도 있고, 귀한 선물을 보낼 때 사용할 수도 있고, 멀리 떠나는 이웃에게 정표로 줄 수도 있고, 그 외에도 살다 보면 곱게 정성을 보태야 하는 경우가 있을 것이니 그럴 때를 막연히 생각하고 만들어두는 것이다. 그런가 하면 처녀가 시집가기 전에 미리미리 예쁜 것을 만들어두는 경우도 있었을 것이다. 이처럼 조각보에는 미래의 아름다운 쓰임새를 기다리는 마음이 깃들어 있기도 하다. 이것은 아름다운 내일을 대비하여 남겨두는 태도이기도 하다.

한국의 음식

먹는 사람이 완성시키는 음식 / 안 보이는 사람들에 대한 배려 /
남겨서 다르게 먹는 방식 / 슬로푸드의 산실

먹는 사람이 완성시키는 음식

한정식

　요즘은 한정식집에 가도 음식이 순차적으로 나오는 경우가 대부분이다. 소위 코스 요리로 나오는 것이다. 그러나 원래 우리나라 음식은 접시로 나오는 것이 아니라 상으로 나온다. 모든 음식을 한꺼번에 상 위에 차려서 그 상을 내오는 것이다. 흔히 아주 잘 차린 음식상을 '상다리가 부러질 정도'라고 표현하기도 한다. 그러나 큰 상에 수십 가지의 음식을 올리는 것은 대개 특별한 행사가 있을 때이고, 보통의 반가에서 일상적으로 내는 상은 5첩상이나 7첩상이었다. 9첩상 이상은 왕족이나 받았다고 한다. 5첩이나 7첩이란 말은 반찬 접시의 수를 말하는데, 보통 밥과 국과 김치와 장 종류를 제외한 반찬 접시의 수에 따른다.[57]

음식이 순차적으로 나오면 그 음식을 나오는 순서대로 또 만들어진 그대로 먹게 되는 것이 일반적이다. 다시 말하면 모든 음식이 주방에서 완성된 상태로 제공되며, 주방장은 음식을 먹는 순서까지 결정하는 셈이다. 이런 경우 먹는 사람이 음식에 관여할 여지는 음식을 주문할 때로 한정된다. 이에 비해 한 상에 모든 음식이 차려져 나오는 경우는 먹는 사람이 최종적으로 음식을 스스로 완성시킨다고 할 수 있다.

한정식 상을 받으면, 상 위에는 밥과 국이 있고 여러 반찬들이 있고 또 몇 가지 장류가 있다. 이렇게 한꺼번에 주어진 음식을 어떻게 먹는가 하는 것은 이제부터 먹는 사람에게 달려 있다. 먹는 사람은 입맛과 취향에 따라서 밥을 국에 말아서 먹을 수도 있고, 여러 가지 반찬들을 넣고 밥을 비벼 먹을 수도 있고, 각각 따로 먹을 수도 있다. 그리고 어떤 음식

---

57 5첩이나 7첩 등은 반찬의 가짓수를 이르는 말인데, 밥과 국과 장과 김치 그리고 조치를 포함시키느냐 그렇지 않느냐에 따라 다른 모습을 보여준다. 19세기 말 『시의전서是議全書』에 의하면 7첩반상이란 반찬의 가짓수가 일곱인 경우인데, 보통은 이에 준한다. 그러나 『원행을묘정리의궤園幸乙卯整理儀軌』에 나타난 정조대왕의 7첩반상은 장을 제외한 모든 그릇이 일곱인 경우를 보여준다. 김상보, 『우리음식문화 이야기』, 북마루지, 2013, 16-17쪽.

5첩 반상

은 많이 먹는가 하면 또 어떤 음식은 안 먹기도 한다. 또 상에 올려진 장으로 음식의 맛을 조금 변화시켜서 먹을 수도 있다. 특히 야채쌈이나 김 같은 것이 있을 경우 다양한 방식으로 쌈을 싸서 먹을 수도 있다.

먹는 사람의 이러한 적극적 역할을 생각할 때, 한국 음식은 먹는 사람에 의해 비로소 완성되는 음식이라고 할 수 있다. 상에 차려진 음식은 아직 미완의 음식이다. 그 미완의 음식은 먹는 사람의 먹는 방식에 따라서 각기 다르게 완성된다. 한국 음식의 경우, 음식을 최종적으로 완성시키는 사람은 요리를 하는 사람이 아니라 음식을 먹는 사람이라고 할 수 있는 것이다. 한국 음식은 먹는 사람의 입맛과 취향이 관여해서 음식을 완성하도록 여지를 남겨두는 음식이다.

먹는 사람이 음식의 완성에 관여하는 이러한 음식문화는 최근 고기를 직접 구워 먹는 음식문화를 자연스레 유행시켰는지 모른다. 언제부턴가 주방에서는 고기를 비롯한 여러 재료와 불판을 제공하고, 그것들을 불에 구워 완성된 음식으로 만드는 일은 손님이 직접 하게 하는 음식점들이 유행하고 있다. 우리는 음식점에서 고기를 사 먹을 때 이러한 방식을 당연하게 생각하지만 사실 손님을 음식의 제작 과정에 직접 참여하게 하는 음식문화는 다른 나라에서는 쉽게 만나기 힘들다.

일본 사람들은 철판구이라는 요리를 개발하여 주방을 손님의 식탁으로 옮기기는 했지만, 철판구이의 경우도 요리는 요리사가 하고 손님은 먹기만 한다. 이에 비해 한국의 숯불구이집은 손님이 직접 고기를 구워서 소금장에 찍어 먹기도 하고 또 식성대로 야채쌈에 싸서 먹기도 한다. 이처럼 한국 사람들은 먹는 사람이 요리의 완성에 참여하는 음식문화를 당연시한다.

안 보이는
사람들에 대한
배려

음식 남기기

전통적으로 한국의 반가에서는 독상獨床이 기본이다. 집안의 어른이나 손님들은 대개 독상을 받아 혼자 식사를 한다. 물론 겸상으로 둘이서 먹을 수도 있고, 두레상에 둘러앉아 여럿이 함께 식사하는 경우도 있다. 집안의 어른이나 손님들은 독상인 경우가 많고, 아녀자들은 두레상에서 함께하는 경우가 많다. 그리고 식사에도 순서가 있는데, 집안의 높은 분이 먼저 식사를 하고 그분들이 상을 물리고 나서야 아랫사람들의 식사 차례가 된다. 집안의 어른이 먼저 식사를 마친 상을 '물림상'이라고 하며, 물림상은 아랫사람들이 나누어 먹는다.

독상을 받은 사람의 경우, 밥그릇이나 음식 그릇을 깨끗이 비우지 않고 조금 남기는 것이 식사예절이다. 이 예절에는 두 가지 의미가 있다. 먼저, 음식을 적절히 남기는 것은 음식을 충분히 배부르게 먹었다는 뜻이 된다. 반대로 음식을 남기지 않고 다 먹어버리면 그것은 음식이 충분하지 않다는 뜻이고 나아가 그것은 음식을 제공한 자에 대한 뜻밖의 실례가 될 수도 있다. 왜냐하면 음식 제공자는 혹시 음식을 모자라게 제공한 것이 아니었을까, 라는 자격지심을 가질 수 있기 때문이다. 음식을 차리는 사람의 입장에서는 윗사람이나 손님에게 부족하지 않게 음식을 제공하는 것에 무엇보다 정성을 다해야 하는 것이 도리였다. 때문에 음식을 남기는 것은 이 정성을 헤아리고 그에 보답하는 의미를 갖는 것이다.

그리고 음식을 적절히 남기는 것에는 다른 사람에 대한 배려의 의미가 있다. 즉 물림상에서 남긴 음식이 좀 넉넉해야 다른 사람이 먹을 것이 있기 때문이다. 옛날에는 꼭 가난한 살림이 아니더라도 먹을 것이 풍족하지 못했다. 늘 배불리 먹을 수 있는 사람들은 얼마 되지 않았다. 윗사람이나 손님의 상을 차리다 보면 나머지 식구들이 먹을 수 있는 음식이 모자랄 경우도 종종 있었고, 특히 귀하고 좋은 반찬들은 윗사람이나 손님의 상에만 올리게 되는 경우가 많았다. 그러므로 윗사람이나 손님이 물린 상에 남아 있는 음식은 나머지 식구들에게 매우 반가운 것이 된다. 가령 갈치구이 반찬이 있다면, 아버지의 독상에는 굵은 가운데 토막이 올라간다. 나머지 식구들의 두레상에 오르는 갈치구이는 양과 질에서 아버지의 독상에 오르는 것과 비교가 안 된다. 그러나 아버지는 갈치구이를 절반이나 남기고 그 남은 것은 두레상의 모자라는 갈치구이에 대한 반가운 보충이 되는 것이다. 이러하기 때문에 점잖은 손님은 항상 음식을 다 먹지 않고 남기는 것을 예로 삼는다. 음식을 남기는 것은 누군가 그 남긴 음식을 기대하고 있는 사람들에 대한 배려요, 음식을 차려준 사람에 대한 예의이다.

남겨서 다르게 먹는 방식

숭늉 등등

한국 음식의 기본은 밥이다. 한국 사람들은 하루 세끼 식사 때마다 밥을 먹는 것이 일반적이다. 요즘은 보통 전기밥솥을 이용해서 밥을 하므로 누룽지가 거의 생기지 않는다. 예전에 무쇠솥이나 양은솥 혹은 냄비에 밥을 하게 되면, 뜸을 들이는 동안 그 바닥에는 누룽지가 생기게 된다. 밥을 푸고 난 다음에 그 솥에 물을 붓고 다시 한 번 끓이면 숭늉이라는 독특한 음료가 생긴다. 숭늉은 덤덤하면서도 구수한 맛이 나며, 한국 사람들이 식후에 즐겨 먹는 음료 겸 음식이다. 디저트의 성격도 조금은 있다. 맵고 짠 음식을 먹고 난 후의 텁텁한 입을 편안하게 헹궈주는 역할도 한다.[58] 밥을 주식으로 하는 동아시아 국가들이 적지 않지만 솥에 눌어붙은 누룽지로 숭늉을 즐겨 만들어 먹은 나라는 한국뿐이다.

누룽지는 밥을 지을 때 생기는 부산물이다. 그것은 밥의 일부로 밥과 함께 다 먹을 수도 있다. 그러나 한국 사람들은 누룽지를 남긴다. 남겨서 숭늉이라는 새로운 음식을 만들어 먹는다. 밥을 지었는데 밥이 아닌 것이 남는다면 그것은 반갑지 않은 것일 수 있다. 그러나 한국 사람들은 반갑지 않은 누룽지를 숭늉으로 만들어 먹음으로써 더 반가운 것이 되게 만들었다.

숭늉을 만들 때 남김을 이중적으로 활용하기도 했다. 예전에는 도정 과정에서 지금보다 쌀가루가 많이 생겼다. 그래서 쌀을 씻으면 그 물이

---

58 "누룽지는 밥을 지을 때 밥솥 바닥의 수분이 밥알에 스며들거나 증발할 때 온도가 220-250도까지 올라가면서 3-4분이 지나면 누렇게 변한다. 누룽지의 고소한 맛은 녹말이 분해되는 과정에서 포도당과 덱스트린이라는 물질이 생겨나 만들어진다. 숭늉은 밥솥 바닥의 누룽지에 물을 붓고 끓여 만든 것으로 구수한 맛이 일품이다. 짠맛이 많은 한국 음식을 먹고 나면 산성이 높아지는데, 포도당이 녹아 있는 누룽지와 숭늉은 산성을 알칼리성으로 중화시켜주기 때문에 소화를 돕고 소금기 가득한 입안을 개운하게 해준다." 이나현, 「탄 밥으로 만든 숭늉, 건강에 좋을까?」, 『조선일보』 2013년 6월 26일자.

뿌연 색이 되는데, 이를 뜨물이라고 한다. 첫 물이나 두 물은 버리고 세 물쯤 받아서 두었다가 그 물로 숭늉을 끓인다. 뜨물로 끓인 숭늉은 그냥 숭늉보다 훨씬 걸고 구수하다. 거의 미음에 가깝다. 맛도 맛이지만 영양식이라고 해도 될 만하다. 실제로 뜨물 숭늉은 환자에게 먹이는 영양식이기도 했다. 쌀을 씻을 때 남은 뜨물도 활용하고, 밥을 지을 때 남은 누룽지도 활용하는 것이다. 뜨물은 숭늉을 만들어 먹기도 하지만, 각종 찌개나 국을 끓이는 데 또 나물을 무치거나 물김치를 담그는 데도 다양하게 활용된다.

숭늉이나 뜨물뿐만 아니라 한국 음식은 남은 것을 가지고 새로운 음식을 만드는 데 능란하다. 음식을 만들 때 생기는 남은 재료나 먹고 남은 음식들은 곧잘 새로운 음식으로 멋지게 재생된다. 가령 고기나 생선의 살을 발라내고 남은 뼈는 탕이나 찌개를 만드는 중요한 재료가 된다. 특히 오래되어 시어버린 김치는 다양한 방식으로 재활용된다. 김치찌개는 물론이고, 물에 한 번 씻어 국을 끓이거나 생선조림이나 각종 찌개의 맛을 내는 데 즐겨 사용된다. 그런가 하면 돼지고기를 구워 먹을 때 함께 구워 먹기도 하고 김치전이나 볶음밥을 만드는 데 넣기도 한다. 신 김치 국물까지도 설렁탕의 맛을 내는 데 활용되곤 한다.

즉석에서 남은 음식을 재활용해서 또 다른 맛의 음식으로 만들어 먹는 경우도 흔하다. 고기를 구워 먹고 나면, 많은 경우 그 불판에다 밥을 넣고 다른 부식을 조금 첨가해서 볶음밥을 만들어 먹는다. 닭갈비처럼 마지막에 남은 음식에다 밥을 넣고 볶아 먹는 경우는 한국 음식에서 흔하다. 불고기나 갈비찜 같은 요리를 먹을 때에도 그 남은 국물에 밥을 비벼 먹기를 즐겨 한다. 대부분의 찌개 종류는 마지막에 라면 사리나 국수 사리를 넣고 다시 끓여서 먹을 수 있다. 한국 음식은 대체로 국물이 많은 편인데, 거의 모든 음식의 남은 국물은 쉽고 효율적으로 재활용된다.

슬로푸드의 산실

한국의 부엌

한국 음식은 만드는 데 시간이 많이 걸린다. 발효식품들은 대개 오랜 발효 시간을 필요로 하며, 한국 음식은 발효식품에 많이 의존하기 때문에 오랜 시간을 통해 만들어질 수밖에 없다. 한국 음식의 기본이 되는 된장, 간장, 고추장, 김치 등등은 하루 이틀에 만들어지지 않는다. 공정 과정도 복잡하고 공정 기간도 길고 게다가 숙성 기간까지 필요로 한다. 때로는 오랜 발효 기간을 지닌 것이 귀한 것으로 대접받기도 한다.

그러나 발효 음식이 아닌 경우에도 만드는 데 손이 많이 가고 시간이 오래 걸리는 음식들이 흔하다. 한국 음식 가운데 가장 보편적이면서 또 다양한 변종들을 보여주는 것으로 나물을 들 수 있다. 나물을 만들 수 있는 재료들도 매우 다양하고 그 조리 방법도 매우 다양하다. 나물을 만들려면 우선 재료가 되는 식물을 잘 다듬어 씻어야 하고 그다음에 약한 불에 데쳐 여러 가지 양념을 넣어 버무려야 한다. 그러나 이것은 가장 간단한 방법이고, 좀 더 세련되고 기품 있는 나물 요리를 만들려면 고기 삶은 물이나 들깨 가루 등을 따로 준비해서 나물의 맛을 더하기도 하는데, 이 경우 손과 시간이 더 많이 들어감은 물론이다.

그리 귀한 음식이 아니면서 품이 많이 드는 음식의 하나로 부각을 들 수 있다. 부각은 여러 가지 재료로 만들 수 있는데, 가령 참죽부각은 다음과 같은 방법으로 만든다.

1. 연한 참죽잎을 끓는 물에 살짝 데쳐서 꾸덕꾸덕하게 말린다.

2. 찹쌀풀을 쑤어 간을 한 후, 식힌 다음 통깨를 넣고 고루 섞어서 참죽잎에 고루 발라 채반에 널어 말린다.

3. 겉면이 어느 정도 마르면 다시 찹쌀풀을 한 번 더 바른 뒤 잘 말린다.

4. 잘 말린 참죽 부각을 보관하면서 먹을 때마다 160-170도 온도에서 바싹 튀겨낸다.[59]

4단계로 겉보기에는 간단해 보이지만, 각 단계는 실제로 상당한 손과 시간을 요구한다. 이것은 하루 만에 만들 수 있는 음식이 아니다. 첫 단계만 하더라도 참죽잎을 끓는 물에 살짝 데쳐야 하고, 또 그것을 한 장 한 장 손으로 잘 펴서 그늘에서 꾸덕꾸덕해질 때까지 말려야 한다. 그다음 찹쌀을 갈아서 풀을 쑤는 일만 해도 만만치 않지만, 그것을 식혀서 참죽잎에 고루 바르는 일은 더욱 정성이 많이 간다. 그리고 찹쌀풀이 마르기를 또 기다려야 하는데, 이 작업을 두 번이나 반복해야 한다. 여기까지 만드는 데 며칠이 걸리지만, 그래도 한 과정이 아직 남았다. 먹기 전에 기름에 튀겨야 비로소 참죽부각은 완성된다.

한국 음식 가운데는 이런 참죽부각 이상으로 손과 시간이 많이 요구되는 음식들이 흔하다. 일반 서민들의 음식도 그러한데, 반가 음식이나 궁중 음식은 말할 나위도 없다. 『서울의 전통음식』이란 책에 소개된 반

---

59 강인희 외, 『한국의 상차림』, 효일문화사, 1999, 219쪽.

가 음식들, 특히 신선로, 구절판, 주악, 단자 등의 조리법을 보면 놀랄 정도로 복잡하다.[60] 예를 들어 주악은 겉보기에 단순한 음식 같지만, 여기에 들어가는 재료와 공정은 복잡하기 이를 데 없다.

한편, 한국 음식은 불을 사용하는 방식에서도 슬로푸드의 성격을 강하게 보여준다. 이것은 중국 음식이나 일본 음식과 비교해볼 때 보다 분명해진다. 주지하다시피 중국 음식은 거의 센 불에서 만들어지는데, 불이 약하면 중국 음식은 만들어지기 어렵다. 중국 음식은 뜨거운 불꽃 속에서 순식간에 만들어지는 것처럼 보인다. 그리고 일본 음식에서는 불이 그리 중요한 기능을 하는 것 같지 않다. 아예 불과는 별로 상관 없는 요리들이 적지 않다. 이에 비해서 한국 음식 가운데는 약한 불과 어울리는 것이 많다.

장작은 주로 난방을 위해 땠는데 장작이 완전히 타고 남은 것을 뜬숯이라고 한다. 뜬숯은 조리용 열원으로 적합했다. 전과 주악 등 기름에 지지는

---

60 이귀주, 「6장 맹현음식 따라하기」, 『서울의 전통음식』, 고려대학교출판부, 2012, 233-313쪽 참조.

음식은 풍로에 뜬숯을 넣고 그 위에 가마솥 뚜껑을 엎어놓아 고깃기름 덩어리로 문질러가면서 지졌다. 또한 뜬숯 위에 기왓장을 올려놓고 그 위에 뚝배기를 올려놓아 하루 종일 된장찌개를 뭉근하게 끓였다. 뜬숯에서 나오는 열은 강도가 세지 않으며 잔열이 오래 남아서 식재료에 열이 서서히 침투하는 효과가 있었다. 그래서 센 불에서 급하게 조리한 음식과 전혀 다른 독특한 맛을 냈던 것 같다.[61]

약한 불을 가진 뜬숯으로 요리하는 것은, 일차적으로 쓰고 남은 연료의 재활용이라는 성격이 있지만, 더 나아가 그것은 한국 음식의 고유한 맛을 내는 조리 방식이기도 하다. 약한 불에서는 당연히 조리 시간이 길 수밖에 없다. 약한 불은 오래 시간에 걸쳐 식재료 깊은 곳까지 열을 가하고 식재료들의 맛을 자연스레 섞으며 깊은 맛을 우려낸다. 전통적인 한국의 부엌은 진정한 의미에서 슬로푸드의 산실이라고 할 수 있을 것이다.

---

61 이귀주, 앞의 책, 226쪽.

조선 왕릉

자연과 인공이 조화된 왕릉 / 권위를 세우는 미학적 방식 /

177년 만에 왕릉이 된 무덤

자연과
인공이
조화된 왕릉

519년에 이르는 오랜 역사를 지닌 조선 왕조는 수많은 문화유산을 남겼다. 그 가운데 큰 비중과 의의 그리고 특히 조선의 미학을 대표할 만한 아름다움을 지닌 것이면서도 의외로 조용하게 있는 문화유산이 있다. 조선 왕릉이 바로 그것이다. 조선 왕릉은 27대에 걸친 조선의 왕과 왕비 및 추존된 왕과 왕비의 무덤을 일컫는다. 조선시대 축조된 왕릉은 모두 42기가 있는데, 이 모든 것이 지금까지 잘 보존되어 있다. 북한 지역에 있는 2기를 제외하고, 남한에 있는 40기가 2009년 유네스코 세계문화유산에 등재되었다.

조선 왕릉은 조선시대의 독특한 묘장문화와 제례 의식을 보여주며 이것은 사상사적으로 또 정치사적으로 중요한 의미를 지니는 것이라 할 수 있다. 왕실의 장례와 제례는 엄격한 예법에 따라 행해졌으며, 이 예법과 이에 수반되는 여러 의례용 물건들은 조선 시대의 사상과 문화를 이해하는 데 중요한 역할을 한다. 특히 왕릉 조영造營 절차를 포함한 모든 의례 절차는 의궤의 형태로 상세하게 기록되어 있다.

그러나 조선 왕릉은 무엇보다도 조선시대가 남긴 42개의 거대한 건축물이다. 그것들은 오랜 세월 동안 지켜진 일정한 형식과 원칙 속에서 위엄 있게 건축되어 일관된 미학을 지니면서도 동시에 그 하나하나가 자연스러운 독자성을 지니고 있다. 모든 왕릉의 모습은 다 같으면서도 또 다 다르다. 그 다름은 왕릉이 위치한 장소의 다름이라고도 할 수 있다. 그만큼 조선 왕릉은 자연의 원래 모습을 존중하며 건축된 것이다. 즉 조선 왕릉은 자연 의존도가 매우 높아서 그 자체가 아름다운 자연으로 느껴지는 독특한 미학의 건축물이며, 죽은 자를 위한 건축물인 까닭에 사람들의 이용과 왕래가 드물어 한적한 자연 공간처럼 느껴지는 건축물이다.

하늘에서 본 조선 왕릉

조선 왕릉의 조영은 터잡기로부터 시작된다. 터잡기에는 두 개의 원칙이 적용된다. 하나는 '도성 밖 10리, 도성 안 100리'라는 원칙이다. 돌아가신 왕과 왕비가 계시는 곳은 살아 있는 왕이 있는 궁궐로부터 너무 가까워도 안 되고 너무 멀어도 안 된다. 죽은 자가 사는 곳은 산 자가 사는 곳과 달라야 하기에 너무 가까우면 안 되고, 왕의 능행길이 궁으로부터 너무 멀면 국사에 곤란이 생길 수도 있으므로 너무 멀면 안 되는 것이다. 그래서 대부분의 왕릉은 서울과 경기 일원에 분포되어 있다. 또 하나의 원칙은 '풍수상으로 최고의 길지'라야 한다는 것이다. 지관을 동원하여 가장 이상적인 장소를 물색하고자 오랜 시간에 걸쳐 많은 노력을 하였다. 이상적인 장소가 선정되면 왕릉의 건축은 그 지형을 최대한 살리고 인공 시설의 노출을 최소화하는 방식으로 이루어졌다.

조선 왕릉은 세 개의 구역으로 나뉜다. 그 경계는 각각 홍살문과 정자각이다. 붉은 나무로 세워진 홍살문은 왕릉의 입구에 해당된다. 홍살문까지는 왕릉의 진입 공간이다. 왕릉으로 진입하는 숲길은 보통 굽어 있어서 홍살문에 이르기까지는 왕릉이 잘 보이지 않는다. 신비한 성역은 바깥에서 함부로 보이지 않는 곳에 있는 법이다. 그리고 이곳은 성스러운 공간이니

▲ 홍살문과 정자각 ▼ 신도와 어도

함부로 건너와서는 안 된다는 의미를 지닌 금천교禁川橋라는 조그만 돌다리를 건너야 홍살문을 만나게 된다.

금천교를 건너 홍살문 앞에 서면 정면에 정자각이 보이고, 정자각 뒤로 능침이 겨우 보인다. 홍살문부터 정자각까지가 제향 공간으로 신과 인간이 만나는 곳이다. 왕은 정자각에서 제사를 올린다. 홍살문에서 정자각까지는 박석으로 된 돌길 參道이 있는데, 이 길은 신이 다니는 신도神道와 임금이 다니는 어도御道의 2단으로 되어 있다. 오른쪽 낮은 단의 길이 어도이다. 왕이 어도를 지나 정자각에서 제를 올리면, 신은 능침에서 정자각으로 내려온다.

능침은 홍살문이나 정자각보다 높은 언덕에 자리한다. 신을 높은 자리에 모셔 경외심을 갖고 우러러보게 하기 위함이다. 뿐만 아니라 홍살문 앞에 서면 정자각이 시야를 막아서 능침이 환히 보이지 않는 경우가 대부분이다. 이 또한 성역의 신성함을 강조하는 구조이다. 산 사람들에게 신의 성역은 높은 곳, 잘 보이지 않는 곳에 있다. 그러나 봉분 쪽에서 바라보는 신의 관점에서는 인간세계가 멀리 환하게 내려다보인다.

성역 공간에는 그리 크지 않은 봉분이 병풍석과 난간석에 둘러싸여 있고, 그 밖에 낮은 곡장曲牆이 둘러쳐져 있다. 그리고 봉분 주위에 호

곡장

석虎石과 양석羊石이 각각 네 마리 있어 봉분을 지킨다. 봉분 앞에는 혼유석魂遊石과 장명등長明燈이 있고 그 아래에 문인석과 무인석이 있다. 봉분 주위에 이러한 석물들이 여럿 배치되어 있지만, 시각적으로 전혀 튀지 않는 장식물들이다. 성역 공간이 보통의 참배객이나 관람객의 시선으로부터 멀리 떨어져 있기 때문에 더욱 그러하겠지만, 봉분이나 석물 그 자체가 자연의 느낌 속에 있는 것이다.

다시 한 번 왕릉을 전체적으로 보면, 울창한 산림 한가운데 넓고 경사진 사초지가 있다. 사초지의 높은 곳(언덕) 위에 봉분이 있고, 낮은 곳에 홍살문이 있다. 그리고 그 가운데 정자각이 있다. 인공 시설물로 보이는 홍살문, 정자각, 비각, 석물 등의 시각적 비중은 매우 낮다. 홍살문 쪽에서 봉분을 쳐다보면, 봉분은 아름다운 소나무 숲으로 둘러싸여 독특한 아우라를 연출한다. 의미로 보면 봉분은 석물들의 호위를 받고 있지만, 시각적으로는 소나무 숲의 호위를 받고 있다. 조선 왕릉은 터잡기에서부터 주변의 조림과 석물 등에 이르기까지 자연 의존성과 자연 친화성이 매우 높다. 그래서 조선 왕릉은 자연 속에 조성된 격조 높은 인공 자연이라고 할 수 있다.

권위를 세우는 미학적 방식

다른 나라 왕릉과의 차이

세계 역사에서 거대한 왕릉의 사례는 많다. 고대 이집트의 피라미드나 중국의 황릉 같은 것들이 대표적이다. 거대한 무덤들은 곧 거대한 권력과 직접적인 관련이 있다. 거대한 무덤들의 주인공들은 거의가 절대권력자들이다. 피라미드의 주인공인 파라오나 황릉의 주인공인 황제는 절대 권력을 휘두르던 절대 권력자였다. 그들은 자신들의 권력을 죽은 후에도 유지하기 위해서 거대한 무덤을 세웠다.[62] 세상에서 가장 아름다운 무덤이라고 불리는 인도의 타지마할은 왕비에 대한 지극한 사랑의 산물이라고 하긴 하지만, 그 역시 강대했던 무굴제국의 절대 권력으로서 가능했던 것이다.

권력의 크기와 무덤의 크기가 갖는 상관성을 생각해볼 때, 피라미드나 황릉에 비해서 조선 왕릉의 규모가 작은 것은 당연하다. 그러나 조선 왕릉은 다른 나라 왕릉에서는 찾아보기 어려운 아름다움과 격조가 있고 또 종류가 다른 위엄이 있다. 우선 언급할 수 있는 것이 자연적인 아름다움이다. 앞서 설명했듯이 조선 왕조는 자연 속에 만들어진 인공 자연과 같다. 세계의 유명한 거대 왕릉들은 거의가 인공미人工美를 과시한다. 피라미드는 말할 것도 없고, 중국 명청시대의 황릉들도 다시 세워진 자금성이라는 인상을 준다. 타지마할의 아름다움 역시 지극히 인공적인 아름다움이다. 조선 왕릉처럼 자연과 거의 구분이 안 되는 특별한 아름다움을 보여주는 건축물의 예는 거의 찾아보기 힘들다. 그러면서도 조선 왕릉은 위엄이 있고 신성하다. 다른 나라의 거대 왕릉은 과시적이고 억

62 거대 무덤들은 절대 권력자의 권위를 보여주기 위한 것이면서 동시에 절대 권력자가 죽은 후 권력을 이어받은 새로운 권력자가 자신의 권력을 강화하기 위해서 만든 것이기도 하다. 역사적 연구에 의하면 권력이 안정되면 무덤의 크기가 점차 작아지는 경향이 있다고 한다. 쓰데 히로시, 『왕릉의 고고학』, 고분문화연구회 옮김, 진인진, 2011, 167-176쪽 참고.

압적이다. 그것들은 폭력적 권위로 쳐다보는 사람들을 위축되게 만듦으로써 위엄을 갖는다. 그러나 조선 왕릉은 사람들로 하여금 편안한 가운데 자발적으로 숙연한 마음가짐을 갖게 만드는 위엄을 보여준다.

이러한 성격은 부장품을 통해서도 확인할 수 있다. 거대 왕릉의 신비는 대개 부장품에 대한 호기심과 연결된다. 왕릉의 주인공들은 자신들이 생전에 가졌던 모든 것들을 사후세계에서도 누리고자 했다. 그래서 무덤 속에도 생전의 세계를 그대로 만들고자 했다. 그 대표적 사례가 병마총으로 유명한 중국 진시황릉일 것이다. 굳이 진시황이 아니더라도 많은 왕후장상들은 자신의 무덤 속으로 많은 것들을 가져갔다. 금은보화는 물론이고 심지어는 자신의 시중을 들던 여인들이나 하인들까지 무덤 속으로 데려갔다. 그러다 보니 거대 왕릉들은 값비싼 부장품을 보호하고 자신들의 사후세계를 지키기 위해서 온갖 수단과 방법을 동원했다. 무덤 속에 들어오지 못하도록 특수하게 설계하고, 무덤을 만든 자들을 죽이기도 하고, 진짜 무덤을 찾지 못하게 많은 가묘를 만들기도 했다.[63] 그럼에도 불구하고 도굴이나 훼손을 당하지 않은 사례는 매우 드

---

[63] 쯔데 히로시, 앞의 책, 제2장 「중국의 왕릉」 참조.

물다. 조선 왕릉은 그 드문 사례 가운데 하나이다.

42기의 조선 왕릉은 지금까지 도굴된 적도 없고, 발굴된 적도 없다고 알려져 있다.[64] 물론 왕릉의 내부가 도굴하지 못하도록 견고하게 만들어졌기 때문이기도 하지만, 그보다 더 중요한 이유는 부장품 가운데 금은보화가 없기 때문이다. 다른 나라의 왕릉들이 그 내부와 부장품을 숨기기에 급급했지만 그와 전혀 다르게 조선 왕릉은 그 내부와 부장품에 대해서 자세한 기록을 남기고 있다. 가령 정조대왕의 장례 절차와 무덤에 대해서는『정조국장도감의궤』에 자세히 기록되어 있다. 그러니 굳이 발굴해서 알아내야 할 비밀이 따로 있는 것도 아니다. 숨기고 감추어야 하는 왕릉을 남긴 권력에 비해 이처럼 무덤의 내부와 부장품까지 밝혀놓고 있는 권력은 참으로 의젓한 권력이라 하겠다.

태릉에 있는 조선 왕릉전시관에는『정조국장도감의궤』의 기록에 의거한 부장품 모형이 전시되어 있다. 악기, 그릇, 옷, 활 등 37점에 달하는 부장품들은 왕이 생전에 사용하던 일상용품으로 대부분이 소박한

---

64 임진왜란 때 왜군에 의해 선정릉(서울 강남구 삼성동)이 훼손당한 것 말고는, 조선 왕릉이 도굴·훼손당한 경우는 없다고 알려져 있다. 발굴도 된 적이 없다. 윤완준,「숨 쉬는 조선 왕릉 4 : 봉분 앞 '혼유석'의 비밀」,『동아일보』2008년 8월 20일자 참조.

것들이다. 왕의 권력이나 왕릉의 규모에 비해서 조선 왕릉의 부장품은 매우 검소하다. 그러니 도굴꾼들의 호기심을 끌 만한 것도 없었고 세상에 숨길 것도 없었다. 삼국시대 왕릉에서 발견되는 금관을 비롯한 사치스러운 물건들이 조선 왕릉에는 부장되지 않았다. 이것은 조선의 국가권력이 지닌 건강함과 미덕이라고 생각될 수도 있다. 조선 초기의 왕릉은 내부를 석실로 만들었으나 세조 이후 국력의 낭비를 줄이려고 석실 대신 회격으로 바꾸게 한 것도 이와 상통하는 면이 있다.

세계적으로 유명한 거대 왕릉들을 보면 절대 권력의 무자비함과 욕망의 가없음을 떠올리게 한다. 거대 왕릉의 위용과 찬란한 부장품들은 우리를 놀라게 하고 두렵게 만들고 또 왜소하게 만든다. 아마도 거대 왕릉의 위용과 찬란함은 수많은 사람들의 신음과 고통으로 이루어졌을 것이다. 중국 황릉 주변에서는 아무렇게나 집단 매장당한 일꾼들의 무덤들이 흔히 발견된다고 한다. 또 황릉 건설에 동원된 일꾼들이 사는 새로운 인공 도시가 만들어지기도 했다고 한다.

그러나 조선 왕릉은 화려한 지하 궁전을 추구하지 않았다. 조선 왕릉은 상대적으로 봉분도 작고 땅도 깊이 파지 않았으며 내부의 규모도 작고 부장품도 극히 소박하다. 즉 조선 왕릉은 권력의 무자비한 힘을 과시하지도 않고, 찬란한 사치의 욕망을 추구하지도 않는다.[65] 물론 조선 왕릉의 건설에도 백성들의 피땀과 신음이 적지는 않았을 것이다.[66] 그렇지만 조선 왕릉은 그 위엄과 격조를 보다 정신적이고 자연적인 것에서 찾고자 한 것으로 보인다. 자연을 잘 활용하여 거기에 아름다움과 질서와 신비의 아우라를 더하고, 장례와 왕릉의 모든 것을 자세히 기록하여 밝힘으로써 숭상의 근거가 권력이나 화려함이 아니라 예에 있음을 분명히 하였다. 조선 왕릉에서 느낄 수 있는 편안함과 아름다움과 성스러움은 여기에서 나오는 것이라고 할 수 있을 것이다. 그리고 여기에 남김의 미학이라고 할 만한 그 어떤 것이 분명히 있지 않을까 한다.

---

65 조선시대 규범인 『국조오례의』에 따르면 왕의 시신은 지표에서 1.5미터 지하에 묻도록 되어 있다.

66 조선 왕릉은 비교적 검소하게 건축되었지만 그래도 왕릉을 하나 조성하는 데 2천 명에서 5천 명에 이르는 인력이 동원되었다고 한다. 문화재청 조선 왕릉 홈페이지 http://royaltombs.cha.go.kr 참조; 「왕릉 4 : 봉분 앞 '혼유석'의 비밀」, 『동아일보』 2008년 8월 20일자 참조.

177년 만에 왕릉이 된 무덤

사릉

　남한지역에 있는 40기의 왕릉 가운데 특히 필자의 개인적 관심과 선호를 끄는 왕릉이 있다. 그것은 경기도 남양주시 진건읍에 있는 사릉思陵이다. 사릉은 단종의 비인 정순왕후의 능이다. '생각하는 능'이라는 이름부터 그러하지만, 사릉은 여느 왕릉과는 좀 다르다. 그러면서도 조선 왕릉의 독특한 미학을 썩 잘 보여주는 것 같다. 사릉의 다름은 정순왕후 송씨의 비극적 삶과 깊은 관련이 있다.

　송씨는 조선시대 세자나 세손이 아닌, 현직 왕의 결혼을 위해 간택된

최초의 여인이다. 송씨는 1454년 단종 2년에 단종과 혼례를 올리고 왕비가 되었는데, 당시 송씨는 15세였고 단종은 13세였다. 그러나 왕비가 되긴 했지만 그때 이미 왕권은 수양대군이 쥐고 있었고, 단종은 왕이 아닌 왕이었다. 송씨에게 왕과의 결혼은 비극의 시작이었다.

결혼 1년 후 단종은 수양대군에게 정식으로 왕권을 넘겨주고 상왕으로 물러난다. 그리고 다시 2년 후 사육신의 단종 복위 모의 사건을 빌미로 노산군으로 강봉되어 영월로 유배를 떠난다. 이때 단종과 영원히 이별하고 송씨는 평생을 혼자 살게 된다. 사릉의 홈페이지에는 정순왕후와 관련된 일화를 다음과 같이 소개하고 있다.

정순왕후는 15세에 왕비가 되었다가 18세에 단종과 이별하고, 부인으로 강등되어 평생을 혼자 살아가야 했던 불운한 인물로 왕후의 비극에 얽힌 여러 일화가 전해진다. 단종은 1457년(세조 3) 숙부인 수양대군에게 왕위를 물려주고도 복위사건으로 인해 영월로 유배되어 억울한 죽음을 맞게 되었다. 이 소식을 들은 정순왕후는 아침저녁으로 산봉우리에 올라 단종의 유배지인 동쪽을 향해 통곡을 했는데, 곡소리가 산 아랫마을까지 들렸으며 온 마을 여인들이 땅을 한 번 치고 가슴을 한 번 치는 동정곡을 했다

능침 정면에서 본 사릉

고 전한다. 그 뒤부터 이 봉우리는 왕비가 동쪽을 바라보며 단종의 명복을 빌었다 하여 동망봉이란 이름으로 불리게 되었다. 한편,『한경지략』에 의하면 영도교 부근에 부녀자들만 드나드는 금남의 채소시장이 있었다고 한다. 이는 왕비를 동정한 부녀자들이 끼니때마다 왕비에게 채소를 가져다주다가 궁에서 말리자 왕비가 거처하는 곳에서 멀지 않은 곳에 시장을 열어 주변을 혼잡하게 하고, 계속해서 몰래 왕비에게 채소를 전해주려는 여인들의 꾀에서 비롯되었다고 하는 일화가 전해진다.[67]

송씨는 평생을 외로움과 가난 속에서 살다가 1521년 82세의 나이로 생을 마쳤다. 당시 왕이었던 중종은 대군부인의 예로 장례를 치러주었다. 그러나 후사가 없어, 단종의 누이 경혜공주의 시가인 해주 정씨의 가족 묘역에 묻히게 되었다. 다시 그로부터 177년이라는 오랜 세월이 지나 숙종 24년에 노산군은 단종대왕으로 복위되고 이에 따라서 송씨 부인도 정순왕후로 복위되었다. 그리고 영월에 있던 단종의 묘는 장릉으로, 양

---

67 문화재청 조선 왕릉 홈페이지 '남양주 사릉—사릉 이야기'. http://royaltombs.cha.go.kr/tombs/selectTombInfoList.do?tombseq=116&mn=RT_01_03_01

주에 있던 송씨 부인의 묘는 사릉으로 재정비되었다. 사릉이라는 능호는, 평생 단종을 생각하며 일생을 보냈다 하여 붙여진 것이라 한다.

사릉은 처음부터 왕릉으로 조성된 것이 아니다. 처음에는 단종의 누이인 경혜공주가 출가한 해주 정씨 묘역이었던 경기도 남양주시 진건읍 사능리에 민간 신분의 묘로 조성되었다. 그 후 중종 때 대군부인의 예로 복위되고, 숙종 때(1698년) 왕후의 능으로 추봉되었기 때문에 다른 능에 비하여 단출하면서 간소하다.

우선 능침의 규모가 작다. 기존의 대군부인의 봉분을 그대로 두고 곡장만 둘렀다. 그래서 봉분 가에 있어야 할 병풍석이나 난간석이 없다. 그리고 망주석, 장명등, 혼유석은 원칙대로 잘 놓여 있지만, 각각 두 쌍씩 있어야 할 양석과 호석도 한 쌍씩으로 간소화되어 있다. 뿐만 아니라 문인석 아래에 있어야 할 무인석은 아예 없다. 석물 배치만 두고 본다면 사릉은 왕릉이 아니고 원園이나 묘墓의 수준이다. 그리고 마땅히 정자각까지 이어져야 할 참도의 박석이 끝까지 깔려 있지 않다. 봉분을 그대로 둔 것은 어느 정도 이해가 가지만, 왜 있어야 할 석물을 다 배치하지 않은 것일까? 예산이 부족해서 그랬을까? 아니면 봉분도 작고 병풍석이나 난간석도 없는데, 주변의 석물을 모두 세우면 너무 석물이 많아 보여서 그랬을까?

　하여튼 사릉은 왕릉으로서의 꾸밈에 모자람이 있는 능이다. 신도와 어도마저 짧게 만든 것은 무성의해 보이기까지 한다. 보이지는 않지만 아마도 봉분을 손대지 않았기에 부장품의 경우는 더욱 모자람이 많을 것이다. 그럼에도 불구하고 사릉은 왕릉으로서의 위엄과 격조와 아름다움 그리고 신비함까지 잘 보여준다. 왕릉 주변을 호위하고 있는 잘 자란 소나무 숲 때문인 것 같기도 하고, 잘 알 수 없는 다른 이유가 있을 것 같기도 하다. 한 가지 분명한 것은, 봉분의 크기나 석물의 화려함이나 부장품의 찬란함과 같은 요소들이 조선 왕릉의 위엄을 만들어내지 않는다는 사실이다. 어차피 참배객들에게는 능침이 멀리서 보이므로 능침이 어떻게 화려하게 꾸며졌는지는 잘 보이지도 않는다. 크기에 있어서도 정자각으로부터 능침이 멀면 봉분이 커도 작아 보이고, 가까우면 봉분이 작아도 좀 더 크게 보일 것이다.

　사릉에는 모자람으로 남김을 만든 멋진 감각이 숨어 있는 것 같다. 사릉의 정경도 그렇고, 사릉의 주인공의 삶도 그렇고, 사릉이란 능호도 그렇다. 생각하는 무덤일까 아니면 생각의 무덤일까? 개인적으로는 생각의 무덤이었으면 더 좋겠다.

서정주의 시

미당의 시적 직관 / 시론 / 구약 / 동천 / 연꽃 만나고 가는 바람같이 /
풀리는 한강가에서 / 사십 / 낮잠 / 저무는 황혼

미당의
시적 직관

미당 서정주(1915-2001)는 20세기 한국의 대표적인 시인이다. 그는 1941년 처녀시집 『화사집』으로 세상을 놀라게 한 후 60여 년 동안 수많은 명시를 써서 한국의 현대시를 풍요롭게 만들었다. 『화사집』뿐만 아니라 그 이후에 출간한 『귀촉도』『서정주시선』『신라초』『동천』『질마재신화』『떠돌이의 시』 같은 시집들은 모두가 한국 시의 역사에 길이 남을 명작들이다.

미당은 한국인의 마음씨를 가장 잘 간파하고 그것을 가장 한국적인

『화사집』(1941)   『귀촉도』(1948)   『질마재 신화』(1975)

언어로 표현해낸 시인이다. 만약 '남김의 미학'이 한국 문화 전반에, 한국인의 생활 전반에 두루 퍼져 있는 미학이라면 미당의 시적 직관이 그것을 놓치지 않았을 것이다. 미당은 '남김의 미학'과 직접 간접으로 연관이 되는 여러 편의 좋은 시들을 남기고 있다.

시론

우선 미당은 「시론詩論」이라는 시에서, 남김을 그의 시론의 제1원리
로 삼는다.

바닷속에서 전복따파는 제주해녀도
제일좋은건 님오시는날 따다주려고
물속바위에 붙은그대로 남겨둔단다.
시의전복도 제일좋은건 거기두어라.

다 캐어내고 허전하여서 헤매이리요?

바다에두고 바다바래어 시인인것을……

1976년에 펴낸 미당의 일곱 번째 시집 『떠돌이의 시』의 맨 첫 자리에 실려 있는 작품이다. 다섯 글자씩 묶어 한 음보를 만들고 세 음보로 한 연을 만든 6행시인데, 이런 형식성을 고려하여 한 음보 안에서는 띄어쓰기를 무시하고 발표했다. 시의 내용은 아주 단순하고 평이하다. 「동천冬天」과 같은 미당의 짧은 시에서 흔히 만날 수 있는 깊은 상징성도 없다. 그냥 바닷속 전복 가운데 제일 좋은 것은 따지 않고 남겨두는 제주 해녀처럼 시인도 제일 좋은 시는 쓰지 않고 남겨둔다는 것을 말할 따름이다. 미당은 제일 좋은 시는 다 써서 발표하지 않고 남겨두려는 태도를 자신의 시론 제1원리로 삼는다. 어떻게 보면 훌륭한 시인의 시론으로서 너무 허술한 것 같은 느낌도 준다.

그러나 미당이 제일 좋은 시의 전복을 바다에 남겨두는 것을 시론의 제1원리로 삼은 데에는 예사롭지 않은 이유가 있을 것이다. 제일 좋은 시의 전복을 바다에 남겨두고 그 바다를 동경하는 자가 시인이라는 말은, 시의 전복을 다 캐낸 자는 이미 시인이 아니라는 말도 된다. 모든 시인이나 예술가들은 완벽한 작품을 꿈꾸지만 누구도 그런 작품을 창조하지 못한다. 만약 완벽한 작품을 창조했다면 그다음에는 더 창조할 작품이 없어지고 따라서 더 이상 시인도 예술가도 아닌 셈이 된다. 자신의 작품이 완벽의 끝이라고 믿는 시인은 없을 것이며, 모든 시인은 항상 더 나은 작품의 창조를 꿈꾼다. 모든 시인에게 제일 좋은 시의 전복은 여전히 바닷속에 있는 것이다. 그러니까 영원히 도달할 수 없는 완벽성에 대한 시시포스적 노력이 미당의 시론이라고 짐작해볼 수 있다.[68]

이 시에 대한 이러한 해석은, 그러나, 너무 멋이 없다. 미당이 시인의 완벽성에 대한 시시포스적 노력을 강조하려고 이런 시를 쓴 것 같지는 않다. 이런 해석은 미당적未堂的이지 않다. 보다 미당적인 해석은 제일 좋은 것은 남겨두는 것이 좋다는 단순한 의미다. 시의 전복은 시상詩想 혹은 시적 영감이라고 할 수 있는데, 제일 좋은 시상은 시로 써서 발표하지 않고 마음속에 그냥 품고 있어야 좋다. 다 써버리거나 취하지 않고

---

68 이런 점에서 미당未堂이라는 시인의 호와 이 「시론」은 잘 어울린다. 미당이라는 호는 서정주의 중앙고보 6년 선배인 미사眉史 배상기 씨가 지어준 것으로, '아직 완전함에 조금 미치지 못하는, 그래서 늘 성숙과 발전의 가능성 속에 있는 사람'이라는 뜻이다. 서정주는 미당이라는 자신의 호를 '영원히 미성년(즉 소년)인 사람'으로 해석하기도 했다. 미당 서정주는 '남김의 미학'을 자신의 호에서부터 지니고 있는 시인이라고 할 수 있다.

가장 소중한 것을 남몰래 남겨두는 마음의 소중함을 미당은 자신의 시론으로 또 더 나아가 삶의 원리로 삼고 있음을 말하고 있는 것이 아닐까 한다. 시상도 가장 좋은 것은 시를 써서 발표하지 않은 채 마음속에 남겨두고, 누군가를 사랑하는 마음도 다 말해버리지 않고 최상급의 표현은 남겨두고, 가장 해보고 싶은 일은 오히려 하지 않은 채 남겨두고자 하는 것이다. 앞서 언급한 '도달할 수 없는 완벽성에 대한 시시포스적 노력'이 더 나은 것에 대한 열망에 주목하는 해석이라면, '제일 좋은 것은 남겨두는 것이 좋다'는 것은 최상最上과 최선最先과 최후最後는 다 취하지 않고 남겨두겠다는 여유에 주목하는 해석이라고 할 수 있겠다.

구약

「시론」의 시상은 약간 다른 모습으로 「구약舊約」이라는 시에서 다시 한 번 사용된다.

> 보리밭에 보리를 거둬들일 땐
> 들린 이삭 모두 다 줏지 말고
> 어느 만큼은 거기에다 남겨 두어라.
> 그래야만 산새들이 주워서 먹고

고단한 네 곁에 와 노랠 부르리.

고구마밭 고구마를 캐낼 때에도
쬐그만 건 거기 더러 남겨 두어라.
그래야만 제껏 없는 어린애들이
캐어서 먹으면서 좋아 웃으리.
그래야만 하누님도 좋아 웃으리.

바다에서 캐어내는 비싼 전복도
해녀여 깡그리 다 따지는 말고
몇 개쯤은 그대로 남겨 두세요.
그래야만 그대 님이 찾아온 날에
눈깜작새 캐어다가 줄 수 있으리.

「구약」이라는 시는 남김의 미덕을 직접적으로 노래한다. 보리 이삭
도 다 줍지 말고 남겨두는 것이 좋으며, 고구마 밭에서 고구마도 다 캐
지 말고 남겨두는 것이 좋으며, 바다의 전복도 깡그리 다 따지 말고 몇

개는 남겨두는 것이 두루 좋다는 것이 이 시의 전언이다. 너무 뻔한 전언이라서 맛이 조금 덜하기도 하지만, 그 대신 제목이 별다른 맛을 보탠다. 왜 제목을 '구약'이라고 했을까? 구약이라고 하면 보통 구약성서를 떠올리게 되지만, 그 글자의 뜻을 살피면 '오래전의 약속'이라는 뜻이다. 아마도 이 제목을 통해서 시인이 말하고자 한 바는, 오래전에 우리 선조들이 이렇게 남기기로 세상과 약속하고 그렇게 살아왔다는 의미일 것이다. 즉 남김의 실천이 우리 선조들의 오래된 약속이요, 삶의 원리라는 암시이다.

동천

가장 소중한 것은 건드리거나 범할 수 없다는 생각은 「동천」이라는 시에서도 만날 수 있다. 「동천」도 매우 간단한 시이다.

내 마음속 우리 님의 고은 눈섭을
즈문 밤의 꿈으로 맑게 씻어서
하늘에다 옮기어 심어 놨더니
동지섣달 날으는 매서운 새가

그걸 알고 시늉하며 비끼어 가네

　이 시를 읽으면 우선 아주 춥고 맑은 겨울날의 푸르스름한 밤하늘에 신비스럽게 걸려 있는 초승달의 이미지가 떠오른다. 겨울 밤하늘에 높이 걸려 있는 신비스러운 초승달을 보고 시인은 누가 왜 저렇게 아름다운 것을 하늘 높이 걸어두었을까 하는 생각을 해보았을 것이다. 그 순간 새 한 마리가 초승달 부근을 날아가는 게 보였을 것이다. 여기서 시인의 시적 상상력은 사랑의 스토리를 만들어낸다 : 시 속의 화자에게는 사랑하는 여인이 있다. 그 여인은 무척 아름다운데 특히 화자는 그 여인의 가늘고 둥근 눈썹을 아주 사랑한다. 그런데 님은 멀리 떠났다. 님은 떠났지만 화자는 여전히 님을 사랑하고 님을 잊지 못한다. 특히 마음속에 님의 아름다운 눈썹 모습을 고이 간직하고 있다. 화자는 매일 밤 님의 고운 눈썹을 생각하는데, 애틋한 그리움과 사랑의 작용으로 그 눈썹은 화자의 마음속에서 나날이 더 아름다워진다. 그렇게 천 날이 흘러갔다. 이제 화자는 너무나 고운 님의 눈썹을 자기 마음속에 더 이상 둘 수가 없다. 마음속에 간직하고만 있기에는 너무나 아름답기 때문이다. 그래서 화자는 아무도 손댈 수 없지만 모두가 우러러볼 수는 있는 하늘에다 옮겨 심어두었다. 그랬더니 모두가 그걸 우러러보고 그 높고 지극한 아름다움에 감동한다. 심지어는 동지섣달의 하늘을 제 맘대로 날아다니는 매서운 새조차도 그 지극한 사랑과 아름다움을 알고 비끼어 간다. 「동천」을 이렇게 이해할 때, 겨울 밤하늘의 초승달은 지극한 사랑의 결정체가 된다. 그것은 만물이 얼어붙는 동지섣달의 밤하늘에서도 홀로 아름답게 빛난다. 강추위도 건드리지 못하고, 매서운 새도 함부로 범하지 못하고 비껴서 날아간다. 아주 소중하고 아주 아름다운 것을 오래 간직하여 마침내 그것은 하늘의 초승달이 되었다. 그렇게 소중하고 아름다운 것은 매서운 새조차도 건드리거나 범하지 아니하고 고이 남겨둔다. 매서운 새는, 가장 소중하고 아름다운 것은 취하지 말고 고이 남겨두는 것이 당연하다고 우리에게 알려주는 듯하다.

연꽃 만나고 가는 바람같이

미당의 시에서 남김의 지혜나 미학이 「시론」에서처럼 직접 언급되는 경우는 흔치 않지만, '끝까지 다하지 않음' 혹은 '적당한 시점에서 포기하거나 내버려둠'의 아름다움은 여러 차원의 변주를 통해서 자주 만날 수 있다. 가령 「연꽃 만나고 가는 바람같이」라는 시도 그 가운데 하나이다.

섭섭하게,
그러나

아조 섭섭치는 말고
좀 섭섭한 듯만 하게,

이별이게,
그러나
아주 영 이별은 말고
어디 내생에서라도
다시 만나기로 하는 이별이게,

연꽃
만나러 가는
바람 아니라
만나고 가는 바람같이……

엊그제
만나고 가는 바람 아니라
한두 철 전

만나고 가는 바람같이……

　이 시는 일단 이별에 대해 말하고 있는 것으로 이해할 수 있다. 시인은 이별의 태도에 대해서 말한다. 1연에서 이별이 섭섭지 않을 수는 없지만 그래도 너무 섭섭해하지 말고 조금 섭섭한 듯한 태도로 이별하라고 말한다. 섭섭함을 겉으로 다 드러내지 않는 태도 혹은 섭섭함을 스스로 남기는 여유 있는 마음을 지니라고 말한다. 2연에서는 이별을 당해도 아주 이별한다고 생각하지 말고 어디 내생에서라도 다시 만날 기약이 있는 것처럼 생각하고 마음을 모질게 먹지 말라고 말한다. 3연과 4연도 같은 전언의 반복인데, 여기에서는 연꽃과 바람을 빌려 말한다. 즉 이별을 하되 마치 연꽃을 만나고 가는 바람처럼 연꽃 향기를 지닌 채 가볍게 떠나고 또 방금 떠난 것이 아니라 한두 철 전에 떠나서 이제는 거친 설움이 거의 가라앉은 듯이 그렇게 담담하게 떠나라고 말한다. 아름다운 연꽃을 스쳐 지나가는 바람에 주저함이나 원망이나 무거움이나 비통함이 있을 수 없다. 그 바람은 잔잔하게, 평화롭게, 향기롭게 연꽃을 잠시 만난 아름다운 기억을 안고 미련 없이 흘러간다. 애틋한 사랑의 이별도 그러한 향기와 품위를 지니고 가벼이 받아들이고자 하는 것이 시인의 소망이다.

314

한편 이 시를 꼭 이별의 태도에 관한 것으로 한정하지 않아도 좋을 듯하다. 이별할 때만 그런 태도가 바람직한 것은 아니다. 이러저러한 삶의 여러 국면에서 그러한 태도를 생각해볼 수 있을 것이다. 심지어 이별과는 거의 반대되는 상황에서도 이 시가 말해주는 바는 적용될 수 있다. 가령 오랫동안 멀리 떨어져 살아 만나지 못했던 아들을 재회하는 상황을 상상해보자. 아버지의 마음은 아들을 만날 기쁨과 흥분으로 들뜨게 될 것이다. 그러나 아버지는 마음을 차분히 가라앉히고, 마치 오래 못 봐서 조금 섭섭한 듯이 아들에게 편안한 미소를 보내고, 또 차라리 만남의 흥분보다는 가벼운 이별과 같은 차분함과 깊은 눈길로 아들을 바라볼 수 있다. 그때 그 태도는 성숙하고 품위 있고 고요하다. 마치 연꽃 만나러 가는 흥분 속의 바람이 아니라 연꽃 만나고 가는 바람처럼 향기롭고 편안하다. 이처럼 "연꽃 만나고 가는 바람"과 같은 태도는 재회의 기쁨에도 적용될 수 있고, 사랑의 열정에도 적용될 수 있고, 승리의 환호에도 적용될 수 있고, 상실의 슬픔에도 적용될 수 있다. 거칠고 얕은 감정에 휩쓸리지 않고 언제나 연꽃 만나고 가는 바람같이 조금 쓸쓸한 듯이 아름답고 편안하고 품위 있는 태도를 지닐 수 있다면 그 삶은 한 송이 연꽃 같은 것이 될 것이다.

풀리는 한강가에서

「풀리는 한강가에서」는 미당의 세 번째 시집인 『서정주시선』에 실려 있다. 『서정주시선』에는 가혹한 삶의 고난에 대한 성숙한 긍정의 마음이 아름답게 그려져 있는데, 「풀리는 한강가에서」는 그 가운데에도 돋보이는 작품이다.

강물이 풀리다니
강물은 무엇하러 또 풀리는가

우리들의 무슨 서름 무슨 기쁨 때문에
강물은 또 풀리는가

기러기같이
서리 묻은 섣달의 기러기같이
하늘의 어름짱 가슴으로 깨치며
내 한평생을 울고 가려 했더니

무어라 강물은 다시 풀리어
이 햇빛 이 물결을 내게 주는가

저 멈둘레나 쑥니풀 같은 것들
또 한번 고개 숙여 보라 함인가

황토 언덕
꽃상여
떼과부의 무리들

여기 서서 또 한번 더 바래보라 함인가

강물이 풀리다니
강물은 무엇하러 또 풀리는가
우리들의 무슨 서름 무슨 기쁜 때문에
강물은 또 풀리는가

　시인은 지금 어느 봄날에 강물을 쳐다보고 있다. 겨울 내내 얼어붙어 있던 강물이 봄이 되어 다시 풀려서 흐르고 있는 모습을 보면서 "강물이 풀리다니 / 강물은 무엇하러 또 풀리는가"라고 혼자 되뇌고 있다. 그러나 시인이 정말로 강물이 풀리는 것에 대해서 의문을 가지고 있는 것이 아님은 당연하다. 시인은 강물을 빌려서 자신의 마음에 대해서 말하고 있는 것이다.

　1연에서 시인은 봄이 되어 얼어붙었던 강물이 풀려서 다시 흐르는 모습을 보고 왜 다시 강물이 풀리는가에 대해서 생각한다. 그냥 얼어붙은 대로 있을 것이지 우리에게 또 무슨 설움이나 기쁨을 주려고 저렇게 강물이 풀리는지 스스로에게 묻고 있다. 왜 시인이 이러한 의문을 갖게 되는지는 2연과 3연을 통해서 짐작할 수 있다.

2연에서 시인이 지녀왔던 마음이 드러난다. 시인은 "서리 묻은 섣달의 기러기같이 / 하늘의 어름짱 가슴으로 깨치며 / 내 한평생을 울고" 살려고 작정한 사람이다. 기러기는 차가운 겨울 하늘을 끼룩끼룩 구슬프게 울면서 더 추운 북쪽으로 날아간다. 시인이 보기에 기러기의 삶은 차가운 서리를 맞은 삶이고, 하늘의 얼음장을 가슴으로 깨치면서 나날을 견디는 삶이다. 그것은 희망 없는 삶이고, 비정의 삶이고, 마음을 닫고 사는 삶에 대한 아름답고도 절절한 비유이다. 차가운 겨울 하늘을 높이 날아 더 북쪽으로 울며 날아가는 기러기를 보면서 시인은 자신도 저렇게밖에 살 수 없다고 생각했던 것 같다. 아마도 한겨울의 추위에 강물이 얼어버리듯이 현실의 가혹한 시련 속에서 시인의 마음은 얼음처럼 차갑게 얼어붙어버렸던 것이다. 시인은 더 이상의 실망과 고통에 휩쓸리지 않기 위해서 마음의 문을 더욱 굳게 닫고자 했다.

그러나 3연에서 보듯이 시인의 모진 작정에도 불구하고 시인의 마음은, 마치 봄날에 풀리는 강물처럼, 자신도 모르게 풀어진다. 봄날의 강가에는 따뜻한 햇살도 밝게 비치고 또 생명의 환희인 양 물결도 일렁인다. 그와 흡사하게 시인은 마음에도 어느덧 따뜻함과 기쁨이 찾아온다.

그리고 4연과 5연에서 보듯이, 따뜻하게 풀어진 마음은 사랑과 긍정으로 세상을 다시 쳐다보게 만든다. 특히 미천하고 불쌍하고 보잘것없는 것들까지 사랑과 연민의 눈길로 다시 가까이 보게 만든다.

민들레나 쑥이나 황토, 상여, 과부 같은 것들을 사랑과 연민으로 대하면 그에 대한 실망과 좌절로 더 큰 마음의 상처를 받게 됨을 시인은 오랜 체험으로 잘 알고 있다. 그럴 때마다 시인은 마음을 차갑게 닫고 한평생 울고 살겠다고 작정했다. 그러나 시인은 다시 한 번 실망과 상처에 고통을 받더라도 우선은 따뜻하게 풀리는 자신의 마음을 어쩔 수 없이 긍정하고 있는 것이다.

이와 같이, "강물이 풀리다니 / 강물은 무엇하러 또 풀리는가"라는 말 속에는 아마도 또 상처를 받게 되겠지만 그래도 이렇게 살 수밖에 없다는 흐뭇한 자책이 들어 있다. 이것은 비정하게 살겠다는 단호한 결심을 했지만 그 결심도 어쩔 수 없는 마음의 일부를 남겨두는 것이며, 이렇게 남아 있는 마음의 일부가 있음으로써 우리의 삶은 보다 인간적이고 보다 아름다운 것이 될 수 있을 것이다.

사십

심한 상처를 받고 굳게 닫은 마음이 슬그머니 풀리게 되는 이야기는 「사십」이라는 시에서도 아름답게 변주되어 있다.

지당池塘 앞에 앉을깨가 둘이 있어서
네 옆에 가까이 내가 앉아 있긴 했어도
"사랑한다" 그것은 말씀도 아닌
벙어리 속의 오르막 음계의 메아리들 같아서

그렇게밖엔 아무껏도 더하지도 못하고
한 음계씩 차근차근 올라가고만 있었더니,
너 어디까지나 따라왔던 것인가
한 식경 뒤엔 벌써 거기 자리해 있진 않았다.

그 뒤부터 나는 산보로를 택했다.
처음엔 이 지당을 비켜 꼬부라져 간 길로,
그다음에는 이 길을 비켜 또 꼬부라져 간 길로,
그다음에는 그 길에서 또 멀리 꼬부라져 간 길로.

그런데 요즘은 아침 산책을 나가면
아닌 게 아니라 지당 쪽으로 또 한번 가 볼 생각도
가끔가끔 걸어가다 나기는 한다.

혼자 애를 태우다가 고백도 못 해보고 사랑의 상처만 남긴 채 끝나버
린 사랑은 많은 사람들에게 잊지 못할 추억이 된다. 젊은 날의 시인도
지당 가에서 사랑의 고백을 미처 하지도 못하고 애를 태우다가 그만 사

랑을 놓쳐버린 가슴 아픈 사연이 있다. 그 사연의 고백이 1연의 내용이다. "지당 앞에 앉을깨"로 암시되는 그 사랑의 분위기도 흥미롭지만, 혼자서 애를 태우는 마음을 "벙어리 속의 오르막 음계의 메아리"로 표현한 것도 인상적이다.

그 후 시인은 이루지 못했던 사랑의 추억이 서린 연못가를 일부러 멀리멀리 피해서 산보를 다녔다. 말도 못 붙이고 끝나버린 사랑을 추억하는 것은 고통스러울 뿐이므로 일부러 그 사랑의 기억을 지우고 잊고자 한 노력이 바로 점점 더 지당으로부터 멀리 꼬부라져 간 길로 산보를 다니는 것이다. 2연에서 여러 차례 반복되는 "비켜"와 "꼬부라져"라는 말 속에는 옛사랑의 기억을 억지로 잊으려 하는 시인의 못난 마음이 잘 표현되어 있다.

그러나 세월이 흘러서 시인의 나이가 사십이 되어서는 그렇게 닫히고 접힌 마음이 슬그머니 풀어지게 된다. 물론 시인은 '사십'이라는 제목을 통해서 그런 마음이 생기는 나이를 강조하고 있긴 하지만, 그렇다 하더라도 슬그머니 풀어지는 마음의 인간미와 넉넉함은 이 시가 주는 중요한 전언이다. 상처받아 모질어진 마음이 슬그머니 풀어지는 것은 편안하고 인간적이다. 그것은 이별이라도 아주 영이별이 아니기를 바라는 마음이나 모질게 살려고 작정했지만 어느새 봄날의 한강물처럼 풀리는 마음과 다르지 않을 것이다.

낮잠

그런데 이런 마음이 가능한 것은 마음이 변덕스러워서가 아니라 세상의 어떤 큰 슬픔이나 기쁨 혹은 큰 부끄러움이나 자랑스러움도 그것이 끝이거나 전부일 수 없다는 것을 잘 알기 때문이다. 삶은 완전이 아니라 미완으로 구성되어 있다. 삶은 끝까지 다하고자 한다고 해서 다해지는 것이 아니며, 끝까지 다해야 좋은 것도 아니다. 가령 벗어날 길이 없어 보이는 가난이나 금기 같은 것에도 빈틈이 있어 사람이나 세상을 잠시 한숨 돌리고 제정신을 갖게 한다. 세상에는 가난이나 금기가 안 통하는 곳도 있다. 「무등을 보며」라는 시에서 시인은, 가난은 한낱 남루에 지나지 않는다고 말하면서 아무리 지독한 가난이라도 "우리들의 타고난 살결, / 타고난 마음씨까지야 다 가릴 수" 없다고 노래한다. 또 「꽃」이란 시에서는 꽃을 꺾어서는 안 된다는 금기에도 예외의 여지를 남겨둔다. 동네 할머니들은 아이들에게 "애야 눈 아퍼 날라. 가까이 가지 마라"고 꽃에 가까이 가지 못하게 한다. 그러나 스물넉 달쯤 자란 새 뿌사리소의 두 뿔 사이에는 진달래꽃을 몇 송이 매달아주는 것이 허용된다.

이처럼 미당의 많은 시는 은연중에 남김을 주목하고 또 찬양한다. 이별은 재회의 여지를 남기고, 절망은 희망의 여지를 남기고, 금기는 허용의 여지를 남기고, 고난은 위안의 여지를 남긴다. 그런가 하면 사랑과 욕망도 끝까지 다 추구하지 않고 남기거나 포기하며, 진리나 해답을 찾는 일조차 끝까지 다하지 않는다. 「낮잠」이란 시에는 이러한 마음 혹은 삶의 태도가 특히 흥미롭게 드러난다.

묘법연화경 속에
내 까마득 그 뜻을 잊어 먹은 글자가 하나.
무교동 왕대폿집으로 가서

팁을 오백 원씩이나 주어도

도무지 도무지 생각이 안 나는 글자가 하나.

나리는 이슬비에

자라는 보리밭에

기왕이면 비 열 끗짜리 속의 쟁끼나 한 마리

여기 그냥 그려두고

낮잠이나 들까나.

이 시는 뜻하는 바가 모호하여 해석이 어렵지만 미당 시 가운데 매력
적인 명편의 하나다. 주관적인 상상으로 모호한 부분의 뜻을 짐작하여
시의 의미를 해석해보면 다음과 같다 : 시인은 지금 자신의 삶에 있어
서 중요한 어떤 문제에 봉착해 있다. 그 문제가 무엇인지에 대해서는 아
무런 암시도 없다. 다만 그 문제는 불경 중에서도 가장 부처님의 가르침
이 잘 나타나 있다는 묘법연화경 속의 한 글자를 잊어버린 것에 비유된
다. 즉 그 문제의 해답을 얻으면 마치 묘법연화경의 경지를 얻은 것처럼
자신의 삶이 환하게 밝아질 수 있을 만큼 중요하고 절실한 문제요, 인생
의 숙제인 셈이다. 또는 인생의 답이 모두 들어 있는 묘법연화경에서 잊

어버리고 생각이 나지 않는 글자가 있다는 것은 시인의 삶에서 아무래도 풀리지 않는 문제가 있다는 것을 뜻한다고 할 수도 있다. 아무리 애를 써도 결론이 나지 않는 어려운 인생의 숙제를 묘법연화경 속의 글자로 비유한 것이다. 미당의 솜씨에 새삼 경의를 표하게 되는 멋진 표현이다.

그 중요한 문제가 풀리지 않아서 시인은 술집을 찾아가 술을 마셔보기도 한다. 팁을 500원이나 주는, 평소에는 하지 않는 노력까지 해보나 답은 생각나지 않는다. 비 오는 날에도 생각해보고, 보리밭이 있는 들판을 거닐면서도 생각해본다. 그러는 가운데 근심은 이슬비처럼 내리고 번민은 보리밭처럼 자란다. 답답한 시인은 화투로 점을 쳐보기도 한다. 비 열 끗짜리에는 숲 속 같은 곳에 새가 한 마리 그려져 있다.[69] 화투를 하다가 그냥 시시한 비 열 끗짜리가 나오자 화투 놀음도 작파하고 시인은 낮잠이나 들고자 한다. 여기서 우리는 중요한 의문과 마주친다. 왜 시인은 하필 비 열 끗짜리를 그려두고 낮잠을 자는 것일까? 기왕이면 비광을 그려두고 낮잠을 자면 더 좋을 것이 아닌가? 이 의문에 이 시의

---

69 보통 12월 화투짝에서 나무는 등나무이고 새는 제비라고 알려져 있는데, 시인은 장끼라고 한다.

비밀이 숨어 있는 것 같다.

이 비밀을 풀기 위해서는 우선 비광에 얽힌 이야기를 알아야 한다. 12월 화투짝의 비광 그림에는 버드나무와 개구리와 냇물과 어떤 우산 쓴 사람이 그려져 있다. 이것은 10세기 일본의 유명한 서예가 오노노 미치카제(小野道風)의 이야기를 담고 있다. 미치카제가 비오는 날 밤에 공부가 하기 싫어 산보를 나왔다가 버드나무 가지 위로 뛰어오르려고 계속 뛰는 개구리를 만난다. 개구리는 가망 없는 노력을 끝없이 하는데, 놀랍게도 결국은 그 버드나무 가지 위로 오르고 만다. 여기서 미치카제는 개구리의 악착같은 노력에 깨달음을 얻고 그와 같이 노력하여 마침내 큰 공부를 이루었다고 한다. 그러니까 끝까지 포기하지 않고 노력하라는 교훈이 거기에는 있다.

이런 교훈을 염두에 둔다면, 「낮잠」이란 시는 열심히 노력을 해보다가 끝까지 노력하지는 않고 그 직전에서(비광까지 그리지 못하고 비 열 끗짜리까지 그렸으니) 노력을 멈추고 마는 태도를 보여주는 셈이다. 또는 비띠나 비피보다는 낫지만 비광이라는 최선보다는 조금 못한 단계인 비 열 끗짜리 정도에 만족하는 태도일 것이다. 시인은 최선이 아니라 차선에서 스스로 머물러버리는 태도를 취한다. 인생의 숙제를 앞에 두고 끝까지 노력

書苑　第四巻第三號附録
明治四十四年十二月三日第三種郵便物認可（毎月一回五日發行）大正三年七月五日發行

書は姓名を記すた足にして
悪筆を自ら満足する人なり
書は實用の外美術として
賞翫すべく無限の變化を味ふべし

作者未詳，「小野道風と蛙」

해서 기어코 풀어낸 오노노 미치카제의 태도와 노력하다가 마지막 단계에서 포기하고 낮잠이나 청하는 미당의 태도가 흥미롭게 비교된다. 우리가 무얼 열심히 하다가 잘 안 되면 흔히 "에라 모르겠다, 잠이나 자자!"라고 말하는 그 심정과 유사한 결말인 것 같다. 즉 풀어도 풀리지 않는 문제를 어느 정도 노력한 후에 그 정도에서 그냥 내버려두는 태도를 보여주는 결말이다.

이 시는 묘법연화경이라는 높고 어려운 말로 시작해서 낮잠이라는 낮고 쉬운 말로 끝난다. 묘법연화경의 비의秘義만큼 중요한 삶의 문제를 시인은 풀리지 않은 채로 남겨두고 낮잠 속으로 피해버린다. 처세處世의 상식 속에서 이런 포기의 태도는 자랑하거나 내세울 것이 못된다. 그러나 시인은 묘법연화경까지도 포기의 낮잠 속에 녹여버린다. 묘법연화경의 비의도, 삶의 문제도 어차피 완벽하게 풀리는 것이 아니며, 너무 끝까지 해답을 추구하려는 노력은 더 큰 부작용을 낳을 수도 있다. 비록 답을 얻지 못했어도 할 만큼 했으면 그만 포기하는 것이 어쩔 수 없을 뿐만 아니라 알 수 없는 일이 가득한 이 인생살이 속에서 어쩌면 더 바람직한 태도일 수도 있음을 이 시는 암시한다.

저무는 황혼

「저무는 황혼」도 「낮잠」과 비슷한 분위기와 비슷한 논리를 보여주는 작품이다.

　　새우마냥 허리 오구리고
　　누엿누엿 저무는 황혼을
　　언덕 넘어 딸네 집에 가듯이
　　나도 인제는 잠이나 들까.

굽이굽이 등 굽은

근심의 언덕 넘어

골골이 뻗히는 시름의 잔주름뿐,

저승에 갈 노자도 내겐 없으니

소태같이 쓴 가문 날들을

역구풀 밑 대어 오던

내 사랑의 보 또랑물

인제는 제대로 흘러라 내버려 두고

으스스히 깔리는 머언 산 그리메

홑이불처럼 말아서 덮고

엣비슥히 비끼어 누어

나도 인제는 잠이나 들까.

쉽게 짐작할 수 있듯이 이 시에서 황혼이란 인생을 황혼을 뜻한다. 그
러나 황혼이 하루의 끝은 아니다. 황혼이라면 아직 잠들 시간이 아니지

서정주 육필 원고

만, 시인은 하루 중 얼마큼의 시간을 남겨두고 일찌감치 잠에 들고자 한다. 「낮잠」에서 답을 얻지 못한 채 낮잠을 청하는 것과 흡사하다. 끝까지 다하지 않고 풀리지 않는 것은 풀리지 않은 채로 남겨두는 태도이다.

흔히 환갑을 인생의 새로운 시작이라고도 한다. 나이가 들수록 의욕과 열정을 가지고 살아야 한다고도 한다. 그러나 이 시에서 시인은 인생의 황혼을 맞이하여 그러한 의욕과 열정을 편하게 내려놓고자 하는 태도를 보여준다. 1연에서 보듯이 언덕 너머 딸네 집에 가듯이 그렇게 아무 일 없이 편하게 그냥 이른 잠이나 자고자 한다.

시인에게 삶이란 "굽이굽이 등 굽은 / 근심의 언덕"과 같은 것이었고 또 "소태같이 쓴 가문 날들"과 같은 것이었다. 젊은 날 시인은 삶의 가뭄을 조금이라도 해소해보고자 열심히 노력했다. 3연의 표현을 빌리면, "내 사랑의 보 또랑물"을 열심히 역구풀을 지나 논으로 흘려보냈던 것이다. 그렇지만 그러한 열망과 노력의 안간힘에도 불구하고 황혼의 시인에게 남은 것은 '굽이굽이 굽은 등'과 '시름의 잔주름'뿐이고 '저승에 갈 노자'조차 없다.

그래서 시인은 인생의 황혼에 이르러 열망과 노력의 안간힘을 접고 잠이나 청한다. 이쯤에서 마음 편하게 포기해버리는 태도라고 할 수 있다. 그런데 이 시에는 한 가지 더 주목할 것이 있다. 시인의 포기는 예사 포기와 조금 다르다. 마지막 연에서 시인은 "옛비슥히 비끼어 누어" 잠을 자고자 한다. 비끼어 누워 자는 모습 속에는 대상 혹은 세상에 대한 시인의 묘한 태도가 느껴진다. 「동천」에서 매서운 새는 초승달의 소중한 의미를 알고 "시늉하며 비끼어" 간다. 이때도 비끼어 간다는 말은 단순히 비켜 간다는 뜻 이상의 뉘앙스가 있다. 그것은 대상에 대한 굴종이나 회피가 아니라 이해와 존중과 양보에 가깝다. 피해 가는 자의 자존심이 느껴지는 단어이기도 하다. 「저무는 황혼」에서 시인이 비끼어 누워 잠들고자 하는 데서도 묘한 자존심이 느껴진다. 자기 나름대로 남김의 여유를 선택하고 스스로 옆으로 비켜선 자가 세상에 대해 갖는 쓸쓸한 자존심일지 모른다.

쓸쓸하지만 지혜로운 포기는 시인에게 여유와 자존심을 갖게 해준다. 이런 점에서 「낮잠」이나 「저무는 황혼」에서의 잠은 단순한 도피나 패배가 아니라 오히려 어떤 삶에 대한 적극적인 선택이라고도 할 수 있다. 남김의 미학은 삶에 깊이와 여유의 문을 열어준다. 미당의 시는 그것을 잘 보여준다.

박목월의 시

목월의
남김의 탐구

목월은 미당보다 1년 늦은 1916년에 태어났으며, 미당보다 20년 일찍인 1978년에 돌아가셨다. 목월은 미당과 함께 한국 현대시사에서 가장 중요한 시인이라 할 수 있다. 1939년에 정지용에 의해 추천을 받으면서 "북에는 소월이 있고 남에는 목월이 있다"는 찬사를 받았다. 1946년 3인 시집 『청록집』을 펴내서 청록파의 시인으로서 각광을 받았으며, 『청록집』은 한국어의 언어 미학을 한차원 높인 시집으로 평가된다. 목월은 대중들에게 청록파의 시인으로 널리 알려졌지만, 『청록집』

『청록집』(1946)　　　　　『산도화』(1955)　　　　『경상도의 가랑잎』(1968)

의 시들은 목월의 시세계의 작은 부분에 불과하다.『청록집』이후 목월
은 나날의 실존적 삶에 시혼의 닻을 내리고 자신의 삶과 주변에 대해서
깊고 정직한 사유를 보여준다. 그는 '어떻게 살 것인가' 또는 '삶이란 무
엇인가'를 나날의 삶 속에서 성실하게 탐구하였는데, 그 가운데는 '남
김의 미학'이라 할 만한 사유를 보여주는 시가 여러 편 있다. 목월은 자
신의 삶에서 남김을 실천하고자 했고 자신의 시에서 남김을 탐구했던
시인이다.

펑일시초

「펑일시초平日詩抄」는 여섯 번째 시집 『무순無順』에 실려 있는 작품으로 종교적 색채가 강하다. 이 시는, 시를 쓰거나 산보를 할 때 등의 일상 속에서 주님을 느끼거나 만나게 되는 순간들을 다섯 연으로 나누어 노래한다. 각 연은 독립적인 완결성을 갖는다. 달리 말해 각 연이 한 편의 시로 읽힐 수도 있다. 그 가운데 가장 흥미로운 부분은 다섯 번째 연이다.

내일 마무리하리라 하고

오늘 밤은 노우트를 덮는다.

반쯤 詩를 쓰다 말고.

내일이 오리라는 것을

나는 확신한다. 오늘이 가면

다만

새로운 새벽빛에 어떻게

내가 눈을 뜨게 될 것인가.

잠자리에서 아니면

연꽃 위에설까.

주인의 품 안에설까.

내일 필 꽃은

내일의 神의 프랜.

오늘 쓰다 만 詩는

오늘의 봉오리.

시적 상황은 아주 단순하고 평범하다. 시인은 밤늦게까지 시를 쓰고 있었다. 그러나 시를 완성시키지 못하고, 반쯤 쓰던 시를 내버려두고 잠자리에 든다. 시를 마무리 짓지 못하고 잠자리에 들면서도 시인의 마음은 아주 평화롭다. 그 이유는 시인의 생각을 통해서 알 수 있다.

시인은 잠자리에 들면서 죽음에 대해 생각한다. 내일은 반드시 올 것이지만 내일 아침 그가 눈뜨는 곳은 다른 세상일 수도 있다. 즉 오늘은 살아 있지만 내일은 죽을 수도 있다. 그리고 죽은 후의 그의 삶이 어떠할지에 대해서도 알 수가 없다. 이런 생각이 들 경우 보통 사람들은 불안해한다. 내일 죽을지도 모르고 또 어떻게 죽을지도 모른다는 생각은 공포가 된다. 또 내일 어떻게 될지 모른다는 생각은 하던 일, 주어진 일을 오늘 마쳐야 한다는 강박에 시달리게 하기도 한다.

그러나 시인은 죽음을 두려워하지 않는다. 죽음조차도 삶의 다른 차원이라고 생각하기 때문이다. 시인에게 죽음이란 누웠던 침대에서 잠을 깨는 것이 아니라 다른 세계에서 잠을 깨는 것일 따름이다. 그리고 어느 세계에서 잠을 깨는가 하는 것은 자신의 의지를 넘어선 것으로 신의 뜻이라 생각한다. 시인의 태도는 이슬람교에서 말하는 '인샬라(신의 뜻대로 하옵소서)'와 같다. 시인은 삶과 죽음을 포함한 모든 것이 신의 뜻이라 믿기 때문에 자신이 걱정해야 할 것은 아무 것도 없다고 생각한다.

시인의 이런 생각과 태도는 "내일 필 꽃은 / 내일의 神의 프랜"이라는 구절을 통해서 잘 나타난다. 내일 어떤 꽃이 필 것인가 하는 것은 나의 의지나 노력과는 무관하며 이미 신의 계획 속에 있는 것이다. 그렇다면 오늘 내가 시를 마무리 짓지 못한 것도 신의 계획일 것이므로 내가 억지로 마무리 짓지 않아도 된다. 오늘 마무리 짓지 못한 시는 영원히 미완성일수도 있고 다음 날 엉터리 시가 될 수도 있고 또는 천하의 명편이 될 수도 있다. 그러나 이 모든 것은 나의 의지로 되는 것이 아니라 신의 뜻에 의해서 이루어진다. 그렇기 때문에 시인은 시를 다 마무리 짓지 못해도 그것을 '오늘의 봉우리'라고 만족하고 편히 잠들 수 있는 것이다.

우리는 보통 '오늘 할 일을 내일로 미루지 마라'는 말을 금언으로 존중하며 산다. 모든 일은 때가 있기 마련이고, 오늘 해야 할 일들은 오늘 마무리 지어야 하는 것이 당연하다. 그러나 사람이 하는 많은 일들은 흔히 내일로 넘어가기 마련이며 또 분명한 끝이 있기도 어렵다. 예술의 창작이나 진리의 탐구에 완성이나 끝이 없음은 당연한 것이지만, 사랑이나 욕망 그리고 고통과 같은 보다 일상적인 차원에서도 분명한 끝에 도달한다는 것은 불가능하다. 죽으면 모든 것이 끝이라고 생각할 수도 있겠지만 종교적 관점에서는 죽음마저도 또 다른 시작이 된다. 어떤 면에서 삶은 끝없는 미완성의 과정이다. 그렇다면 당장 완성에 도달하려는 것은 어리석은 집착이라고 할 수 있다. 오히려 미완성에 대한 넉넉한 긍정과 낙관이 지혜로운 태도이다. 이런 점에서 "내일 필 꽃은 / 내일의 神의 프랜. / 오늘 쓰다 만 詩는 / 오늘의 봉오리"라고 오늘의 미완성에 만족하는 시인의 태도는 우리에게 남김에 관한 소중한 가르침을 준다.

무제

삶은 우리에게 수시로 선택과 결정을 강요한다. 우리가 나날의 삶 속에서 선택하거나 결정해야 하는 수많은 것들 가운데는 딜레마 혹은 진퇴양난이라고 할 만한 경우도 있기 마련이다. 이럴 수도 없고 저럴 수도 없을 때 우리는 어떻게 해야 할까? 박목월의 「무제無題」라는 시는 이런 어려움에 대처하는 하나의 사례를 보여준다. 다음은 「무제」의 전문이다.

앉는 자리가 나의 자리다.
자갈밭이건 모래톱이건

저 바위에는
갈매기가 앉는다 혹은
날고 끼룩거리고

어제는
밀려드는 파도를 바라보며
사람을 그리워하고

오늘은
돌아가는 것을 생각한다
바다에 뜬 구름을 바라보며

세상의 모든 것은
앉는 자리가 그의 자리다

벼랑 틈서리에서
풀씨가 움트고
낭떠러지에서도
나무가 뿌리를 편다.

세상의 모든 자리는
떠버리면 흔적 없다.
풀꽃도 자취없이 사라지고

저쪽에서는
파도가 바위를 덮쳐
갈매기는 하늘에 끼룩거리고

이편에서는
털고 일어서는 나의 흔적을
바람이 쓰담아 지워버린다.

지금 시인은 외딴 바닷가에 홀로 앉아 있다. 그는 바위에 갈매기가 앉았다가 파도가 치자 날아가는 것도 보고, 밀려드는 파도와 뜬 구름도 본다. 또 그는 벼랑 틈서리에 핀 풀꽃과 그곳에 어렵게 뿌리를 내리고 사는 작은 나무도 본다. 그러한 시인의 마음속에는 곧 결정을 내려야 할 절박한 문제가 있다. 시인은 이러지도 못하고 저러지도 못하고 있는 어려운 문제에 부닥쳐 바닷가에 나와 고민에 빠져 있는 것 같다. 그 문제는 '자신이 있어야 할 자리'에 관한 문제다. 그것은 가정이나 사람의 문제일 수도 있고, 직장이나 단체의 문제일 수도 있고, 이념이나 가치의 문제일 수도 있을 것이다. 어떤 경우이건 분명한 것은 시인에게 그가 있어야 할 자리의 선택이 매우 어렵다는 사실이다.

이러한 시인의 내면적 상황은 시인으로 하여금 모든 바닷가 풍경을 "앉는 자리"와 관련해서 쳐다보도록 만든다. 먼저 시인의 딜레마는 3연과 4연을 통해서 모호하게 암시된다. 시인은 어제도 바닷가에 나와서 고민을 했고 오늘도 고민을 한다. 어제는 밀려드는 파도를 바라보면서 사람을 그리워했는데(즉 A의 선택에 마음이 기울었다) 오늘은 바다에 뜬 구름을 바라보며 돌아가는 것을 생각한다(즉 B의 선택에 마음이 기운다). 시인은 A가 자신의 자리인지 B가 자신의 자리인지 결정하지 못

해 고민하고 있는 것이다.[70]

이런 딜레마 속에서 시인은 지금 자신이 앉아 있는 바닷가의 자리를 의식한다. 그리고 '자갈밭이건 모래톱이건 앉는 자리가 나의 자리'가 되는 평범한 사실을 생각해낸다. 그러고 보니 갈매기가 앉아 있는 바위는 갈매기의 자리일 것이며, 하늘에 날고 있는 갈매기도 그의 자리가 원래부터 정해져 있는 것이 아니라 그 갈매기가 내려앉는 곳이 갈매기의 자리가 될 것이다. 이러한 생각으로 둘러보니, 벼랑 틈서리에 뿌리를 내린 풀꽃도 보이고 낭떠러지에 뿌리를 내린 나무도 보인다. 벼랑 틈서리나 낭떠러지가 풀이나 나무의 자리가 아닌 듯이 보이지만 그곳조차도 풀이나 나무가 앉아 그들의 자리가 된 것이다.

그런데 시인의 관찰과 사유는 여기서 한 걸음 더 나아간다. 누구에게나 앉는 자리가 그의 자리인 것과 마찬가지로, 누구에게나 떠나고 나면

---

70 이 시에서 시인이 고민하는 문제인 A와 B가 구체적으로 무엇인지는 알 수 없다. 그러나 A가 '그리운 사람'으로 표현되고 B가 '돌아가는 것'으로 표현되고 있다는 점 그리고 이 시를 쓸 무렵의 박목월의 개인사를 참조하면 어느 정도 짐작이 가능하다. 이 시에서의 시인의 문제는 사랑을 선택할 것인가 아니면 가정으로 돌아갈 것인가로 짐작된다. 그러나 여기서 중요한 것은 그런 문제 자체가 아니라 그런 문제를 고민하고 그에 대처하는 시인의 태도이다.

그곳은 더 이상 그의 자리가 아니다. 즉 "세상의 모든 자리는 / 떠버리면 흔적 없다". 풀꽃이 사라지면 벼랑 틈서리도 더 이상 풀꽃의 자리가 아니고, 갈매기가 날아가 버리면 바위도 더 이상 갈매기의 자리가 아니다. 앉는 자리가 그의 자리이긴 하지만 동시에 그 자리도 떠버리면 그의 자리가 아니다. 그의 자리가 아닐뿐더러 그가 앉았던 흔적조차 없어진다. 처음부터 변치 않는 '나의 자리'라는 것은 없는 것이다.

시인은 시의 첫 구절에서 "앉는 자리가 나의 자리다"라고 생각했다. 그리고 마지막 구절에서 "털고 일어서는 나의 흔적을 / 바람이 쓰담아 지워버린다"라고 말한다. 이를 통해서 시인은 결국 고정불변의 자기 자리라는 것은 없으며, 자기 자리라는 것도 자신이 떠나면 곧 없어지는 것임을 스스로 확인한다.

이처럼 「무제」는 자기 자신이 있어야 할 자리가 어딘가를 찾던 시인이 원래부터 정해져서 변치 않는 '자기의 자리'라는 것은 존재하지 않는다는 생각을 갖게 됨을 보여준다. 이러한 생각은, A가 자기 자리일까 아니면 B가 자기 자리일까라는 심각한 양자택일의 문제에 대한 해답으로서는 좀 미흡한 느낌이 들 수도 있다. 어떤 면에서는 곤란한 선택을 회피하는 듯이 보이기도 한다. 칼로 벤 듯한 선명한 입장의 정리라기보다는 다소 어정쩡한 판단 유보에 가깝기도 하다.

그러나 바로 이러한 '정직한 불분명성' 또는 '정직한 비결정성'이 「무제」의 매력이며 나아가 「무제」가 남김의 미학과 친연관계를 갖게 되는 까닭이다. 「무제」는 실존적 위기를 초래한 양자택일의 문제에 대해서 깊이 고민하되 선명한 결론에 이르지 못한다. 그 대신 고정불변하는 자기 자리라는 것은 원래부터 없으며, 앉는 자리가 자기 자리이고, 또 떠버리면 흔적조차 남지 않는다는 원론적 사유로 물러서버린다. 이러한 태도는 강한 의지로 선명한 판단을 내리지 않고 결정을 미룬다는 점에서 남김의 미학이라고 할 수 있을 것이다.

우리는 살아가면서 양자택일을 해야만 하는 심각한 실존적 위기를 종종 겪는다. 양자택일의 문제가 실존적 위기가 된다면 그 까닭은 양자 모두가 강한 호소력과 힘을 갖기 때문이다. 그리고 논리적 정당성의 차원에서나 현실적 작용력의 차원에서 어느 것이 더 나은 선택인지 판단할 수 없기 때문이다. 이럴 경우 소위 '용단勇斷'이라는 것을 내려서 더 많은 이익(혹은 피해의 최소화)을 도모하려는 태도를 취할 수 있다. 그러나 이 경우에는 위험 부담이 크고 또 선택항의 오만과 포기항의 역공이라는 부작용도 만만치 않다. 신속하고 선명한 선택과 결정이 꼭 필요한 상황도 있겠지만 그것이 늘 좋은 결과를 보장하는 것은 아니다. 오히려 상황의 변화나 돌발 변수에 대처하지 못하거나 일시적인 좋은 결과나 선명함이 경직과 갈등으로 이어질 수도 있을 것이다.

양자택일의 실존적 위기에 대처하는 또 하나의 태도는, 「무제」에서 보여주고 있는 바와 같이, 원론만 확인하고 최종 결정을 남겨 시간에 맡겨두는 것이다. 물론 이러한 '정직한 불분명성'의 시간은 여러 가지 면에서 고통스럽거나 불편하다. 그러나 최종 결정을 내리지 않고 '정직한 불분명성'의 시간을 인내하노라면 시간과 상황이 스스로 결론을 만들어낸다. 자신의 의지에 의한 결정이 아니라 상황과 시간에 의해 자연스럽게 유도되는 결정이다. 이때의 결론은, 때로는 멋지지도 않고 당장의 이익도 다 놓친 것처럼 보일지도 모르지만, 가장 안정성 높고 오랫동안 편안한 질서가 될 가능성이 높다. 상황과 시간이 만들어내는 결론은 인간의 지혜가 다 헤아리지 못한 변수까지도 고려한 것이 된다. 그리고 그 결론에 수반되는 역공과 부작용의 에너지가 최소화된다는 점에서도 긍정적일 것이다.

마지막 결정을 내리지 않고 '정직한 불분명성' 속에 남겨두는 것 또한 멋진 남김의 미학이다. 양자택일의 실존적 위기에 처했던 시인은 「무제」에서와 같이 섣부른 결정을 내리지 않음으로 해서 아마도 결과적으로 가장 무난하게 그의 실존적 위기를 넘어섰을 것으로 짐작된다.

상하

목월은 가난한 시인이었다. 그래서 그의 시에는 시 쓰는 가장의 생활
고에 대한 번민이 종종 나타난다. 「상하上下」도 그 가운데 한 편이다.

I

詩를 쓰는,

이 아래층에서는 아낙네들이

契를 모은다.
목이 마려워
물을 마시러 내려가는
층층대는 아홉칸.
열에 하나가 不足한,
발바닥으로
地上에 下降한다.

Ⅱ

열에 하나가 不足한,
발바닥으로
生活을 疾走한다.
달려도 달려도 열에
하나가 不足한
그것은
꼴인 없는 白熱競走.

Ⅲ

열에 하나가 不足한
계단을 오르면
上層은
공기가 희박했다.

이 시를 이해하기 위해서는 다락방이 있는 좁은 집에 대해서 알아야
한다(주로 일본식 적산가옥 가운데 이런 집이 많다). 아래층에 단칸방
(혹은 방 한 두 개와 조그만 마루가 있을 수도 있다)이 있고, 방에서 나
무 계단으로 연결되는 낮은 다락방이 있는 옹색한 집이다. 시인은 가난
해서 서재가 따로 없고 다락방을 서재로 사용한다. 시인은 그 다락방에
서 앉은뱅이책상을 놓고 시를 쓴다.

다락방 아래 단칸방은 가족들이 생활하는 공간이다. 지금 단칸방에
서는 아낙네들이 모여서 계를 하고 있다. 계 모임을 하고 있다는 것은
단칸방이 심각한 생활의 공간임을 강하게 드러낸다. 궁핍한 현실 속에
서 가족들과 함께 먹고살아야만 하는 것이 생활이다. 시인이 다락방에

서 시를 쓸 때, 아내는 아래 단칸방에서 계 모임을 한다. 다락방은 시의 공간이고 단칸방은 생활의 공간이다. 시의 공간은 위에 있고(시를 쓰는 일은 영혼의 일이므로), 생활의 공간은 아래에 있다(먹고사는 일은 육체의 일이므로). 다락방과 단칸방은 아홉 개의 층계로 연결되어 있어, 시인은 이 층층계를 밟고 시의 공간과 생활의 공간을 오간다.

시인은 시만 생각하며 살고 싶다. 즉 다락방에만 머물고 싶다. 그러나 아래층이 없다면 다락방도 없다. 마찬가지로 생활이 없다면 시도 있을 수가 없다. 먹고살아야 시도 쓸 수가 있는 것이다. 시인은 하다못해 목이 말라서 물을 마시려 해도 생활의 공간으로 내려와야 한다. 시를 쓰는 다락방과 생활을 하는 아래층으로 나누어진 시인의 집은, 시인으로서의 삶과 생활인으로서의 삶으로 나누어진 시인의 삶에 대한 비유가 된다. 다락방과 아래층은 아홉 개의 층계로 연결되어 있다. 이 시에서 아홉 개의 층계는 핵심적인 의미를 지닌다. 시인은 아홉이란 숫자가 열에서 하나가 모자라는 것임을 반복해서 강조한다. 일반적으로 열이란 완전을 뜻한다. 그렇다면 아홉이란 불완전한 것이 된다.

시인은 시를 쓰는 사람이면서 동시에 가족을 먹여 살려야 하는 고달픈 생활인이다. 시를 쓰려면 층층계를 밟고 다락방으로 올라가야 하고,

생활을 위해서는 다시 층층계를 밟고 단칸방으로 내려와야 한다. 그런데 그 사이를 연결하는 층층계는 열에 하나가 모자라는 아홉 개이다. 이것이 뜻하는 바는, 시인으로서 완전하지 못하고 또 생활인으로서도 완전하지 못하다는 것이다. 생활을 완전히 벗어나지 못하니 시인으로서 불완전하고, 시를 완전히 잊어버리지 못하니 생활인으로서도 불완전하다.

시인은 시를 쓰다가 생활을 위해서 아래층으로 내려온다. 그러나 층계가 아홉 개뿐이어서 완전한 생활인이 못 된다. 시인은 가족들을 먹여 살리기 위해서 혼신의 힘을 다하지만, 열에 하나가 부족한 생활인이라서 달려도 달려도 생활은 어렵기만 하다. 시인에게 생활이란 '골인 없는 백열경기'와 같다. 그런가 하면, 아래층에서 다락방으로 올라갈 때도 층계는 아홉 개다. 시를 쓸 때조차 생활고에 대한 걱정 때문에 시에 완전히 몰입할 수 없음을 아홉 개의 층계가 말해준다. 3연에서 "上層은 / 공기가 희박했다"는 구절은 시인이 편하게 시 쓰는 일에 열중할 수 없는 고통스러운 상황을 말하는 것일 것이다.

이처럼 「상하」라는 시는, 시인으로서의 삶과 생활인으로서의 삶 사이의 갈등을 시인의 집에 비유하여 표현한 작품이다. 시인은 시인으로서도 충실하지 못하고 또 생활인으로서도 성공적이지 못하다는 자책감을 쓸쓸하게 토로하고 있다. 즉 시인이기 때문에 가장으로서의 책임을 져야 하는 현실 생활에서도 온전한 역할을 하지 못하고, 또 현실에 얽매여서 시인으로서의 삶에도 온전히 충실하지 못하다는 것이다. 이것은 가난하고 진실한 시인이 부닥칠 수밖에 없는 문제일 것이다.

한편 이 시는 아홉 개의 층계로 삶의 모자람에 대해서 이야기하고 있지만, 그 모자람은 남김이기도 하다. 시인은 생활인으로 내려갈 때 시인의 층계 하나를 남겼기에 아홉 개만 내려갔고, 반대로 시인으로 올라갈 때 생활인의 층계 하나를 남겼기에 아홉 개만 올라갔다고 말할 수 있다. 시인으로서도 생활인으로서도 열에 하나가 모자라는 아홉이 되었다는 것은 곧 시인일 때도 생활인 하나를 남겨 지니고 생활인일 때도 시인 하나를 남겨 지니고 있었다는 것이다. 이렇게 본다면 박목월은 생활을 버리지 않은 시인, 시를 버리지 않은 생활인이었다. 이 남김은 그를 많이 힘들게 했겠지만 보다 진실하고 책임감 있는 인간이 되게 했고 보다 건강한 시인의 조건이 되었을 것이다.

왼손

목월의 후기 시는 종교적인 면과 관념적인 면이 강하다. 이런 시들은
진실하기는 해도 좀 산문적이어서 긴장감이 약한 경우가 적지 않다. 그
러나 그 가운데 「왼손」과 같이 관념의 힘만으로도 팽팽한 긴장과 삶의
깊은 내면을 보여주는 작품도 있다. 「왼손」은 시인 박목월이 도달한 시
적 사유의 깊이 또는 세상을 읽는 안목의 성숙함을 확인시켜주는 하나
의 예가 되며, 목월 후기 시를 대표하는 명편이라고 할 수 있다.

詩를 빚는, 새로운 질서와

창조의 세계 옆에

숙연한 나의 왼손.

그것은

결코 연필을 잡는 일이 없다.

연필의 연한 감촉과

마찰에서 빚어지는 言語의

그물코를 뜨지 않는다.

하물며 상상의 그물에 걸려든

황금의 고기를 잡지 않는다.

그것과는 對照的 極에서

나의 왼손은

存在의 숙연한 진실을 증명한다.

다섯 손가락은

하나하나 엄연한 사실의

진실을 웅변하는

입술을 다물고,

상상의 그물 사이로 열리는

새로운 여명을 응시한다.

다만 그것은

현실의 바다에서 낚아올리는

피둥피둥 살아 있는 고기를

황급하게 잡을 뿐이다.

그리고 지금

詩를 빚는 창조의 세계 옆에서

현실의 준엄성과

存在의 확실성을 증명한다.

그 왼손에 서렸는

거창한 침묵과 정적.

사람들은 누구나

오른손을 내밀고 악수를 청하는

그 왼편에 있는

숙연한 존재를 깨닫지 못한다.

이 시에서 시인은 연필을 쥐고 시를 창조하는 오른손과 달리 늘 없는 듯이 가만히 있는 왼손의 존재를 주시한다. 시를 쓸 때 아무것도 하지 않는 왼손에 주목했다는 사실 자체가 예사롭지 않다. 왼손은 언어를 사용하지 않는다. 자기표현도 하지 않는다. 다만 입술을 다물고 "존재의 숙연한 진실을 증명"할 뿐이다.

시를 쓰는, 즉 창조하는 것은 오른손이다. 오른손은 연필을 잡고 언어의 그물코를 뜨며, 상상의 그물에 걸려든 황금의 고기를 잡는다. 반면에 왼손은 침묵 속에서 창조의 세계에 대해 현실의 준엄성과 존재의 확실성을 증명한다. 단순하게 말한다면, 오른손이 제대로 일을 하고 있는지를 묵묵히 지켜보고 있는 존재가 왼손이다. 시인은 사람들이 잘 의식하지 않는 왼손의 숙연한 존재와 그 왼손에 서려 있는 거창한 침묵과 정적에 주목한다. 아무것도 안 하는 듯한 왼손이 실제로는 더 중요한 존재라고 인식하는 듯하다. 시인은 이러한 오른손과 왼손의 관계를 통하여 자신의 시 쓰기에 대해서 성찰하고 있다. 시를 쓴다는 것은 언어를 이용하여 제2의 현실 또는 모조 현실을 만드는 것이라고 할 수 있다. 시 속의 현실이 진실한 것인가 아닌가는 실제 현실이 증명해주어야 한다. 언어 이전의 현실과 존재는 시의 진실에 대한 조건이 되는 것이다. 예를 들면 시인이 사랑의 슬픔을 노래할 때, 우선 시인이 지닌 슬픈 감정이 절실해야만 한다. 또 자비와 연민을 노래한 시인의 마음이 사악하다면, 그 자비와 연민의 노래가 진실한 것일 수는 없다. 시 그 자체가 중요한 것이 아니라, 시의 근원이 되는 실제 현실과 존재가 진짜 중요한 것이다. 「왼손」이라는 시를 통하여 목월이 강조하고자 한 바도 바로 이 점일 것이다. 오른손은 시를 창작하지만, 왼손은 현실과 존재를 장악한다. 실제 왼손이 그렇다는 것이 아니라, 그런 왼손의 존재가 있어야 오른손이 쓴 시가 진실한 것일 수 있다는 것이다. 달리 말하면 시를 잘 쓰는 것도 중요하지만 그보다 더 중요한 것은 시를 쓰는 생활과 마음이라는 것이다.

　「왼손」이라는 시가 시와 현실의 상관성에 대해서 말하고 있는 것은 거의 확실하지만, 시 창작론의 테두리를 벗어나 보다 일반적인 관점에서도 이해될 수 있다. 겉보기에 아무 필요도 없고 하는 일도 없어 보이는 것이 실제로는 아주 중요한 기능을 하고 있는 경우가 많다. 세상의 많은 일들은 숨어 있고 침묵하고 있는 나머지 절반에 의해 결정되는 것이라 생각될 수 있다. 또는 아무 작용을 하지 않는다고 하더라도 반대편에서 지켜보고 있는 존재를 의식하고, 그를 위해 늘 자리를 마련해두는 것이 좋다. 사랑의 편지를 쓰는 것은 오른손이지만, 그런 편지를 쓰게 하는 사랑의 진실은 왼손의 몫이라고 생각해볼 수 있다. '오른손이 한 일을 왼손이 모르게 하라'는 말이 있지만, 오른손이 한 일을 왼손이 모를 수는 없다. 언제나 오른손과 왼손은 함께 있다. 오른손이 어떤 일을 할 때, 왼손은 침묵 속에서 오른손의 진실을 지켜본다. 또는 오른손의 움직임을 숨어서 통제한다. 운동선수가 오른손으로 공을 던지거나 라켓을 휘두를 때, 왼손의 동작도 중요한 기능을 한다. 삶의 어떤 국면에서도 이 시에서 말하는 왼손과 같은 존재는 중요한 역할과 기능을 한다고 말할 수 있다.

'학의 다리가 길다고 자르지 마라'라는 말이 있다. 왼손이 쓰임이 없다고 해서 없애버릴 수도 없고 없애버려서도 안 된다. 「왼손」이라는 시가 말해주듯이 하는 역할도 없고 쓰임도 없어 보이는 것이 알고 보면 큰 역할을 하고 중요한 쓰임새가 있는 것일 수 있다. 당장의 쓸모가 중요한 세상에서 그 쓸모가 분명치 않거나 오히려 방해가 되는 것들은 무시되거나 제거되기 일쑤다. 그러나 당장 쓸모가 없어 보이거나 오히려 방해가 된다고 존재하는 것들을 함부로 없애버리면 나중에 큰 손실이나 낭패를 볼 수도 있다. 「왼손」은 아무런 역할도 하지 않는 것이 알고 보면 더 중요한 역할을 할 수도 있음을 우리에게 설득한다. 우리는 여기서 다시 한 번 '남김의 미학'이 지닌 중요성을 생각해볼 수 있다.

난

「난蘭」은 박목월의 시 가운데 특히 남김의 미학을 직접적으로 강조하고 있는 작품이다. 남김의 미학을 구현하고 있는 작품이라기보다는 남김의 미학을 아예 주제로 삼고 있는 작품이라고 할 수도 있다. 그 전문은 아래와 같다.

이쯤에서 그만 下直하고 싶다.
좀 餘裕가 있는 지금, 양손을 들고

나머지 許諾받은 것을 돌려 보냈으면.

여유 있는 하직은

얼마나 아름다우랴.

한포기 蘭을 기르듯

哀惜하게 버린 것에서

조용하게 살아가고,

가지를 뻗고,

그리고 그 섭섭한 뜻이

스스로 꽃망울을 이루어

아아

먼곳에서 그윽히 향기를

머금고 싶다.

　시인은 난초를 바라보며 자신의 삶에 대해서 생각한다. 그 생각은 독백체로 서술된다. 시인은 오래 생각해두었다는 듯이 "이쯤에서 그만 下直하고 싶다"고 결론부터 먼저 담담하게 읊조린다. 하직이란 먼 길을 떠날 때 웃어른에게 알리는 것을 뜻하는데, 보통 멀리 떠나는 것을 이르는 말이다. '세상을 하직하다'라는 용례의 경우에서 보듯이 하직은 죽음을 뜻하기도 한다. 그러나 이 시에서 '하직'은 먼 곳으로 떠남이나 죽음을 의미한다기보다는 어떤 종류의 세속적 삶이나 사회적 활동을 그만두는 것을 의미하는 것 같다.

이 시에서 하직의 의미도 물론 중요하지만 더 중요한 것은 하직의 태도와 시기이다. 시인은 "좀 餘裕가 있는 지금, 양손을 들고 / 나머지 許諾받은 것을 돌려보"내는 "餘裕 있는 下直"을 하려 한다. 자기에게 주어진 것들을 다 소비하거나 누리지 않고 아직 남아 있을 때 떠나는 것이 "餘裕 있는 下直"이다. 즉 다하고 떠나는 것이 아니라 아직 남았을 때 떠나는 것이다. 예를 들면 아직 사랑하는 마음이 남았을 때 이별을 하는 것, 아직 임기가 남았는데 퇴직을 하는 것, 아직 자기에게 권리가 있는데 그 권리를 남에게 양보하는 것, 아직 대중들의 인기를 얻고 있는 연예인이 미리 은퇴를 하는 것, 더 많은 것을 즐기고 누릴 수 있는 데도 불구하고 그런 것들을 다 멀리하고 검소하고 단조롭게 사는 것, 능력과 재주와 인품이 뛰어남에도 불구하고 그에 합당한 세속적 지위와 명예를 다 얻지 않는 것 등에서 우리는 여유 있는 하직을 생각해볼 수 있다. 자기 것으로 허락받은 것이지만 그것마저도 남기는 삶을 시인은 진정 아름답다고 말한다.

흔히 우리는 '분수를 지키는 삶'의 훌륭함에 대해서 이야기한다. 세상에는 분수를 넘어서는 과욕의 삶이 일반적이기 때문일 것이다. 분수를 지킨다는 것은, 이 시의 표현을 빌리면 자기가 허락받은 것 이상을 탐하지 않는 것이다. 허락받은 것의 범위 안에서 사는 삶만으로도 드물고 훌륭한 것이 되지만, 그러나 이 시에서 시인은 허락받은 것조차 남기는 삶을 지향한다. 그 삶은 난초의 아름다움과 향기에 비유된다. 시인의 관찰에 의하면, 난초는 "哀惜하게 버린 것에서 / 조용하게 살아가고, / 가지를 뻗고, / 그리고 그 섭섭한 뜻이 / 스스로 꽃망울을" 이룬다. 허락받은 것을 남기는 일은 난에게도 애석하고 섭섭한 일이다. 그러나 난초는 그 자발적 섭섭함을 조용히 받아들임으로써 꽃망울을 피울 수 있고 또 향기도 머금을 수 있게 된다. 난초의 아름다움과 향이 "哀惜하게 버린 것"으로부터 비롯된 것이라는 시인의 생각이 충분한 설득력을 갖는 것은 아니지만(난초가 무엇을 포기했는지 분명치 않다), 다만 난초의 초연하고 고요한 아름다움이 여유 있는 하직의 아름다움에 대한 비유가 되는 것은 그럴듯하다. 그 아름다움은 번잡하고 화려한 욕망의 세상으로부터 멀리 하직해서 조용히 살아가는 이처럼 「난」은 분수를 지키는 삶이 아니라 분수마저도 남기는 삶의 아름다움에 대해서 이야기한다. 세상으로부터 허락받은 것, 신으로부터 허락받은 것조차 다 누리지 않고 애석함 속에서 포기하는 삶을 지향하면서 시인은 "餘裕 있는 下直은 / 얼마나 아름다우랴"라고 말한다. 여유 있는 하직은 남김의 미학을 적극적으로 실천하는 태도일 것이다.

뒷말

어지간과 남김

몇 년 전 일본 서점에서 흥미로운 책을 한 권 만났다. '掃除の道'라는 제목의 조그만 책인데 일본 사람의 특성을 잘 드러내주는 예로 생각된다. 일본 사람들은 모든 일에서 도를 찾기를 즐긴다. 무술도 무도武道라고 하고, 서예도 서도書道라고 하고, 차 마시는 것에서도 도를 찾아 다도茶道라고 한다. 사소한 것이라도 도의 경지에 이르도록 철저하게 끝까지 최선을 추구하는 태도를 보여주는 예다. 심지어 청소하는 것에서도 도를 찾고 있는 것이다. 책을 잠시 들추어보니, 청소 도구들의 점검 관리에서부터 청소를 철저히 한 후에 그 도구들을 깨끗이 하여 원래 자리에 놓는 것까지 자세한 지침을 마련해놓고 있었다. 청소를 하는 데도 이렇게 절차와 형식과 최선을 다하는 태도를 요구한다는 것은, 한편으로는 존경하고 배울 만한 일이지만 또 한편으로는 좀 지나치지 않나 하는 생각도 든다. 우리나라 사람들이라면 사소한 일에 목숨 걸 일 있냐며 대충하자고 할 법하다. 실제로 우리나라 사람들은 청소를 할 때 '완벽함'에 도달하기보다는 '엔간함'에 그치는 경향이 강하다. 청소를 열심히 하다가 어느 정도 되었으면 "엔간히 됐다. 그만하자"라고 하면서 빗자루를 던져두고 손을 터는 경우가 일상적이다. 우리나라 사람들에게는 청소의 끝이란 '완벽함'이 아니라 '엔간함'인 것이다. 우리나라의 한 시인은 사소한 것에서도 엄격한 도를 찾는 일본 사람들의 태도에 피곤함을 느끼고 다음과 같은 시를 쓴 적이 있다.

茶道니 酒道니 무릎 꿇고 정신 가다듬고
PT체조 한 뒤에 한 모금씩 꼴깍꼴깍 마신다.
차 한잔 술 한잔을 놓고
그렇게 부지런한 사람들이

나한테 그 무슨 오도방정을 또 떨까

잡념된다.

지겹다.[71]

　이 시인에게는 그 엄숙하고 고상한 다도라는 것이 지겹고 피곤하다. 차 한잔 마시는 것이니 그냥 대충 마시면 될 일을 그렇게 어렵게 난리 칠 것이 아니라는 것이다. 그런 사람들은 차 한잔 마실 때도 그렇게 야단이니 아마도 자기가 생활하는 것을 보면 온갖 시비를 다 걸 것이라고 짐작하면서 지겨워한다. 이러한 태도를 무식함이나 무심함으로 생각해야 할까 아니면 소탈함이나 대범함으로 생각해야 할까? 이 시인은 다도의 법도에 대해서도 이렇게 거부감을 보이는데 청소를 하는데도 엄격한 법도를 지켜야 한다면 아마도 견딜 수 없어 할 것이다. 청소에서조차 법도를 찾는 철저함이 일본인의 한 특성을 드러내 보이는 것이라면, 차를 마실 때도 격식에 구애됨이 없이 편하고 자연스럽게 마시고자 하는

71　김영승, 「반성 187」(전문), 『반성』, 민음사, 1987, 21쪽.

소탈함이 한국인의 한 특성을 드러내 보이는 것이라고 할 수 있다.

일반적으로 철저함은 법도를 지키고 자신을 다그쳐서 일이 잘되게 하고 이에 반해 소탈함은 법도와 성취에 너무 매달리지 않고 사람을 편안하게 하는 태도를 이른다. 문명이 높은 사회일수록 세세한 것에서까지 법과 형식을 찾고 철저함이 강조된다. 철저함은 청결함과도 연관성이 높고 완벽함과도 연관성이 높다. 일본 사람들의 철저함이 청결함을 낳았고 또 일본 제품의 우수성을 낳았다고 할 수도 있을 것이다. 이런 점에서 철저함의 미덕은 분명하다.

20세기 전반 우리 사회의 후진성은 이러한 철저함의 결여가 한 요인으로 지적되기도 했다. 그래서 지난 수십 년 동안 우리 사회는 잘사는 사회를 만들기 위해서 소탈함을 멀리하고 철저함을 적극 수용하였다. 어떻게 해서라도 잘 먹고 잘살고 남보다 앞서고 남에게 이기는 것이 지상 목표였고, 이 목표를 향해서 일로 매진하였다. 그리하여 우리는 잘살게 되었고 여러 가지 면에서 남보다 앞선 나라가 되었다. 또 꽤 철저한 사회가 되었다. 그러나 우리 사회가 추구한 철저함은 어떤 면에서 이기기 위한 철저함이었다. 그러다 보니 철저함의 부정적인 면도 많이 나타난 것 같다. 자신이 하는 일에 대한 완벽함보다도 이기기 위한 '지독함'

이나 '악착스러움' 또는 '야박함' 등이 더 많이 강조되어 우리 사회를 거칠고 피곤한 사회로 만든 면이 있다. 아마도 우리 사회가 막장과 끝장의 드라마가 범람하는 사회가 된 것은 이와도 연관이 있을 것이다.

우리 사회에 범람하는 막장과 끝장의 드라마는, 잘살기 위해서 우리가 부정했던 우리의 한 성격인 소탈함에 대해서 다시 생각해보게 만든다. 소탈함의 한 측면은 억지로 완벽함을 구하지 않으려는 태도이며, 그것은 남김의 미학이기도 하다.

우리가 자주 쓰는 말 속에는 우리의 삶과 마음이 들어 있다. 우리말 가운데 '어지간하다'라는 말이 흥미롭다. 사전의 의미는 '수준이나 정도가 보통이거나 그보다 약간 더한 상태이다'라는 뜻이다. 그 어원은 불분명한데, 일설에 의하면 한자 '於之間'에서 온 말이라고 한다. 이것은 '사이에 있다'라는 뜻이다. 이때 사이의 범위는 받아들일 수 있는 폭일 것이다. 아주 잘한(좋은) 것과 아주 못한(나쁜) 것이 양 극단에 있다면, 아주 좋지는 않더라도 아주 나쁜 것은 아니고 일정 수준 이상이 되어 그런대로 만족할 수 있는 범위 안에 드는 것이 '어지간'이라고 할 수 있다. '어지간'이란 말 속에는 최선이나 최고나 완벽을 바라지 않고 어느 정도 수준 이상이 되면 된다는 여유 있는 마음이 들어 있다.

아주 소박하고 융통성 있는 이 말을 우리는 일상 속에서 즐겨 사용한다. 앞서 청소의 예에서도 말했지만 우리에게 청소의 끝은 완벽한 상태라기보다는 어지간한 상태이다. 어지간히 되었으면 청소를 마쳐도 되는 것이다. 아이가 울 때도 '어지간히 울어라'라고 말하고, 지나치게 먹는다 싶을 때도 '어지간히 먹어라'라고 하고, 노는 게 지나치다 싶을 때도 '어지간히 놀아라'라고 한다. 장사를 하는 사람의 목표도 돈을 한없이 많이 버는 것이 아니라 어지간히 버는 것이고, 나쁜 짓 한 사람에게 하는 힐난도 끝까지 하는 것이 아니라 어지간히 하고 마는 것이다. 신붓감을 구할 때도 천하일색이 아니라 어지간히 생기면 되는 것이고, 술이 취해도 어지간히 취한 정도에서 그쳐야 하는 것이다. 슬픈 일이 있어도 어지간히 슬퍼해야 하고, 기쁜 일이 있어도 어지간히 기뻐하고 그칠 줄 아는 것이 우리나라 사람들이다.

어지간과 유사한 말에 '엔간하다'와 '웬만하다'가 있다. '엔간하다'는 '어지간하다'와 거의 같은 의미인 듯하며, '웬만하다'는 '일정한 범위나 기준을 크게 벗어나거나 모자라지 않다'는 뜻으로 '어지간하다'보다는 만족과 긍정의 뉘앙스가 조금 약하다. 즉 '엔간하다'나 '어지간하다'에는 그만하면 만족할 만하다라는 뜻이 강하고, '웬만하다'에는 그만하면 참고 받아들일 수 있다라는 뜻이 강하다. 우리는 어지간하면 만족하고, 엔간하면 받아들이고, 웬만하면 참는다. 어지간하고 엔간하고 웬만한 데 머물지 않고 더 나아가려 하면 세상이 팍팍해지고 경쟁이 심해지고 피로사회가 된다.

어지간과 관련해서 또 하나 주목할 만한 말이 있다. '그냥'이라는 말이다. 이는 한자 '其樣' 혹은 우리말 '그' + 한자 '樣'의 결합에서 온 말이다. 말뜻은 '그 모양대로 그대로'라는 뜻이 되는데, 우리는 그냥이라는 말을 다양한 상황에서 자주 사용한다. '그냥 두고 간다'라고 하면 손대거나 가져가지 않고 있는 그대로 둔다는 뜻이고, '그냥 그랬어'라고 하면 별다른 의도나 의미 없이 그렇게 했다는 뜻이며, '비가 그냥 온다'라고 하면 계속해서 내내 비가 내리고 있다는 뜻이다. 특히 흥미로운 것은 두 번째 뜻인데, 이는 상당히 모호한 말로 난처한 질문에 대한 대답으로 자주 사용된다. '넌 도대체 그 사람이 왜 좋은 거야?'라는 물음에 마땅한 대답이 생각나지 않거나 대답하기 곤란한 경우 '그냥'이라고 답해도 된다. 또 '그때 왜 그랬어?'라고 물을 때에도 '그냥'이라는 대답이 가능하다. 이때 '그냥'은 자세하게 설명하기 곤란하거나 난처하거나 시시콜

콜 답하기 싫을 때 가능한 대답이다. '그냥'이라는 대답은 시시비비 혹은 논리적 이유에 대한 강박에서 벗어나게 해준다.

한국 사람들은 '그냥'이라는 대답을 잘 이용하기도 하지만, '그냥'이라는 대답의 모호함을 쉽게 수긍해주기도 한다. 매사에 철저한 사람은 '그냥'이라는 대답에 불만이 많을 것이다. 그러나 끝까지 따지는 것을 별로 달가워하지 않는 우리나라 사람들의 심성에는 아주 편리한 말이다. 사실 우리 삶 속에는 논리적으로 그 이유를 자세히 설명하기 곤란한 부분들이 많다. 또 그런 설명들이 점잖지 못하거나 치사해질 때도 많다. '그냥' 속에는 내가 모르는 것에 대해 더 이상 알려는 욕심을 부리지 않거나 혹은 나와 다른 상대를 나의 편으로 인정하는 여유가 있다. 그리고 서로 모르고 넘어가는 부분들이 있을 수 있음을 은연중 긍정하는 것이다. 이런 점에서 '그냥'이라는 말 속에 담긴 삶의 태도 역시 어지간하면 만족하고 문제 삼지 않는 '어지간의 문화'라고 할 수 있을 것이다.

죽기 살기로 악착같이, 끝까지 하는 것은 막장의 문화요, 끝장의 문화다. 이에 반해서 적당한 수준에 이르면 만족하고 용납하는 것은 어지간의 문화다. 전통적으로 우리나라 사람들의 삶의 태도와 심성은 끝장 문화보다 어지간의 문화에 익숙했다. '당장 그만해라'도 아니고 '끝까지 해라'도 아니라 '어지간히 해라'가 우리나라 사람들이 즐겨 쓰는 말이다. 이러한 어지간의 문화는 곧 남김의 미학이 된다. 끝장과 막장까지 가지 않고 적당히 남겨둔 채 어지간한 지경에서 멈출 뿐만 아니라 최고와 전부와 완벽조차도 거기에 이르기보다는 그 전에 멈추어 만족하는 것이 남김의 미학이기 때문이다.

한 시인의 "이제는 썩을 일밖에 남지 않은 무르익은 참외"라는 시구에서 보듯이 최선의 상태에는 더 나빠질 가능성만 남는다. 그래서 앙드레 지드도 "나는 항상 활짝 핀 꽃보다는 약속이 가득한 꽃망울을, 소유보다는 욕망을, 완성보다는 발전을, 성년보다는 소년을 더 좋아했다"고 말한 적이 있다. 그런가 하면 중국 문화에 '계영배戒盈杯'란 술잔이 있다. '넘침을 경계하는 잔'이라는 뜻의 이름이다. 이 술잔은 술을 70퍼센트 이상 부으면 술잔 밑으로 술이 새도록 만들어진 것인데, 지나침을 경계하고자 하는 뜻이 담겨 있다. 또 경제학자 사이먼의 경제학 용어 가운데 '허용범위zone of acceptance'란 용어가 있다. 이 말이 뜻하는 바도 어지간하다와 유사할 것이다. 논리철학자 콰인이 말한 '중첩성redundancy'에도 이런 정신이 들어 있다. 가령 우편번호만으로 장소를 찾을 수는 있지만 사람들은 주소를 적음으로써 틀릴 가능성에 대비한다. 콰인은 말발굽 편자 하나가 부족해서 제국이 망했다는 옛이야기를 예로 들면서 좀 넉넉히 준비하는 것이 필요하다고 했다. 불확실한 상황에 대비하여 보험에 들듯이 잉여 혹은 여지를 남겨두는 것이 현명한 선택이라는 것이다. 중첩성은 또 다른 의미의 남김이지만, 그 정신은 마찬가지이다. '남김'은 이 모든 통찰을 다 내포하고 있는 우리의 미학이다. 우리 전통문화 속에 널리 퍼져 있는 남김의 미학은 우리에게 어지간한 경지에서 멈추고 만족하라고 가르친다.

우리는 하고 싶은 일을 다 하고 살 수 없다. 욕망하는 바를 다 이룰 수도 없지만, 다 이룰 수 있다 하더라도 미리미리 적당한 선에서 욕망을 자제하는 편이 좋다. 사랑도 남기고, 미움도 남기도, 칭찬도 남기고, 그리움도 남기고, 슬픔도 남겨두어야 한다. 사랑도 미움도 슬픔도 기쁨도 다 표현해버리기보다는 어느 정도는 마음속에 남기고 드러내지 않는 것이 좋다. 특히 분노는 더욱 그렇다. 분노를 너무 참아도 안 좋지만 분노를 다 터뜨리는 것은 상대보다 자신을 해치는 일이 된다. 주변에 적도 적당히 남겨두어야 항상 긴장해서 의외의 패배를 당하지 않게 된다. 좋은 일도 너무 과하게 하면 상처가 남게 된다. 좋은 일조차 보답이 없어도 서운하지 않을 정도로만 하는 것이 바람직하다. 자신의 그릇을 넘어서는 좋은 일은 자신에게 결국 부담이 된다. 할 말도 다 해서는 안 된다. 나쁜 말이건 좋은 말이건 다하지 말고 적당히 아껴두는 것이 좋다. 건강도 그렇다. 너무 완벽한 건강 상태는 오만을 낳고, 뜻밖의 병에 급격히 무너지기 쉽다. 골골팔십이라는 말이 있듯이 조그만 병 하나 몸에 남겨두고 조금씩 아프면서 사는 것이 더 나을지 모른다.

　적을 모두 물리칠 수 있는데도 조금 살려서 남겨두는 것, 맛있는 것을 더 많이 먹을 수 있는데도 조금 모자란 듯 남겨두는 것, 1등을 할 수 있는 실력으로도 2-3등 정도만 하는 것, 마음속에 말이 많지만 다 하지 않는 것, 돈을 더 벌 수 있는데도 적당한 선에서 멈추는 것 등등은 우리 삶에 여유 이상의 것을 줄 수 있을 것이다. 끝장이나 막장도 사라질 것이다. 다하려 말고 조금은 남기자. 이것이 우리 선조들의 삶과 문화에서 우리가 배울 수 있는 남김의 미학이다.

책 끝에 부치는 말

20여 년 전에 『느림보다 더 느린 빠름』이라는 에세이집을 펴낸 적이 있다. 느림을 내세워 너무 빠른 우리 삶을 성찰해보았던 책이다. 아이러니하게도 그때 그 느림은 너무 빨랐기 때문에 주목을 받지 못하였다고 짐작된다. 그로부터 몇 년 후 느림은 우리 사회의 화두가 되었다. 이제 나는 '느림'의 연장선상에서 '남김'으로 나아가고자 한다. 내 나이도 남김을 편하게 이야기할 만한 때가 된 듯하다.

나는 60년 전 병신년丙申年에 태어났고, 올해 다시 병신년을 맞이한다. 갑이 돌아온 나이 즉 환갑이 된 것이다. 기쁘다. 안도감도 든다. 자축도 하고 싶다. 요즘은 아무도 예순 나이를 귀하게 여기지 않고 잔치는 더더욱 않는다. 내가 예순 운운하면 선배나 어르신들이 건방지다고 야단을 치실 것이다. 일흔이 아직 청춘인 세상에서 핀잔거리, 웃음거리가 될 것이다. 그러나 나는 예순 나이를 얻어 스스로 흐뭇해지고 싶다. 그 까닭을 말하라면 두 가지로 정리할 수 있겠다.

지난 60년 동안 나는 이 세상에 존재하면서 나의 자리를 만들고 그 자리에 어울리는 사람이 되기 위해서 애를 썼다. 먼저 자식이 되어야 했고, 학생이 되어야 했고, 군인이 되어야 했다. 그리고 직장에서 가정에서 나라에서 나의 자리를 만들고 그 자리가 요구하는 사람 노릇을 하기 위해 많은 노력을 해야 했고 또 많은 것을 포기해야 했다. 남들이 보기에는 어줍지 않겠으나 내 깜냥으로서는 지난 60년 동안 애쓴 것이 무탈하고 어지간했다고 하겠다. 허약한 심신과 무딘 재주로 험한 세상에서 그럭저럭 살아온 것에 대해 아무라도 붙잡고 고마워해야 할 것 같다. 이것이 첫째 까닭이다.

나의 천성은 놀기 좋아하고 제멋을 귀하게 여기고 어디 매이길 싫어한다. 그것을 잘 허락하지 않는 인생과 세상이 늘 불만스러웠는데, 이제 그 천성의 힘도 약해지고 또 세상도 너그러워지는 나이가 된 것 같다. 그리고 노익장이니 제2의 청춘이니 하는 말도 내 말이 아니다. 그렇게 될 자신도 없고, 그렇게 될 수 있다 해도 번거로워서 싫다. 내가 세상에 태어날 때 세상이 나에게 요구한 옵션으로부터 이제 해방되고 싶다. 그래서 나는 여생餘生이라는 말이 좋고, 앞으로 내 삶이 여생이 되면 좋겠다. 삶을 덤으로 여기면 왠지 편하고 당당할 수 있을 것 같다. 이것이 둘째 까닭이다.

젊은 시절의 나는 철저함에 집착했고 세상도 그것을 강요했다. 세상의 강요는 나날이 심해졌고, 그 철저함은 언제나 불만과 불안과 초조라는 긴 꼬리를 달고 있었다. 그러다가 언제부턴가 미완과 모자람과 남김에 대해서 생각하기 시작했다. 특히 남김에 생각이 자주 머물렀는데, 그러다 보니 남김과 관련이 있는 문화들이 눈에 들어오기 시작했다. 일단 눈을 뜨고 보니 우리 전통문화 속에 남김의 정신이 의외로 풍부했다. 남김이라는 안경을 쓰고 보니 우리가 다소 무시하거나 경시했던 문화조차도 새롭게 빛나 보였다. 그리고 그 빛은, 나의 삶에 그리고 우리 사회에 중요한 의미를 던져주는 듯이 보였다.

나는 우리 전통문화 속에서, 그리고 서정주와 박목월의 시 속에서 남김의 미학을 찾기 시작했다. 그리고 그것을 2012년과 2013년에 현대문학사의 후의로『현대문학』에 연재할 수 있었다. 연재를 하면서 점점 더 내 삶에서 남김의 정신이 소중해졌다. 그리고 그것이 우리 시대의 문제들을 치유할 수 있는 핵심적 가치가 될 수 있다고 생각되었다. 20년 전의 주제였던 느림조차도 남김 안에서 저절로 해결될 것처럼 보였다. 다 하지도 않고 남겨두려는데 서두를 필요가 어디에 있겠는가!

환갑인 해에『남김의 미학』을 남기게 되어 그 모양새가 더 그럴듯해졌다. 많은 분들에게 이 책을 잔치국수 한 그릇처럼 두루두루 나누어 드리고 싶다. 그리고 남김의 미학을 지팡이로 삼아 내 앞에 놓인 길을 편안하게 걸어가려고 노력할 것이다.

마지막으로 내가 이런 건방진 여유를 부릴 수 있도록 지난 60년 동안 나를 지켜주신 분들을 대표하여 부처님께 따로 감사드린다.

2016년 두 번째 병신년을 맞이하여 이남호

사진 자료 출처

소설

소설_ 비교문학적 고찰

한국의 집

한국의 음식

262쪽   5첩 반상, 동아일보 출판국 한식문화연구팀, 『Korean Food : The Originality,
         The Impression』, 동아일보사, 2010, p. 219.

조선 왕릉

280쪽   하늘에서 본 조선 왕릉 ⓒ 문화재청
282쪽   홍살문과 정자각, 신도와 어도 ⓒ 문화재청
284쪽   곡장 ⓒ 문화재청
294쪽   능침 정면에서 본 사릉 ⓒ 문화재청

서정주의 시

301쪽   서정주, 『화사집』, 남만서고, 1941
         서정주, 『귀촉도』, 선문사, 1948
         서정주, 『질마재 신화』, 일지사, 1975
330쪽   작자 미상, 「小野道風と蛙」, 精華堂法帖店廣告, 1913
334쪽   서정주 육필 원고, 『徐廷柱肉筆詩選』ⓒ 국립중앙도서관

박목월의 시

339쪽   박목월 외, 『청록집』, 을유문화사, 1946
         박목월, 『산도화』, 영웅출판사, 1955
         박목월, 『경상도의 가랑잎』, 민중서관, 1968

한국적 지혜와 미학의 탐구

남김의 미학

초판 1쇄 펴낸날 2016년 9월 8일

지은이 이남호
펴낸이 양숙진

펴낸곳 (주) 현대문학
등록번호 제1-452호
주소 06532 서울시 서초구 신반포로 321(잠원동, 미래엔)
전화 02-2017-0280
팩스 02-516-5433
홈페이지 www.hdmh.co.kr

ISBN 978-89-7275-781-8 03810

* 책값은 뒤표지에 있습니다.